D0832060

Magiczny
Ogród

SARAH ADDISON ALLEN

Magiczny Ogród

Z angielskiego przełożyła
Maciejka Mazan

Świat Książki

Tytuł oryginału
GARDEN SPELLS

Redaktor prowadzący
Ewa Niepokólczycka

Redakcja
Zuzanna Konieczna

Redakcja techniczna
Małgorzata Juźwik

Korekta
Halina Ruszkiewicz
Bożenna Burzyńska

Wszystkie postacie w tej książce są fikcyjne. Jakiekolwiek podobieństwo
do osób rzeczywistych – żywych czy zmarłych – jest calkowicie przypadkowe.

Świat Książki
Warszawa 2008
Bertelsmann Media Sp. z o.o.
ul. Rosoła 10, 02-786 Warszawa

Skład i łamanie
Tomasz Żochowski

Druk i oprawa
GGP Media GmbH, Pössneck

ISBN 978-83-247-0922-9
Nr 6213

Dla mojej mamy.
Kocham cię.

Dziękuję mojemu tacie za te uparte geny pisarskie i za opowiadania jego dziadka, które przywołały na świat Lestera. Jestem nieskończenie wdzięczna cudownej, magicznej Andrei Cirillo i Kelly Harms. Wielkie biszkoptowe podziękowania dla Shauny Summers, Nity Taublib, Carolyn Mays i Peggy Gordijn. Ogromne serdeczności dla szalonych Duetterów i Daphne Atkeson za zachęcenie mnie, żebym napisała tę książkę, a potem ją poprawiła. Dziękuję Michelle Pittman (dwukrotnie!) i Heidi Hensley, które zasługują na medal za cierpliwą przyjaźń. Szczególne ukłony dla eponimicznej panny Snark. I ukłony dla Dawn Hughes, niezrównanej fryzjerki, która pomogła mi ustalić fakty dotyczące zakładu fryzjerskiego.

CZĘŚĆ PIERWSZA

Spojrzenie wstecz

Rozdział 1

*W*e wszystkie noce, bez wyjątku, gdy księżyc przypominał sierp Claire śniła o dzieciństwie. Gdy gwiazdy mrugały, a księżyc był srebrnym łukiem, uśmiechającym się do świata tak prowokacyjnie, jak piękności ze starych reklam papierosów i lemoniady, Claire starała się nie spać. W letnie noce zajmowała się ogródkiem przy świetle lamp po obu stronach ścieżki, wyrywała chwasty, przycinała kwitnące rośliny – księżycowy powój i anielskie trąby, kwitnący nocą jaśmin i ogrodowy tytoń. Nie były to jadalne kwiaty Waverleyów, ale skazana na częstą bezsenność Claire posadziła je w ogródku, żeby móc się czymś zająć nocami, kiedy gorycz tak ją paliła, że niemal osmalała rąbek nocnej koszuli i rozżarzała palce u stóp.

Sen był zawsze taki sam. Długie drogi, jak węże, które nigdzie się nie kończą. Spanie w samochodzie, kiedy matka spotykała się w nocy z mężczyznami w barach i innych spelunkach. Stanie na czujce w sklepie, kiedy matka kradła szampon, dezodorant, szminkę, a czasem batonik dla niej. Na koniec, tuż przed przebudzeniem, zawsze pojawiała się jej siostra Sydney w aureoli blasku. Lorelei trzymała Sydney i biegła do domu Waverleyów w Bascom, a Claire tylko dlatego nie została, że wczepiła się rozpaczliwie w nogę matki.

Tego ranka, kiedy Claire obudziła się w ogrodzie za domem, w ustach miała gorzki smak żalu. Wyplula go. Żałowała, że tak traktowała swoją siostrę. Sześć lat jej życia, zanim zjawiła się Sydney, wypełniał ciągły strach przed wpadką, bólem, głodem, brakiem benzyny albo ciepłego ubrania na zimę. Matka zawsze jakoś dawała sobie radę, ale zwykle dopiero w ostatniej chwili. Ostatecznie nigdy nie zostały złapane, nikt nie skrzywdził Claire, a kiedy pierwszy zimny podmuch zapowiadał zmianę koloru liści, matka nie wiadomo skąd wyciągała niebieskie rękawiczki w białe płatki śniegu, kalesonki z różowego polaru i czapkę ze zwisającym pomponem. To życie w biegu wystarczało Claire, ale Lorelei chyba uważała, że Sydney zasługuje na coś lepszego, na zakorzenione życie. I to przerażone dziecko, które wciąż istniało w Claire, nie mogło jej tego wybaczyć.

Podniosła z ziemi sekator i szpadel, wyprostowała się i ruszyła wśród mgieł do szopy. Nagle zatrzymała się. Odwróciła się i rozejrzała. Ogród był milczący i wilgotny, kapryśna jabłoń w głębi drżała lekko, jakby przez sen. Ten ogród uprawiały całe pokolenia Waverleyów. Ich historia była zapisana w ziemi – i tam też była ich przyszłość. Coś miało się wydarzyć, coś, o czym ogród na razie nie chciał jej powiedzieć. Będzie musiała wzmóc czujność.

Weszła do szopy i starannie wytarła stare narzędzia z rosy. Powiesiła je na wyznaczonych miejscach na ścianie. Zamknęła i zaryglowała masywną ogrodową furtkę, a potem przecięła drogę dojazdową i znalazła się na tyłach efektownego zabytkowego domu, który odziedziczyła po babce.

Otworzyła tylne drzwi i zatrzymała się na oszklonej werandzie, przerobionej na suszarnię kwiatów i ziół. W środku pachniało mocno lawendą i miętą, jakby znalazła się w cudzym świątecznym wspomnieniu. Zdjęła przez głowę brudną białą koszulę nocną, zmięła ją w kłębek i naga weszła w głąb domu. Dzień zapowiadał się pracowicie. Tego wieczora miała dostarczyć jedzenie na przyjęcie, a był to ostatni czwartek maja, więc musiała także przygotować stałą dostawę galaretek bzowych, miętowych i różanych, a także octu nasturcjowego i kwiaty szczypiorku na targ i do delikatesów na rynku, gdzie uczniowie Orion College wpadali po zajęciach. Kiedy zaczesywała włosy do tyłu, ktoś zapukał do drzwi. Zeszła na dół w białej ażurowej sukience, nadal boso. Otworzyła drzwi i uśmiechnęła się do starszej pani, niziutkiej jak uliczny hydrant.

Evanelle Franklin miała siedemdziesiąt dziewięć lat, a wyglądała na sto dwadzieścia. Mimo to ciągle potrafiła pięć razy w tygodniu przebiec dwa kilometry na uniwersyteckiej bieżni. Była daleką krewną, kuzynką w drugiej, trzeciej czy czternastej linii i tylko ona – oprócz Claire – reprezentowała w Bascom rodzinę Waverleyów. Claire przylgnęła do niej jak rzep, tak bardzo potrzebowała poczucia łączności z rodziną, odkąd osiemnastoletnia Sidney uciekła i kiedy tego samego roku zmarła ich babka.

Kiedy Claire była mała, Evanelle wpadała do niej z plastrami, parę godzin wcześniej, zanim Claire rozbiła sobie kolano, a także z drobnymi dla niej i Sydney na długo przed przyjazdem furgonetki lodziarza, albo też z latarką na całe dwa tygodnie przed uderzeniem pioruna w drzewo, po którym cała dzielnica została na noc bez prądu. To, co przynosiła Evanelle, wcześniej czy później okazywało się przydatne, choć koci koszyk, który Claire dostała od niej pięć lat temu, na razie czekał na możliwość wykazania swej przydatności. Na ogół mieszkańcy miasteczka traktowali Evanelle życzliwie, lecz z rozbawieniem, i nawet ona sama nie brała siebie przesadnie poważnie. Ale Claire wiedziała, że dziwne prezenty od Evanelle zawsze kryją w sobie tajemnicę.

– No, no, ale z ciebie Włoszka z tymi ciemnymi włosami i sukienką á la Sophia Loren! Powinni dać twoje zdjęcie na butelkę oliwy z oliwek! – zakrzyknęła od progu Evanelle. Była w dresie z zielonego weluru, a na ramieniu miała przepastną torbę pełną drobnych monet, znaczków, minutników do gotowania jajek, mydełek i najróżniejszych przedmiotów, które spodziewała się komuś podarować.

– Właśnie miałam przyrządzić kawę – powiedziała Claire. – Wejdź.

– Z miłą chęcią. – Evanelle poszła za Claire do kuchni, gdzie usiadła przy stole, czekając, aż Claire zrobi kawę. – Wiesz, czego nie znoszę?

Claire obejrzała się przez ramę. Po kuchni płożyły się smużki pary, niosące aromat kawy.

– Czego?

– Nie znoszę lata.

Claire parsknęła śmiechem. Uwielbiała towarzystwo Evanelle. Od lat usiłowała ją namówić na przeprowadzkę do domu Waverleyów, żeby móc się nią zaopiekować i żeby ściany domu przestały się rozsuwać, a korytarze i pokoje nie robiły się coraz większe.

– Rany boskie, dlaczego nie znosisz lata? Lato jest cudowne. Świeże powietrze, otwarte okna, dojrzewają pomidory, można je zbierać i jeść jeszcze rozgrzane od słońca…

– Nie znoszę lata, bo, cholerka, prawie wszyscy studenci wyjeżdżają, bieżnia robi się pusta i nie mogę sobie pooglądać fajnych męskich pupci.

– Rozwiązła z ciebie staruszka.

– Pożalić się nie wolno?

– Masz. – Claire postawiła przed nią filiżankę kawy. Evanelle zajrzała do niej.

– Chyba nic tam nie dodałaś, co?

– Dobrze wiesz, że nie.

– Bo te geny Waverleyów zawsze ci podszeptują, żeby dodawać wszystko do wszystkiego. Liście laurowe do chleba, cynamon do kawy. Ja lubię rzeczy proste i nieskomplikowane. A to mi przypomina, że coś ci przyniosłam. – Evanelle chwyciła swoją przepastną torbę i wyłowiła z niej jednorazową żółtą zapalniczkę.

– Dzięki. – Claire włożyła ją do kieszeni. – Na pewno się przyda.

– A może nie. Poczułam, że muszę ci ją dać. – I tu Evanelle, która pomimo kompletu sztucznych zębów nadal ostrzyła je sobie na słodycze, wzięła kawę i łypnęła łakomie na paterę na blacie krytym nierdzewną stalą. – Co tam masz?

– Białe ciasto. Utarłam płatki fiołków. I udekorowałam fiołkami w cukrze. To na przyjęcie, które dziś obsługuję. – Claire sięgnęła po plastikowy pojemnik. – A to białe ciasto zrobiłam dla ciebie. Nie ma w nim nic podejrzanego, przysięgam. – Postawiła pojemnik obok Evanelle.

– Jesteś słodka. Kiedy wyjdziesz za mąż? Kto się tobą zajmie, kiedy odejdę?

– Nigdzie nie odejdziesz. A ten dom jest idealny dla starej panny. Tu się zestarzeję. Dzieci sąsiadów będą kraść jabłka z mojego ogrodu, a ja będę je przepędzać miotłą. I będę miała tabuny kotów. Pewnie po to dałaś mi to kocie legowisko.

Evanelle wzruszyła ramionami.

– Twoim problemem jest codzienność. Za bardzo jej ulegasz. Masz to po babce. Za bardzo przywiązałaś się do tego domu, całkiem jak ona.

Claire uśmiechnęła się, bo bardzo lubiła być porównywana z babką. Nie wiedziała, jakie bezpieczeństwo daje posiadanie nazwiska, dopóki matka nie przywiozła jej do tego domu, gdzie mieszkała babka. Były w Bascom góra trzy tygodnie, Sydney dopiero przyszła na świat, a Claire siedziała pod tulipanowcem, kiedy mieszkańcy miasta przyszli do Lorelei i noworodka. Claire nie była noworodkiem, więc nie sądziła, że ktoś będzie chciał się z nią spotkać. Po wizycie pewne małżeństwo zwróciło uwagę na to, jak Claire w milczeniu buduje z patyczków malutkie chatki.

15

– Jest z Waverleyów, nie ma wątpliwości – powiedziała kobieta. – Zatopiona we własnym świecie.

Claire nie podniosła głowy, nie odezwała się, ale mocno chwyciła się trawy, żeby nie ulecieć pod niebo. Była z Waverleyów! Nie powiedziała tego nikomu, zupełnie nikomu, żeby nie zapeszyć, ale od tego dnia każdego ranka zaczęła chodzić z babcią do ogrodu, przyglądać się jej, żeby stać się taka jak ona, żeby zrobić wszystko to, co robi prawdziwa Waverleyówna – bo choć się tu nie urodziła, była z Waverleyów.

– Muszę spakować galaretki i ocet – powiedziała do Evanelle. – Zaczekaj chwilkę, to odwiozę cię do domu.

– Dostarczasz towar do Freda? – spytała Evanelle.

– Tak.

– Więc po prostu pojadę z tobą. Potrzebuję bąbelków. I gumisiów. I może jeszcze kupię pomidorki. Na twój widok zachciało mi się pomidorków.

Kiedy Evanelle analizowała zalety pomidorów żółtych i czerwonych, Claire wyjęła ze spiżarki tekturowe pudła i zapakowała do nich galaretki i ocet. Evanelle poszła za nią do białego minivana z napisem „Catering Waverley".

Evanelle usiadła z przodu. Claire przydźwigała pudła na tylne siedzenie, a potem wręczyła Evanelle pojemnik z białym ciastem bez dodatków i papierową torbę.

– Co to? – spytała Evanelle, kiedy Claire siadała za kierownicą.

– Specjalne zamówienie.

– Dla Freda – dodała Evanelle tonem osoby, która wie wszystko.

– Myślisz, że znowu by coś u mnie zamówił, gdybym ci to powiedziała?

– Dla Freda.

– Nic takiego nie mówiłam.

16

– Dla Freda.

– Nie rozumiem, o co ci chodzi. Dla kogo?

Evanelle prychnęła:

– Panna Mądralińska.

Claire roześmiała się i uruchomiła silnik.

Interesy szły dobrze, bo wszyscy miejscowi wiedzieli, że dania przyrządzone z kwiatów rosnących wokół jabłonki w ogrodzie Waverleyów wywierają na ludzi niezwykły wpływ. Biszkopty z bzową galaretką, ciasteczka z lawendowego naparu oraz krakersy z nasturcjowym majonezem, które kółko pań zamawiało raz w miesiącu na swoje zebrania, pomagały zachować treść owych spotkań w tajemnicy. Smażone pączki mlecza z ryżem posypanym płatkami nagietka, faszerowane kwiaty dyni i zupa z dzikiej róży sprawiały, że twój partner dostrzegał jedynie urodę życia domowego, a nie jego minusy. Tost posmarowany masłem lofantowym, cukierki z anżeliką i babeczki z fiołkami w cukrze dodawały dzieciom rozumu. Wino z wiciokrzewu, podane czwartego czerwca, dawało zdolność widzenia w ciemnościach. Orzechowy aromat sosu z cebul hiacynta sprzyjał rozmarzeniu i skłaniał do rozmyślań o przeszłości, a sałatki z cykorii i mięty dawały poczucie, że wydarzy się coś dobrego, niezależnie od tego, czy była to prawda.

Przyjęcie, na które Claire miała dostarczyć potrawy, odbywało się u Anny Chapel, dziekan wydziału Orion College, która miała zwyczaj organizować je pod koniec wiosny. Claire dostarczała jej potrawy od pięciu lat. Była to dobra okazja zyskania renomy wśród akademików, którzy chcieli tylko skosztować oryginalnych smakołyków, podczas gdy miejscowi spodziewali się konkretnych usług – chcieli na przykład zapewnić sobie awans, nawiązać zerwaną przyjaźń lub wyjawić komuś tajemnicę i mieć pewność, że nikt jej nie zdradzi.

Claire najpierw zawiozła galaretki i ocet na rynek, gdzie w jednej z budek wynajmowała półkę, a potem pojechała do miasta. Zaparkowała przed „Delikatesami Freda", niegdyś „U Freda" – pod tą nazwą znano sklep od dwóch pokoleń, zanim zaczęło się w nim zaopatrywać bardziej wytworne towarzystwo oraz przyjzdni.

Wraz z Evanelle weszła do sklepu o skrzypiących drewnianych posadzkach. Evanelle ruszyła prosto w stronę pomidorów. Claire skierowała się do gabinetu Freda.

Zapukała i otworzyła drzwi.

– Cześć, Fred.

Fred siedział za starym biurkiem swojego ojca, nad fakturami, ale sądząc po tym, jak szybko się poderwał, kiedy Claire otworzyła drzwi, chyba myślał o czym innym.

– Claire! Jak miło.

– Mam te dwie skrzynki.

– Dobrze, dobrze. – Fred chwycił biały blezer z oparcia krzesła i narzucił go na czarną koszulkę polo. Wyszedł razem z Claire do jej furgonetki i pomógł wynieść towar.

– Czy... eee... przywiozłaś to, wiesz, to drugie? – spytał w drodze do magazynu.

Claire uśmiechnęła się nieznacznie i wyszła. Po chwili wróciła z papierową torbą, w której znajdowało się wino z geranium.

Fred przyjął ją z zażenowaniem. Podał Claire kopertę z czekiem. Całe to zajście nie powinno budzić niczyjego zdziwienia, bo Fred zawsze wręczał czek Claire, kiedy przywoziła mu galaretkę i ocet. Jednak na tym czeku widniała kwota dziesięciokrotnie wyższa. A koperta była jaśniejsza, jakby rozświetlały ją od środka świetliki albo nadzieja.

– Dzięki, Fred. Do zobaczenia za miesiąc.

– Jasne. Cześć, Claire.

*

Fred Walker obserwował Claire, czekającą przy drzwiach, aż Evanelle zapłaci za zakupy. Claire była ładna, ciemne włosy i oczy, oliwkowa cera i tak dalej. Nie przypominała matki, którą Fred znał ze szkoły, ale Sidney też nie była do niej podobna. Najwyraźniej wrodziły się w ojców – tych jakichś tam nieznanych mężczyzn. Ludzie traktowali Claire uprzejmie, ale uważali, że zadziera nosa, i nigdy nie przystawali, żeby pogawędzić z nią o pogodzie, nowej szosie między-stanowej ani o tym, jak słodkie są w tym roku truskawki. Była z Waverleyów, a Waverleyowie byli dziwni, każdy na swój sposób. Matka Claire była latawicą, która podrzuciła dzieci babce, a potem zginęła w karambolu w Chattanooga. Babka rzadko wychodziła z domu. Daleka kuzynka Evanelle nieustannie uszczęśliwiała ludzi dziwnymi podarkami. Ale tacy już byli ci Waverleyowie. Runionowie na przykład byli gadatliwi, Plemmonowie nie mogli nigdzie zagrzać miejsca, a Hopkinsowie zawsze żenili się ze starszymi kobietami. Jednak Claire dbała o dom Waverleyów, który należał do naj-starszych budynków w okolicy. Turyści lubili koło niego prze-jeżdżać, co wychodziło miastu na dobre. A co najważniejsze, Claire zawsze przychodziła z pomocą, kiedy miasto było w kłopocie, na który mogły zaradzić tylko kwiaty hodowane wokół jabłonki w ogródku Waverleyów. Ona pierwsza od trzech pokoleń jawnie robiła użytek ze swego daru. I za to ją ceniono.

Evanelle podeszła do Claire i razem odjechały.

Fred przytulił do piersi torbę z butelką i wrócił do gabinetu.

Zdjął blezer i usiadł przy biurku, znowu wpatrzony w małe zdjęcie przystojnego mężczyzny we fraku. Zdjęcie zostało zrobione parę lat temu na pięćdziesiątych urodzinach Freda.

Fred i jego partner, James, żyli ze sobą od ponad trzydzies-tu lat, a jeśli ludzie z miasta znali prawdziwą naturę ich związku, przywykli do niego od tak dawna, że nikogo to nie obchodziło. Ale ostatnio ich drogi zaczęły się rozchodzić, a nasionka niepewności zakiełkowały. Przez parę ostatnich miesięcy James zostawał na noc w Hickory, gdzie pracował – kilka razy w tygodniu – twierdząc, że skoro pracuje do późna, powroty do Bascom nie mają sensu. W związku z tym Fred zbyt często spędzał w domu samotne wieczory i nie wiedział, co ze sobą zrobić. To James mówił zawsze: „Robisz boskie chińskie pierożki, zrób je dziś na kolację". Albo: „W telewizji będzie ciekawy film". James miał zawsze rację, a pod jego nieobecność Fred nie potrafił podjąć nawet najdrobniejszej decyzji. Co przygotować na kolację? Czy zrobić pranie, czy zaczekać z nim do rana?

Przez całe życie Fred słyszał niesłychane opowieści o winie Waverleyów z geranium. Skłaniało ono pijącego, by wrócił do szczęśliwych chwil, przypomniał sobie to, co dobre, a Fred pragnął odzyskać szczęśliwe chwile, które przeżył z Jamesem. Claire robiła tylko jedną butelkę na rok i wyceniała ją diabelnie wysoko, ale wino działało na pewno, bo Waverleyowie, choć bezradni wobec własnego losu, w pomaganiu innym nie mieli sobie równych.

Sięgnął po telefon i wybrał numer pracy Jamesa. Musiał go spytać, czy zdąży na kolację.

Właściwie jakie mięso pasuje do magicznego wina?

Claire dotarła do domu Anny Chapel późnym popołudniem. Anna mieszkała w zaułku za Orion College, a jedyna droga dojazdowa prowadziła przez campus. W okolicy mieszkali wykładowcy; budynki wzniesiono w tym samym czasie co cały campus – sto lat temu. Budowniczowie chcieli jak najbardziej odseparować środowisko akademickie od miasta. Było to mądre posunięcie, zważywszy ówczesne protesty przeciwko przyjmowaniu kobiet na uniwersytety. Dziś rektor nadal mieszkał na terenie campusa, a nieliczni profesorowie, także Anna, w zbudowanych pierwotnie domach. Ale całą okolicę zasiedliły młode rodziny bez żadnych związków z uczelnią. Po prostu podobało się im odosobnienie i bezpieczeństwo tej okolicy.

– Claire! Witaj! – zawołała Anna, otwierając drzwi. Claire stała w progu z przenośną lodówką wyładowaną produktami, które należało natychmiast umieścić w chłodzie. – Znasz drogę. Pomóc ci?

– Nie, dzięki, poradzę sobie – rzuciła Claire, choć okres na przełomie wiosny i lata należał do najbardziej ruchliwych, a ona akurat wtedy nie mogła liczyć na najmniejszą pomoc. Normalnie zatrudniała do pomocy studentów pierwszego roku gastronomii w Orion. Nie pochodzili z Bascom i pytali wyłącznie o sprawy kulinarne. Starała się, żeby w miarę możności nie zatrudniać nikogo miejscowego. Większość z nich chciała się nauczyć jakichś magicznych sztuczek, a przynajmniej dobrać się do jabłonki, w nadziei, że – jak głosi miejscowa legenda – jej jabłka rzeczywiście ukażą im najważniejsze wydarzenie ich życia.

Claire poszła do kuchni, wstawiła jedzenie do lodówki, otworzyła drzwi i złożyła resztę na schodkach z tyłu. Wkrótce potem w rustykalnej kuchni zrobiło się przytulnie od ciepła i ulotnych woni, które przenikały nieznacznie w głąb domu. Witały gości Anny jak pocałunek matki po powrocie do domu.

Anna chciała używać własnych talerzy – ciężkich, ceramicznych, własnej roboty – więc Claire ułożyła na nich sałatkę i była gotowa do podawania, kiedy Anna powiadomiła ją, że wszyscy już zajęli miejsca.

W menu na dziś znalazła się sałatka, zupa z juki, wieprzowa polędwica faszerowana nasturcją, szczypiorkiem i kozim serem, pomiędzy posiłkami sorbet limonkowo-werbenowy, a na deser białe ciasto z fiołkami. Claire miała pełne ręce roboty przy doglądaniu przyrządzania dań, układaniu ich na talerzach i dyskretnym sprzątaniu ze stołu. Przyjęcie było równie oficjalne jak wszystkie inne, na które dostarczała jedzenie, ale w tym udział wzięli profesorowie z małżonkami, zblazowani i inteligentni ludzie, którzy mieli wyrobione gusta i potrafili docenić pomysłowość kucharza. Kiedy musiała pracować sama, nie skupiała się na ludziach, lecz na celu, co tego wieczora było zadaniem dokuczliwie męczącym, zważywszy że noc spędziła na twardej ziemi w ogródku. Ale ta sytuacja miała też swoje plusy. Nigdy za dobrze nie czuła się wśród obcych.

Oczywiście czuła jego obecność. Siedział dwa krzesła za Anną, która zajęła miejsce u szczytu stołu. Goście nie spuszczali oczu z wnoszonych i ustawianych przed nimi dań. On jeden patrzył na nią. Ciemne włosy niemal sięgały mu do ramion, ręce i palce miał smukłe, usta pełniejsze niż jakikolwiek znany jej mężczyzna. Był... niebezpieczny.

Kiedy podawała deser, poczuła jakieś drżenie, które narastało, gdy się do niego zbliżała. Nie wiedziała czy to drżenie jego, czy jej.

– Czy my się znamy? – spytał, kiedy wreszcie stanęła przy nim. Uśmiechał się tak miłym, szczerym uśmiechem, że omal mu go nie odwzajemniła.

Postawiła przed nim talerzyk z ciastem doskonałym i wilgotnym, z girlandą kandyzowanych fiołków, bujnych i migotliwych jak klejnoty. Krzyczały: „Patrz na mnie!". Ale on nie spuszczał oczu z Claire.

– Nie sądzę – odpowiedziała.

– To Claire Waverley, która przygotowała te dania – odpowiedziała Anna, zaróżowiona nieco od wina. – Zatrudniam ją na każde zebranie. Claire, to Tyler Hughes. Jest z nami od tego roku.

Claire skinęła głową, nieprzyjemnie skrępowana, bo oczy wszystkich spoczęły na niej.

– Waverley – powiedział Tyler z namysłem. Claire odwróciła się, ale on przytrzymał ją smukłymi palcami, łagodnie, nieustępliwie. – Oczywiście! – dodał ze śmiechem, – Moja sąsiadka! Mieszkam obok pani. Pendland Street, prawda? Pani mieszka w tym wielkim zabytku?

Była tak zaskoczona jego dotykiem, że zdobyła się tylko na szybkie skinienie głowy.

Zaraz potem ją puścił, jakby wyczuł, że zesztywniała, a przez jej ciało przebiegł dreszcz.

– Kupiłem ten niebieski dom w sąsiedztwie – wyjaśnił. – Wprowadziłem się parę tygodni temu.

Ledwie na niego zerknęła.

– Miło wreszcie panią poznać.

Znowu kiwnęła głową i wyszła. Pozmywała, spakowała swoje rzeczy, zostawiając resztę sałatki i ciasta w lodówce. Była rozdrażniona, rozkojarzona i nie wiedziała, dlaczego. Ale pracując, nieświadomie przesuwała palcami po ręce, której dotykał Tyler, jakby starając się strzepnąć jego dotyk.

Zanim zaniosła ostatnią skrzynkę do furgonetki, Anna przyszła do kuchni pochwalić jedzenie i Claire. Była albo zbyt pijana, albo zbyt uprzejma, żeby wspomnieć o dziwnym zachowaniu Claire wobec jednego z gości.

Claire przyjęła z uśmiechem czek. Pożegnała się, wzięła skrzynkę i wyszła tylnymi drzwiami. Powoli przemierzyła krótki podjazd. Zmęczenie osiadło w jej stawach jak piasek, poruszała się z trudem. Ale noc była ładna. Ciepła i sucha. Claire postanowiła, że będzie spać przy otwartym oknie.

Stojąc przy krawężniku poczuła dziwny podmuch. Odwróciła się. Pod dębem przed domem Anny stała jakaś postać. Claire nie widziała jej dokładnie, ale wokół niej migotały maleńkie iskierki fioletowego światła, jakby elektryczne wyładowania.

Postać oddzieliła się od drzewa. Claire poczuła na sobie jej wzrok. Odwróciła się i zrobiła krok w stronę furgonetki.

– Czekaj! – zawołał Tyler.

Powinna iść dalej, ale odwróciła się.

– Masz ogień? – spytał.

Zamknęła oczy. Łatwiej byłoby zwalić winę na Evanelle. Tyle tylko, że staruszka nie miała pojęcia, co robi.

Odstawiła skrzynkę, sięgnęła do kieszeni sukienki i wyjęła żółtą zapalniczkę, którą dostała od Evanelle. Więc to było jej przeznaczenie?

Miała wrażenie, że o jej plecy oparło się morze, naparło na nią, zaczęło ją spychać w przepaść – a ona podeszła i podała mu zapalniczkę. Zatrzymała się o parę kroków, jak najdalej od niego, wbiła obcasy w piasek, jakby jakaś moc miała ją gdzieś zawlec wbrew jej woli.

A on uśmiechał się, nieskrępowany, zainteresowany. W ustach trzymał niezapalonego papierosa, którego teraz wyjął.

– Palisz?

– Nie. – Nadal trzymała w dłoni zapalniczkę, której nie przyjął.

– Ja też nie powinienem. Wiem. Ograniczam się do dwóch dziennie. To już nie jest zachowanie akceptowane w społeczeństwie. – Kiedy nie odpowiedziała, przestąpił z nogi na nogę. – Już cię widziałem. Masz wspaniały ogród. Ja skosiłem swój trawnik parę dni temu. Chyba po raz pierwszy od jego założenia. Niedużo mówisz, co? A może już cię jakoś obraziłem? Może wylazłem w gaciach na trawnik?

Claire drgnęła. W swoim domu czuła się tak bezpiecznie, że często zapominała o istnieniu sąsiadów, którzy – z piętra – mogli przecież zajrzeć do jej oranżerii, gdzie zdjęła dziś nocną koszulę.

– Jedzenie było wspaniałe – powiedział Tyler, nie ustając w wysiłkach.

– Dziękuję.

– Może jeszcze się zobaczymy?

Serce zaczęło jej galopować. Nie potrzebowała niczego. Jeśli wpuści kogoś do swego życia, będzie cierpieć. Z całą pewnością. Z całą stanowczością. Miała Evanelle, dom i pracę. Tylko tyle jej potrzeba.

– Możesz zatrzymać zapalniczkę – powiedziała i odeszła.

Skręciła na podjazd i zatrzymała się przed domem zamiast na zapleczu. Na schodkach ganku ktoś siedział.

Wysiadła, zostawiając zapalone reflektory i otwarte drzwi. Przebiegła truchtem przez trawnik. Całe zmęczenie rozpłynęło się w niebycie, wyparte przez strach.

– Evanelle, co się stało?

Evanelle siedziała sztywno wyprostowana. W blasku latarni wyglądała krucho, bezcieleśnie. Trzymała dwa pakunki: nową pościel i torebkę z drożdżówkami.

– Nie zasnę, dopóki ci tego nie dam. Masz, bierz i niech ja wreszcie zasnę.

Claire wbiegła na schodki i przyjęła paczki. Objęła Evanelle.

– Jak długo tu czekasz?

– A z godzinę. Już leżałam i nagle jak mnie nie grzmotnie! Potrzeba ci świeżej pościeli i drożdżówek.

– Dlaczego nie zadzwoniłaś na moją komórkę? Mogłabym po to przyjechać.

– To tak nie działa. Nie wiem, dlaczego.

– Zostań na noc. Zrobię ci ciepłego mleka z cukrem.

– Nie – rzuciła Evanelle zwięźle. – Chcę do domu.

Po tych wszystkich uczuciach, które obudził w niej Tyler, Claire zapragnęła jeszcze bardziej walczyć o to, co miała, o jedyne, czego pragnęła z całego serca.

– Może ta pościel znaczy, że mam ci pościelić łóżko – powiedziała z nadzieją, że to zawróci Evanelle od drzwi. – Zostań ze mną. Proszę.

– Nie! To nie dla mnie! I nie wiem, po co! Nigdy nie wiem, po co! – podniosła głos Evanelle. Odetchnęła głęboko i dodała szeptem: – Chcę już do domu.

Claire zwymyślała się w duchu za natarczywość. Łagodnie, opiekuńczo pogłaskała Evanelle.

– Dobrze, dobrze. Odwiozę cię. – Odłożyła pościel i drożdżówki na wiklinowy fotel bujany przy drzwiach. – Chodź, skarbie – przygarnęła senną starszą panią i sprowadziła ją po schodkach do furgonetki.

Kiedy Tyler Hughes wrócił do domu, w oknach Claire było ciemno. Zaparkował jeepa na ulicy i wysiadł, ale na podjeździe zatrzymał się. Jeszcze nie chciał wchodzić do domu.

Odwrócił się, słysząc chrobot pazurków małego psa na chodniku. Po chwili minął go pędem czarny terierek w dzikim pościgu za ćmą, przelatującą od jednej ulicznej latarni do drugiej.

Tyler zaczekał na dalszy rozwój wypadków.

I rzeczywiście, po chwili ukazała się pani Kranowski, chuda staruszka z fryzurą jak waniliowe lody z automatu. Goniła psa, wołając:

– Edwardzie! Edwardzie! Wracaj do mamusi! Edwardzie! Masz tu w tej chwili wrócić!

– Pomóc pani? – zagadnął ją Tyler.

– Nie, dziękuję – rzuciła i znikła w mroku.

Jak się szybko przekonał, ten sąsiedzki dramat rozgrywał się co najmniej cztery razy dziennie.

No proszę, fajnie jest żyć według wyznaczonego planu.

Tyler doceniał to bardziej niż inni. Tego lata miał zacząć wykłady, ale do letniego semestru zostało jeszcze parę tygodni, a jeśli nie miał zaplanowanego dnia, zawsze zaczynało go nosić. Planowanie nigdy nie było jego mocną stroną, ale dawało mu poczucie bezpieczeństwa. Czasami zastanawiał się, czy to wyuczone, czy wrodzone. Jego rodzice byli zagorzałymi artystami ceramikami i zawsze zachęcali go do tworzenia. Dopiero w szkole dowiedział się, że nie wolno malować na ścianach. Co to była za ulga! Szkoła dała mu fundamenty, zasady, cele. W wakacje zapominał o jedzeniu, bo przez całe godziny malował i marzył, a rodzice mu w tym nie przeszkadzali. Uwielbiali go za to. Miał szczęśliwe dzieciństwo, ale dla jego rodziców ambicja była tematem tak samo zakazanym jak Ronald Reagan. Tyler zawsze zakładał, że podobnie jak rodzice, będzie z trudem zarabiać twórczością na życie i cieszyć się z tego, co ma. Ale w szkole było fajnie, na studiach jeszcze bardziej i nie podobała mu się myśl, że mógłby to porzucić.

Postanowił więc zostać nauczycielem.

Rodzice nie potrafili go zrozumieć. Dobre zarobki były dla nich równie karygodne jak republikańskie poglądy.

Tyler stał jeszcze na swoim podjeździe, kiedy pani Kranowski wróciła z szamoczącym się zaciekle Edwardem pod pachą.

– Gziećny Edward – kląskała słodko. – Synuś mamusi.

– Dobranoc pani – zawołał Tyler, kiedy znowu go mijała.

– Dobranoc.

Podobała mu się ta walnięta okolica.

Pierwszą pracę po studiach dostał w liceum na Florydzie, tak złaknionym nauczycieli, że oprócz premii opłacali mu rachunki i sfinansowali przeprowadzkę z Connecticut. Po jakimś roku zaczął także prowadzić wieczorowe zajęcia plastyczne na miejscowym uniwersytecie.

Do Bascom zaprowadził go szczęśliwy traf. Na konferencji w Orlando poznał pewną kobietę, wykładającą sztuki piękne na Orion College w Bascom. Było wino, flirt, noc dzikiego seksu w jej pokoju. Po paru latach, w czasie niespokojnych wakacji, dowiedział się o wakacie na wydziale sztuk pięknych w Orion College i tamta noc wróciła do niego w całej swojej krasie i wyrazistości. Zgłosił się i został przyjęty. Nawet nie pamiętał imienia tej kobiety, chodziło po prostu o to romantyczne uczucie. Do czasu jego przyjazdu ona zdążyła się już wyprowadzić i nigdy się nie spotkali.

Im więcej przybywało mu lat, tym częściej myślał, że się nie ożenił i że właściwie wylądował w tym mieście, ponieważ znowu nie mógł znaleźć dla siebie miejsca i zamarzył o życiu z kobietą, z którą przeżył jedną noc.

Był romantyczny czy tylko żałosny?

Za jego domem coś gruchnęło. Wyjął ręce z kieszeni i poszedł w tamtą stronę. Parę dni temu, kiedy kosił trawnik, trawa była wysoka, więc teraz na całym podwórku leżały wielkie wilgotne sterty siana.

Chyba powinien je zgrabić. Ale co potem? Nie mógł zostawić wielkiej sterty na środku podwórka. A jeśli to siano wyschło i zniszczyło żywą trawę, która pod nim rosła?

Wystarczy jeden dzień bez pracy i już zaczyna się obsesyjnie przejmować trawnikiem. I pewnie będzie jeszcze gorzej.

Co ma ze sobą zrobić do rozpoczęcia semestru?

Musiał pamiętać, żeby napisać sobie karteczki z napomnieniem: jedz! Zrobi to dzisiaj, żeby nie zapomnieć. Przyczepi je do lodówki, kanapy, łóżka, komody.

Światło na tylnym ganku oświetlało podwórko na zapleczu domu – małe, nie takie, jak to po sąsiedzku. Obie działki rozdzielał porośnięty wiciokrzewem metalowy płot Waverleyów. Tyler już dwa razy ściągał z niego dzieci. Mówiły, że chcą się dobrać do jabłonki, co według niego było głupie, bo na campusie uczelni rosło co najmniej sześć dojrzałych, rodzących jabłka drzew. Po co wspinać się na trzymetrowy płot z ostrymi szpikulcami, skoro można przespacerować się na campus? Tłumaczył to dzieciom, ale patrzyły na niego jak na idiotę. Ta jabłonka, mówiły, jest wyjątkowa.

Ruszył wzdłuż płotu, głęboko wdychając słodką woń wiciokrzewu. Potknął się o coś; spojrzał w dół i ujrzał jabłko. Powiódł wzrokiem wzdłuż jabłkowego węża, który dopełzał do małej piramidki z jabłek pod płotem. Kolejny owoc uderzył z głuchym pacnięciem o ziemię. Po raz pierwszy jakieś jabłka spadały na jego działkę. Cholera, a przecież z tego miejsca nawet nie widział jabłonki.

Podniósł różowe jabłuszko, wytarł je o koszulę do połysku i ugryzł.

Powoli wrócił do domu, postanawiając, że jutro spakuje jabłka i odda je Claire z wyjaśnieniem, co się stało. To będzie dobry pretekst do następnego spotkania.

Pewnie znowu zaczyna się uganiać za kobietą.

Ale co tam.

Rób to, co umiesz najlepiej.

Ostatnią rzeczą, jaką pamiętał, był moment, kiedy stawiał stopę na pierwszym schodku na ganku.

A potem przyśnił mu się zadziwiający sen.

ROZDZIAŁ 2

Dziesięć dni wcześniej,
Seattle, stan Washington

Sydney podeszła do łóżeczka córki.
– Obudź się, skarbie.
Bay otworzyła oczy. Sydney położyła palec na ustach dziewczynki.
– Wyjeżdżamy i nie chcemy, żeby Susan nas usłyszała, więc zachowuj się cicho. Pamiętasz? Tak jak się umawiałyśmy.
Bay wstała bez słowa, poszła do łazienki i nawet zapamiętała, żeby nie spuszczać wody, bo dwa domki były rozdzielone wspólną ścianą i Susan mogłaby usłyszeć. Potem włożyła buciki na miękkich podeszwach i ubrała się w liczne warstwy ubranek, które przygotowała dla niej Sydney, ponieważ rano jest chłodniej niż w środku dnia, ale nie będą miały czasu, żeby się zatrzymać i przebierać.
Kiedy Bay wkładała ubranie, Sydney krążyła niespokojnie po pokoju. David wyjechał w interesach do Los Angeles; jak zawsze poprosił starszą panią z domku naprzeciwko, żeby miała oko na Sydney i Bay. Przez ostatni tydzień Sydney wynosiła z domu ubrania, jedzenie i inne przedmioty w torbie na zakupy, nie zmieniając wyznaczonego przez Davida planu dnia, nad którym czuwała Susan. Sydney mogła zabierać Bay do parku w poniedziałki, wtorki i czwartki, a w piątki – chodzić na zakupy. Dwa miesiące temu spotkała w parku matkę,

jedyną, która odważyła się ją zapytać, dlaczego jest tak posiniaczona? Tak roztrzęsiona? Pomogła kupić Sydney stare subaru za trzysta dolarów, ładną sumkę, którą Sydney zdołała oszczędzić przez dwa lata, podkradając po jednym dolarze z portfela Davida. Monety zbierała w poduszkach kanapy i zwracając za gotówkę towary, za które zapłaciła czekiem (David dokładnie sprawdzał wydruki z konta). Jedzenie i ubrania zanosiła kobiecie z parku, by ta schowała je do samochodu. Modliła się, żeby ta kobieta – Greta – nie zapomniała zaparkować samochodu tam, gdzie się umówiły. Ostatnio rozmawiały ze sobą w czwartek, a teraz była niedziela. David miał wrócić wieczorem.

Co dwa, trzy miesiące David latał do Los Angeles, żeby osobiście skontrolować restaurację, w której miał udziały. Zawsze zostawał na imprezę z partnerami, starymi kumplami z czasów uniwerku. Wracał do domu zadowolony, na lekkim rauszu i było dobrze do chwili, kiedy zapragnął seksu, a ona w porównaniu z jego dziewczynami z Los Angeles wypadała marnie. Dawno temu też wyglądała jak te dziewczyny. Jej specjalnością byli niebezpieczni mężczyźni, tak jak chyba jej matki – była to jedna z wielu przyczyn, dla których opuściła Bascom tylko z plecakiem i paroma fotografiami matki, żeby jej towarzyszyły w podróży.

– Jestem gotowa – szepnęła Bay, wychodząc na korytarz, gdzie Sydney krążyła jak zwierzę w klatce.

Sydney uklękła i uścisnęła córkę. Dziewczynka miała już pięć lat, była na tyle duża, że rozumiała, co się dzieje w jej domu. Sydney usiłowała chronić ją przed Davidem, a on na mocy milczącej ugody nie dotykał Bay, jeśli Sydney była posłuszna. Ale dziecko nie może się wychowywać w takim domu. Bascom, pomimo wszystkich swoich wad, było bezpieczne, a Sydney zdecydowała się wrócić do znienawidzonego miasta, by Bay wreszcie poczuła, co to jest bezpieczeństwo.

Wstała, nim zdążyła się rozpłakać

– Chodź, kochanie.

W ucieczkach była dobra. Kiedyś uciekała bez przerwy – a potem poznała Davida. Teraz strach przed ucieczką zapierał jej dech w piersiach.

Kiedy po raz pierwszy wyjechała z Karoliny Północnej, udała się prosto do Nowego Jorku, gdzie wtopiła się w tłum i nikt nie uważał jej za dziwną, bo nazwisko Waverley nic tu nie znaczyło. Zamieszkała z aktorami, którzy uczyli się od niej południowego akcentu, podczas gdy ona usiłowała się go pozbyć. Po roku pojechała do Chicago z chłopakiem, który zarabiał – i to dobrze – kradnąc samochody. Kiedy wpadł, zabrała jego pieniądze, przeprowadziła się do San Francisco i żyła z nich przez cały rok. Zmieniła nazwisko, żeby tamten jej nie odnalazł, i stała się Cindy Watkins. Tak nazywała się jej przyjaciółka z Nowego Jorku. Kiedy pieniądze się skończyły, pojechała do Vegas, gdzie podawała drinki. Dziewczyna, z którą przyjechała z Vegas do Seattle, miała znajomą w restauracji „David's on the Bay", a ta załatwiła im w niej pracę.

Sydney poczuła szalony pociąg do Davida, właściciela restauracji. Nie był przystojny, ale emanowała z niego siła, a jej się to podobało. Silni mężczyźni są podniecający – aż w końcu stają się przerażający, a wtedy przeważnie odchodziła. Nabrała wprawy w igraniu z ogniem. Minęło pół roku, a i David zaczął ją przerażać. Czasami bił ją, przywiązywał do łóżka i mówił, że bardzo ją kocha. Śledził ją, kiedy szła na zakupy i do znajomych. Zaczęła planować ucieczkę, chciała ukraść pieniądze z restauracji i pojechać do Meksyku z dziewczyną, którą poznała w publicznej pralni, ale nagle okazało się, że jest w ciąży.

Bay urodziła się siedem miesięcy później. David nazwał ją na cześć swojej restauracji. W pierwszym roku jej życia Sydney nienawidziła tego milczącego dziecka za wszystko, co w jej życiu się nie udało. David budził w niej już tylko obrzydzenie, przerażał ją w stopniu, który dotąd wydawał się jej niemożliwy. Czuł to i bił ją jeszcze brutalniej. Tego nie planowała. Nie chciała rodziny. Nigdy nie zamierzała ustatkować się z mężczyznami, z którymi była. A teraz musiała, ze względu na Bay.

Pewnego dnia wszystko się zmieniło. Wciąż zajmowali to samo mieszkanie, co przed przeprowadzką do domku za miastem. Bay miała zaledwie rok i cicho bawiła się w czystej pralni. Siedziała w koszyku i zarzucała sobie na głowę pranie. Nagle Sydney zobaczyła samą siebie, bawiącą się samotnie, podczas gdy jej matka załamywała ręce i krążyła po pokojach w domu Waverleyów w Bascom. Niedługo potem znowu odeszła bez słowa. Doznała wstrząsu, aż przeszły ją ciarki. Wypuściła z płuc powietrze, które uszło z niej jak mróz. Poczuła, że nie jest taka jak jej matka. Lorelei starała się zachowywać przyzwoicie, ale nie nadawała się na matkę. Zostawiła córki bez słowa wyjaśnienia i nigdy nie wróciła. Sydney będzie dobrą matką, a dobre matki chronią swoje dzieci. Zajęło jej to rok, ale w końcu zrozumiała, że nie musi tu zostać z powodu Bay. Może zabrać Bay ze sobą.

W przeszłości uciekanie szło jej tak dobrze, że zwiodło ją fałszywe poczucie bezpieczeństwa, ponieważ nikt nigdy jej nie dogonił. Udało się jej nawet skończyć kurs w salonie piękności w Boise. Ale pewnego razu wyszła z salonu, gdzie dostała pierwszą pracę, a na parkingu czekał na nią David. Pamiętała, że zanim go zauważyła przy samochodzie, wiatr dmuchnął jej w twarz i przyniósł aromat lawendy. Pomyślała, że nie czuła tego zapachu od czasów Bascom. Dochodził z salonu, jakby usiłował ją na powrót wciągnąć do środka.

Potem zobaczyła Davida. Zawlókł ją do samochodu. Była zaskoczona, ale nie szarpała się, bo nie chciała się ośmieszać w oczach nowych koleżanek z salonu. David odjechał, zaparkował przed fast foodem, a potem tak ją stłukł pięściami, że straciła przytomność. Ocknęła się, kiedy rżnął ją na tylnym siedzeniu. Potem wynajął pokój w motelu i pozwolił się jej doprowadzić do porządku. Wytłumaczył, że to wszystko jej wina. Wypluła ząb do umywalki. Potem pojechali odebrać Bay ze żłobka, w którym David wyśledził dziewczynkę. Tak je odnalazł. Był czarujący i przedszkolanki uwierzyły, że Sydney miała wypadek samochodowy.

W Seattle jego nagłe ataki furii zaczęły się powtarzać. Bay bawiła się w pokoju, Sydney robiła jej kanapkę z masłem orzechowym albo kąpała się pod prysznicem, kiedy nagle pojawiał się David i wbijał jej pięść w brzuch, albo przygniatał ją do stołu i zdzierał z niej szorty, a potem wbijał się w nią i mówił, że nigdy więcej od niego nie odejdzie.

Przez dwa lata od chwili, kiedy przywlókł ją z powrotem z Boise, Sydney ni z tego, ni z owego czuła zapach róż, wchodząc do pokoju, albo budziła się ze smakiem wiciokrzewu na języku. Te smaki i zapachy zawsze napływały przez okno albo drzwi, z zewnątrz.

Dopiero pewnej nocy, gdy patrzyła na śpiącą Bay i cicho płakała, zastanawiając się, jak zdoła chronić swoje dziecko przed niebezpieczeństwem – jeśli zostaną – albo przed niebezpieczeństwem – jeśli odjadą – nagle wszystko nabrało sensu.

Czuła zapach domu.

Musiały wrócić do domu.

Zeszły po cichutku po schodach w mroku przedświtu. Susan z sąsiedztwa miała dobry widok zarówno na ich drzwi frontowe, jak i tylne, więc poszły do okna w salonie, wychodzącego na mały skrawek bocznego podwórka, którego Susan nie mogła widzieć. Sydney już wcześniej zdjęła okiennicę, więc teraz musiała tylko cicho otworzyć okno i spuścić Bay na zewnątrz. Następnie zrzuciła torbę na zakupy, jeszcze jedną walizkę i plecaczek Bay, który pozwoliła córce spakować samodzielnie – pełen tajemnych skarbów, które dawały Bay pociechę. Wypełzła i zaprowadziła Bay pomiędzy krzakami hortensji na parking przy domu. Greta z parku powiedziała, że zostawi subaru przed domem numer 100, o jedną przecznicę dalej. Kluczyki miała powiesić nad lusterkiem. Samochód nie miał ubezpieczenia, ale to było bez znaczenia. Liczyło się tylko to, że mogły nim uciec.

Mżyło, gdy razem z Bay ruszyła truchtem przez chodnik, omijając z daleka latarnie.

Kiedy w końcu stanęły pod parkingiem przy domu numer 100, grzywka Sydney ociekała deszczem. Gdzie ten samochód? Sydney rozejrzała się gorączkowo. Zostawiła Bay i pobiegła. Na parkingu stało tylko jedno subaru, ale o wiele za ładne jak na samochód za trzysta dolarów. W dodatku zamknięte, a w środku miało dokumenty i termiczny kubek. Należało do kogoś innego.

Jeszcze raz obiegła parking. Sprawdziła sąsiednią ulicę, tak na wszelki wypadek.

Samochodu nie było.

Wróciła biegiem do Bay, zdyszana, przerażona, że w tej panice zostawiła córkę samą. Zaczęła się rozklejać, a na to nie mogła sobie pozwolić. Nie teraz. Usiadła na krawężniku pomiędzy hondą i fordem i ukryła twarz w rękach. Tyle odwagi poszło na marne. Jak może znowu zaprowadzić Bay do tego domu, do tego strasznego domu? Nie mogła. Nie zrobi tego. Za nic w świecie. Nie będzie już Cindy Watkins.

Bay usiadła obok niej, przytuliła się. Sydney objęła ją ramieniem.

– Mamusiu, wszystko będzie dobrze.

– Wiem. Posiedźmy jeszcze chwileczkę, dobrze? Mamusia musi się zastanowić.

O czwartej rano na parkingu było cicho i spokojnie. Dlatego warkot zbliżającego się samochodu poderwał Sydney na równe nogi. Schowała się razem z Bay za fordem. A jeśli to Susan? A jeśli powiedziała Davidowi?

Światła samochodu z wolna się zbliżały, jakby czegoś szukały. Sydney zasłoniła sobą Bay i zamknęła oczy, jakby to mogło pomóc.

Samochód zatrzymał się.

Trzasnęły drzwi.

– Cindy?

Otworzyła oczy i ujrzała Gretę, niską blondynkę, zawsze w kowbojskich botkach i z wielkimi kolczykami w uszach.

– Boże – szepnęła Sydney.

– Przepraszam – powiedziała Greta, klękając przed nią. – Strasznie przepraszam, zaparkowałam tutaj, ale przyłapał mnie facet z tego domu i powiedział, że jeśli nie odjadę, wezwie drogówkę. Przejeżdżałam tędy co pół godziny, czekając na was.

– Boże.

– Już dobrze. – Greta podniosła Sydney i zaprowadziła ją razem z Bay do subaru combi z folią zamiast wybitej szyby po stronie pasażera i błotnikach obsypanych rdzawych pryszczami. – Powodzenia. Uciekaj jak najdalej.

– Dziękuję.

Greta skinęła głową i wsiadła do jeepa, który wjechał za nią na parking.

– Widzisz, mamusiu? – odezwała się Bay. – Wiedziałam, że będzie dobrze.

– Ja też – skłamała Sydney.

Następnego ranka po przyjęciu u Anny Chapel Claire poszła do ogrodu nazbierać mięty. Zamierzała zabrać się do przygotowywania jedzenia na doroczne spotkanie Towarzystwa Botaników Amatorów, które miało się odbyć w Hickory w piątek. Ponieważ panie z towarzystwa były botaniczkami, zachwycała je myśl o jadalnych kwiatach A ponieważ były także ekscentrycznymi bogatymi staruszkami, płaciły dobrze i mogły zapewnić wiele pożytecznych kontaktów. Zdobycie tego zlecenia było darem losu, ale wiązało się z masą roboty i Claire musiała się dobrze zorganizować, a także wynająć kogoś z sąsiedztwa do pomocy.

Ogród był otoczony masywnym metalowym płotem, jak gotycki cmentarz. Porastający go wiciokrzew miejscami sięgał pół metra ponad ogrodzenie, kompletnie zasłaniając dom przed okiem przechodniów. Nawet furtka była porośnięta pnączami, a klamka znajdowała się w miejscu znanym jedynie wtajemniczonym.

Claire weszła do ogrodu i zauważyła go natychmiast.

W kępie koronkowych baldachów dzikiej marchwi zieleniły się młode listki bluszczu.

Bluszcz w ogrodzie.

Wyrósł w jedną noc.

Ogród mówił jej, że coś usiłuje się tu wkraść, coś ładnego i z pozoru nieszkodliwego, co zagłuszy wszystkie żywe istoty, jeśli tylko będzie miało szansę.

Natychmiast wyrwała bluszcz i rozgarnęła głęboko ziemię, szukając korzeni. Ale potem dostrzegła włochate pnącze, wspinające się na krzak bzu, i przysunęła się do niego.

W pośpiechu nie zamknęła za sobą furtki. Pół godziny później z zaskoczeniem obejrzała się, słysząc chrzęst żwiru pod stopami kogoś idącego krętą ścieżką wśród kwiatów.

Był to Tyler z kartonowym pudłem. Rozglądał się, jakby wszedł do zaczarowanego ogrodu. Wszystko kwitło tu jednocześnie, nawet jeśli o tej porze roku nie powinno. Zatrzymał się nagle, ujrzawszy klęczącą Claire, która właśnie wyszarpywała korzenie bluszczu spod krzaku bzu. Spojrzał na nią, jakby usiłował przebić wzrokiem ciemności.

– Jestem Tyler Hughes – przypomniał, może bojąc się, że go nie poznała – z domu obok.

Skinęła głową.

– Pamiętam.

Podszedł do niej.

– Jabłka – powiedział, kucając obok Claire. Pudełko postawił na ziemi. – Spadły przez płot. Co najmniej dziesięć. Nie wiem, czy je gdzieś dostarczasz, więc pomyślałem, że powinienem je oddać. Pukałem do drzwi, ale nikt nie odpowiadał.

Claire odsunęła pudło poza zasięg jego rąk, najdyskretniej jak umiała.

– Nie dostarczam ich. Ale dziękuję. Nie lubisz jabłek?

Pokręcił głową.

– Czasem się skuszę. Nie mam bladego pojęcia, jak trafiły na moje podwórko. Drzewo jest za daleko.

Nie wspomniał nic o wizji, co przyjęła z ulgą. Pewnie nie zjadł żadnego jabłka.

– Może wiatr je zaniósł – powiedziała.

– Wiesz, na campusie o tej porze roku nie ma jeszcze dojrzałych jabłek.

– To drzewo kwitnie w zimie i owocuje wiosną i latem.

Tyler wstał i przyjrzał się jabłonce.

– Robi wrażenie.

Claire obejrzała się przez ramię. Drzewo rosło w głębi ogrodu. Nie było bardzo wysokie, ale rozgałęzione. Jego konary przypominały rozpostarte ręce baletnicy, a jabłka zwisały na końcu gałęzi, jakby drzewo trzymało je w dłoniach. Jabłonka była piękna i stara, miała szarą, spękaną, a miejscami omszałą korę. Trawa w ogrodzie rosła wyłącznie wokół pnia, w obrębie trzech metrów. Miało się wrażenie, jakby drzewo stało na własnym dywanie.

Claire nie wiedziała, dlaczego, ale od czasu do czasu drzewo zrzucało jabłka, jakby się nimi znudziło. Kiedy była mała, okna jej sypialni wychodziły na ogród. W lecie sypiała przy otwartych oknach, i czasami rano znajdowała na podłodze parę jabłek.

Spojrzała surowo na jabłonkę. Niekiedy odnosiło to skutek. Drzewo uspokajało się.

– To zwykła jabłonka – powiedziała i zajęła się krzakiem bzu. Zaczęła dokopywać się do korzeni bluszczu.

Tyler obserwował ją, trzymając ręce w kieszeniach. Od tylu lat pracowała samotnie w ogrodzie, że zapomniała, jak bardzo jej brakuje czyjejś obecności. Przypomniała sobie babcię i wspólną pracę w ogródku. Taka praca nie może być wykonywana w samotności.

– Długo mieszkasz w Bascom? – spytał w końcu Tyler.

– Prawie całe życie.

– Prawie?

– Moja rodzina stąd pochodzi. Matka się tu urodziła. Wyjechała, ale wróciła, kiedy miałam sześć lat. Od tej pory tu mieszkam.

– Więc pochodzisz stąd.

Claire zamarła. Jak mu się to udało? Jak to zrobił tymi marnymi trzema słowami? Powiedział jej dokładnie to, co zawsze chciała usłyszeć. Trafił w samo sedno nawet o tym nie wiedząc. To on jest tym bluszczem, tak? Odwróciła się powoli i spojrzała na Tylera, na jego chude ciało, niepewny wyraz twarzy, piękne brązowe oczy.

– Tak – szepnęła bez tchu.

– A kim są twoi goście? – spytał.

Jego słowa dotarły do niej dopiero po chwili.

– Nie mam gości.

– Kiedy obchodziłem dom, przy krawężniku właśnie zatrzymał się samochód z masą pudeł i waliz. Myślałem, że ktoś się wprowadza.

– Dziwne. – Claire wstała i zdjęła rękawiczki. Wyszła z ogrodu, oglądając się na Tylera, czy na pewno idzie za nią.

Nie zostawiłaby go samego przy jabłonce, nawet jeśli nie jadał jabłek.

Poszła podjazdem, biegnącym łukiem za domem, ale nagle zatrzymała się za tulipanowcem na frontowym podwórku. Tyler stanął za nią, blisko, położył jej ręce na ramionach, jakby wiedział, że kolana nagle się pod nią ugięły.

Nowy bluszcz.

Po podwórku biegała dziewczynka, mniej więcej pięcioletnia, z rękami rozłożonymi jak samolot. Kobieta z kurczowo splecionymi na piersi rękami stała oparta o stare subaru. Przyglądała się dziewczynce. Była mała, krucha, miała dawno niemyte kasztanowe włosy i mocno podkrążone oczy. Wyglądała, jakby siłą woli powstrzymywała się przed dygotem.

Przez głowę Claire przepłynęła leniwie myśl, czy tak się czuła babcia, kiedy jej córka wróciła po latach do domu. Kiedy ciężarna Lorelei stanęła na progu z sześciolatką wczepioną kurczowo w jej nogę. Ulga, gniew, smutek i panika zarazem!

W końcu zmusiła nogi do wysiłku i przeszła przez podwórko, zostawiając Tylera za sobą.

– Sydney?

Sydney poderwała się przerażona. Omiotła spojrzeniem Claire i dopiero po chwili zmusiła się do uśmiechu. Rozdygotana kobieta, kurczowo oplatająca się ramionami zniknęła, a na jej miejscu zjawiła się dawna Sydney, która zawsze pogardzała rodzinnym nazwiskiem, nie wiedząc, jakim przywilejem było się z nim urodzić.

– Cześć, Claire.

Claire stanęła na chodniku w pewnym oddaleniu. Może to duch, a może ktoś niebywale podobny do Sydney. Sydney, którą znała, nigdy by nie wystąpiła w takiej fryzurze. Wolałaby umrzeć, niż włożyć podkoszulek z plamami po jedzeniu. Zawsze była taka zadbana, taka wymuskana. Za wszelką cenę starała się nie wyglądać jak Waverleyówna.

– Gdzie byłaś?

– Wszędzie. – Sydney uśmiechnęła się tym swoim olśniewającym uśmiechem i nagle przestało się liczyć, jak wyglądają jej włosy i ubranie. – To moja córka Bay.

Claire spojrzała na dziecko i uśmiechnęła się z przymusem. Dziewczynka miała ciemne włosy, tak ciemne jak Claire, ale błękitne oczy odziedziczyła po Sydney.

– Cześć, Bay.

– A to jest…? – zawiesiła głos Sydney.

– Tyler Hughes – odpowiedział Tyler, wyciągając rękę koło Claire. Nie zdawała sobie sprawy, że znowu stanął za nią i drgnęła. – Mieszkam tam, w sąsiednim domu.

Sydney uścisnęła mu rękę i skinęła głową.

– W dawnym domu Sandersonów. Ładny. Kiedy ostatnio go widziałam, nie był niebieski, tylko obleśnie zatęchły i biały.

– To nie moja zasługa. Taki już był, kiedy go kupiłem.

– Jestem Sydney Waverley, siostra Claire.

– Miło mi poznać. Claire, ja już idę, jeśli będę do czegoś potrzebny… – uścisnął rękę Claire i odszedł. Claire była zakłopotana. Nie chciała, żeby odchodził. Ale oczywiście musiał pójść. I tak została sama z Sydney i jej milczącą córką. Nie miała pojęcia, co robić.

Sydney poruszyła brwiami.

– Ale ciacho.

– Waverley – przemówiła Claire.

– Co?

– Powiedziałaś, że nazywasz się Waverley.

– Bo tak się nazywam.

– Myślałam, że nienawidzisz tego nazwiska.

Sydney wzruszyła ramionami.

– A Bay?

– Też Waverley. Idź się pobawić, kochanie – powiedziała Sydney i Bay pobiegła na podwórko. – Nie do wiary, jaki wspaniały jest ten dom. Odmalowany, nowe okna, nowy dach. Nie sądziłam, że może tak dobrze wyglądać.

– Wyremontowałam go z ubezpieczenia babci.

Sydney odwróciła się na chwilę, rzekomo po to, by popatrzeć na Tylera, który właśnie wchodził po schodkach na ganek i znikał wewnątrz domu. Zesztywniała; Claire uświadomiła sobie, że ta wiadomość musi być dla niej wstrząsem. Czy naprawdę spodziewała się, że zastanie babcię, żywą i zdrową? I czego właściwie się spodziewała?

– Kiedy? – spytała.

– Co kiedy?

– Kiedy umarła?

– Dziesięć lat temu. W Wigilię po twoim zniknięciu. Nie mogłam się z tobą skontaktować. Nie wiedzieliśmy, dokąd pojechałaś.

– Babcia wiedziała. Powiedziałam jej. Słuchaj, mogłabym postawić tego rzęcha za domem? – Sydney puknęła pięścią w maskę samochodu. – Trochę żenujący.

– A co się stało z samochodem babci, tym, co ci dała?

– Sprzedałam w Nowym Jorku. Babcia powiedziała, że mogę, jeśli zechcę.

– A więc gdzie byłaś w Nowym Jorku?

– Nie, tam mieszkałam tylko rok. Włóczyłam się, jak mama.

Przez chwilę mierzyły się wzrokiem. Nagle wszystko wokół nich ucichło.

– Czego chcesz, Sydney?

– Potrzebuję mieszkania.

– Na jak długo?

Sydney wzięła głęboki oddech.

– Nie wiem.

– Nie możesz tu zostawić Bay.

– Co?!

– Tak jak mama zostawiła nas. Nie możesz jej tutaj zostawić.

– Nigdy nie zostawiłabym mojej córki! – krzyknęła Sydney z nutką histerii w głosie i Claire raptem uświadomiła sobie wszystko, co nie zostało tu powiedziane, całą historię, której Sydney jej nie wyjawiła. Musiało się wydarzyć coś ważnego, skoro Sydney wróciła. – Czego chcesz, mam cię błagać?

– Nie.

– Nie mam się gdzie podziać – każde słowo przychodziło Sydney z trudem, jakby wypluwała je jak łupiny słonecznika, twarde, coraz twardsze.

Jak miała postąpić Claire? Sydney była jej siostrą. Claire dostała w życiu bolesną nauczkę, że rodzina nie jest czymś danym na zawsze. Nauczyła się także, że bliscy potrafią zranić bardziej niż ktokolwiek inny.

– Jadłyście śniadanie?

– Nie.

– Do zobaczenia w kuchni.

– Chodź, Bay. Przestawię samochód na tył domu! – zawołała Sydney. Bay pobiegła do matki.

– Bay, lubisz drożdżówki z truskawkami? – spytała Claire.

Dziewczynka błysnęła uśmiechem, który wyglądał jak kalka uśmiechu Sydney. Jego widok niemal sprawił Claire ból, bo przypomniał jej to, co chciałaby wymazać z czasów, gdy Sydney była dzieckiem: na przykład wyganianie siostry z ogrodu, gdy chciała zobaczyć, co robią Claire i babcia, ukrywanie na wysokich półkach przepisów, żeby Sydney nigdy nie poznała ich tajemnic. Claire zawsze zastanawiała się, czy to przez nią Sydney znienawidziła rodzinę Waverleyów. Czy to dziecko także będzie nienawidzić wszystkiego, co ma związek z ich rodziną? Bay nie mogła tego wiedzieć, ale miała dar. Może Claire zdoła ją nauczyć, jak się nim posługiwać. Claire nie miała pojęcia, czy pogodzi się kiedykolwiek z Sydney, albo czy siostra zostanie w domu, ale może uda się jej zrekompensować Bay to, co zrobiła jej matce.

W ciągu paru chwil jej życie się zmieniło. Babka dała Claire i Sydney dach nad głową. Claire postąpi podobnie z Sydney i Bay. Nie miała żadnych wątpliwości. Tak by się zachowała prawdziwa Waverleyówna.

– To moje najulubieńsze! – powiedziała Bay.

Sydney przyjrzała się jej ze zdumieniem.

– Skąd wiedziałaś?

– Nie ja – powiedziała Claire, idąc do domu. – Evanelle.

Sydney zaparkowała subaru za białą furgonetką na zapleczu domu, przed stojącym osobno garażem. Bay wyskoczyła z samochodu, ale Sydney nie spieszyła się. Wzięła swoją torbę i plecaczek Bay, a potem odkręciła tablice rejestracyjne, wskazujące na stan Waszyngton. Wepchnęła je do torby. Nic już nie zdradzi, gdzie były.

Bay stała na podjeździe dzielącym dom od ogrodu.

– Naprawdę będziemy tu mieszkać? – spytała chyba z szesnasty raz, odkąd zaparkowały przed domem.

Sydney nabrała powietrza. Boże, sama w to nie wierzyła.

– Tak.

– To dom księżniczki. – Dziewczynka odwróciła się w stronę otwartej furtki. – Mogę pójść popatrzeć na kwiatki?

– Nie. To kwiaty Claire. – Coś pacnęło głucho. Sydney odwróciła się i ujrzała jabłko, które wyturlało się z ogrodu i znieruchomiało u jej stóp. Przez chwilę wpatrywała się w nie w osłupieniu. Nikt w jej rodzinie nie widział nic dziwnego w fakcie, że w ogrodzie rośnie jabłonka przepowiadająca przyszłość i rzucająca jabłkami w ludzi. Ale i tak powitała ją życzliwiej niż Claire. Sydney odtrąciła jabłko kopniakiem. – I trzymaj się z daleka od tej jabłonki.

– Nie lubię jabłek.

Sydney uklękła przed dziewczynką. Założyła jej włosy za uszy i wygładziła bluzkę.

– To jak się nazywasz?

– Bay Waverley.

– A gdzie się urodziłaś?

– W autobusie.

– Kto jest twoim ojcem?

– Nie wiem.

– Skąd jesteś?

– Zewsząd.

Sydney ujęła ręce córki.

– Rozumiesz, dlaczego musisz tak mówić, prawda?

– Bo tutaj jesteśmy inne. Nie jesteśmy tym, kim jesteśmy.

– Zadziwiasz mnie.

– Dziękuję. Myślisz, że Claire mnie polubi?

Sydney wstała. Przez chwilę przez oczami pojawiły się jej ciemne punkciki, a świat się przechylił. Poczuła mrowienie, jakby dostała gęsiej skórki; mruganie stało się bolesne. Była tak zmęczona, że z trudem zmuszała się do ruchu, ale nie chciała, żeby Bay widziała ją w takim stanie – a już z pewnością nie Claire. Zdołała się uśmiechnąć.

– Musiałaby nie mieć rozumu, gdyby cię nie polubiła.

– Ja ją lubię. Jest jak Śnieżka.

Weszły do kuchni przez oszkloną werandę. Sydney rozejrzała się z podziwem. Kuchnia została przebudowana; teraz zajmowała prawie całą powierzchnię dawnej jadalni. Była cała błyszcząca i dobrze rozplanowana, a stały w niej dwie wielkie lodówki i dwa piekarniki.

Bez słowa podeszły do stołu i usiadły, patrząc, jak Claire robi kawę, a potem podgrzewa dwie drożdżówki w piecyku. Zmieniła się – nie drastycznie, lecz w wielu drobnych szczegółach, tak jak światło zmienia się w ciągu dnia. Inny kąt padania promieni, inna barwa. Claire inaczej się zachowywała, nie roztaczała już tej atmosfery zachłanności i egoizmu. Była swobodna, tak jak kiedyś babcia. To była swoboda typu: nie dotykaj mnie, a będę się czuć dobrze.

Przyglądając się jej Sydney nagle dostrzegła, że Claire jest piękna. Nigdy dotąd nie zdawała sobie sprawy, że aż tak. Ten mężczyzna, z którym ją zastała – ten sąsiad – też tak uważał. Najwyraźniej był nią zafascynowany. Bay też nie odrywała od niej wzroku, gdy Claire postawiła przed nią dwie ciepłe drożdżówki i szklankę mleka.

– Czyli masz firmę cateringową? – odezwała się w końcu Sydney, kiedy Claire podała jej kawę. – Widziałam furgonetkę.

– Tak – powiedziała Claire i odwróciła się, otoczona aromatem mięty i bzu. Włosy miała dłuższe niż kiedyś, osłaniały jej ramiona jak szal. Były jej ochroną. Jeśli Sydney na czymś się znała, to na włosach. Podobał się jej kurs w salonie piękności i uwielbiała pracować w Boise. Włosy mówią o ludziach więcej niż można by się spodziewać, a Sydney w naturalny sposób opanowała ich język. Dziwiła się dziewczynom z kursu, które uważały, że to trudne. Dla Sydney to była druga natura. Od zawsze.

Nie miała sił rozmawiać z Claire, która uparła się wszystko utrudniać, więc pociągnęła łyk kawy i poczuła cynamon, tak jak w kawie babci Waverley. Chciała wypić więcej, ale ręka zaczęła jej dygotać i musiała odstawić filiżankę.

Kiedy ostatnio spała? Pilnowała, żeby Bay się wysypiała, ale sama była tak przerażona, że tylko podrzemywała na przystankach i parkingach po drodze. W jej głowie nieustannie rozwijała się wstążka drogi, czuła w kościach jej szelest. Podróż zajęła im dziesięć dni. Żywiły się tym, co spakowała – białym chlebem, chrupkami i tanimi krakersami z masłem orzechowym – takimi, w którym masło to sam tłuszcz, a krakersy rozpadają się w palcach. Poczuła, że za chwilę przestanie nad sobą panować i wybuchnie płaczem.

– Chodź, Bay – powiedziała, ledwie Bay przełknęła ostatni kęs. – Pójdziemy na górę.

– Położyłam na łóżkach nową pościel od Evanelle – odezwała się Claire.

– W którym pokoju?

– Twój pokój jest nadal twoim pokojem. Bay może spać w moim dawnym. Ja teraz sypiam w pokoju babci – oznajmiła Claire odwrócona plecami. Zaczęła wyjmować z szafek wielkie pojemniki z mąką i cukrem.

Nie rozglądając się, Sydney zaprowadziła Bay prosto na schody. Była wystarczająco zdezorientowana i nie chciała oglądać kolejnych zmian. Bay wbiegła na schody przed nią i stanęła, rozpromieniona.

Warto było. Warto było przeżyć to wszystko tylko po to, żeby jej dziecko się uśmiechnęło.

Najpierw zaprowadziła Bay do dawnego pokoju Claire. Meble były inne, nie od kompletu. Stolik do szycia stał kiedyś w salonie na parterze, a łóżko w pokoju babci. Bay podbiegła do okna.

– Podoba mi się!

– Twoja ciocia Claire godzinami siedziała w tym oknie, patrząc na ogród. Jeśli chcesz, możesz spać ze mną. Z mojego okna widać niebieski domek po drugiej stronie ulicy.

– No, nie wiem.

– Zacznę znosić nasze rzeczy. Chodź ze mną.

– Mogę tu zostać? – spytała Bay błagalnie.

Sydney była zbyt zmęczona, żeby się z nią kłócić.

– Nie wychodź z pokoju. Jeśli zechcesz pozwiedzać dom, pójdziemy razem.

Zostawiła Bay, ale zamiast zejść na dół po pudła i torby w samochodzie, poszła do swojego dawnego pokoju. W dzieciństwie spędziła w nim wiele samotnych godzin, czasami wyobrażając sobie, że zamknęła ją tu zła siostra, jak w bajce.

Przez dwa lata po odejściu Lorelei spała z liną z prześcieradeł pod łóżkiem, żeby móc uciec oknem, kiedy mama po nią wróci. Ale potem dorosła, zmądrzała i zrozumiała, że matka nie wróci. Zrozumiała także, że ucieczka to świetny pomysł. Sama Sydney także nie mogła się doczekać, kiedy wraz ze swoim chłopakiem Hunterem Johnem Mattesonem wyjedzie na studia, bo przecież ich miłość była wieczna, a nawet jeśli wrócą do Bascom, to nic, bo on nigdy nie traktował jej jak Waverleyówny. Przynajmniej prawie do końca.

Odetchnęła głęboko i z nabożeństwem weszła do pokoju, jak do kościoła. Jej łóżko i komoda nadal tu stały. Na dużym lustrze wciąż widniały jej stare naklejki. Otworzyła szafę i znalazła piramidkę pudeł ze starą pościelą, którą już zajęły się myszy. Ale w pokoju nie czuło się atmosfery zaniedbania. Nie było tu kurzu, pachniało dawną, znajomą wonią, jakby goździkami i cedrem. To Claire o niego dbała, nie zrobiła w nim salonu ani składu niepotrzebnych gratów. Nie zabrała starych mebli Sydney.

To przeważyło szalę.

Sydney usiadła na łóżku i rozpłakała się, zasłaniając usta ręką, żeby nie usłyszała jej siedząca cicho za ścianą Bay.

Dziesięć dni w drodze.

Musi się wykąpać.

Claire była ładniejsza i czystsza od niej.

Babcia Waverley umarła.

Bay dobrze się tu czuła, ale jeszcze nie wiedziała, co to znaczy być Waverleyówną.

Co robi teraz David?

Czy zostawiła jakieś ślady?

Tyle się zmieniło, a ten pokój wyglądał dokładnie tak jak wtedy, gdy z niego wyszła.

Skuliła się w kłębuszek na łóżku, wtuliła się w poduszkę. Po chwili już spała.

ROZDZIAŁ 3

*M*ęska pupa to dzieło sztuki. I nic więcej. Może prawie nic.

Ci młodzi biegacze na uniwersyteckiej bieżni byli tacy sprawni i energiczni, a ponadto – co było chyba najlepsze – gdyby Evanelle poczuła potrzebę, by im coś dać, w życiu by ich nie dogoniła. Jej dar chyba o tym wiedział i nigdy nie dawał znać o sobie na bieżni podczas roku akademickiego. Ale w lecie biegali na nim wolniejsi, starsi ludzie i czasami Evanelle musiała im wciskać małe saszetki z keczupem albo pincetki. Raz była nawet zmuszona podarować jednej starszej pani słoik kwaśnodrzewowego miodu. Przez całe lato ludzie z bieżni dziwnie na nią patrzyli.

Tego ranka, zamiast iść na bieżnię, Evanelle postanowiła wybrać się do miasta przed otwarciem sklepów. Na rynku zawsze byli biegacze. Podążała za kilkoma z nich aż do „Delikatesów" Freda, gdzie przypadkiem spojrzała na wystawę. Na ogół Fred nie pokazywał się o tej porze w pracy, ale oto go zobaczyła, jak w skarpetkach wyjmuje pojemnik jogurtu z działu nabiałowego. Zmięte ubranie świadczyło o tym, że spędził tu noc. Evanelle zaczęła podejrzewać, że geraniowe wino nie zadziałało na Jamesa, a może Fred postanowił w ogóle nie robić z niego użytku. Czasami ludzie, którzy od dawna żyją razem, zaczynają sobie wyobrażać, że kiedyś było im ze sobą lepiej, choć nie było. Wspomnienia, nawet te bolesne, z czasem nabierają słodyczy, jak dojrzewające brzoskwinie.

Fred i James byli stałą parą i wszyscy o tym wiedzieli. Na to, że są gejami, przestano zwracać uwagę, odkąd stało się jasne, że nie mogą bez siebie żyć, jak te pary trzymających się za rękę staruszków. Evanelle znała Freda. Wiedziała, że zawsze liczy się z tym, co ludzie powiedzą. Pod tym względem bardzo wrodził się w ojca, choć sam nigdy by tego nie przyznał. Każde słowo krytyki rozpamiętywał przez długi czas i zupełnie zmieniał swoje zachowanie, żeby nigdy więcej nie usłyszeć tego samego zarzutu. Cierpiałby, gdyby ktoś się dowiedział, że on i James mają kłopoty. Przecież był taki wierny i niezłomny. Tak wysoko trzymał poprzeczkę!

Powinna odejść, ale postanowiła chwilę zaczekać i sprawdzić, czy jej dar da znać o sobie. Gapiła się na Freda, ale nic nie przyszło jej do głowy. Nie mogła mu dać nic oprócz rady, a ludzie na ogół nie mieli zwyczaju brać jej zbyt poważnie. Nie była ani tak tajemnicza, ani mądra jak jej krewni, którzy od zawsze mieszkali w zabytkowym domu na Pendland Street. Za to miała dar przewidywania. Od dzieciństwa przynosiła matce ścierki, zanim mleko się rozlało, zamykała okna, choć nic nie zapowiadało burzy i dawała pastorowi pastylki do ssania przed nabożeństwem, na którym miał go dopaść atak kaszlu.

Kiedyś, bardzo dawno temu, Evanelle miała męża. Kiedy go poznała, oboje mieli po sześć lat, a ona dała mu czarny kamyk, który znalazła na drodze. Tej samej nocy rzucił nim w jej okno i tak stali się najlepszymi przyjaciółmi. Przez trzydzieści osiem lat małżeństwa ani razu nie czuła potrzeby, żeby znowu coś mu podarować, aż nagle ogarnęło ją pragnienie, żeby kupić mężowi nowy garnitur. Okazało się, że gdyby go nie kupiła, nie mieliby go w czym pochować, gdy zmarł tydzień później. Usiłowała nie myśleć za często o swoim darze, ponieważ kiedy nad nim rozmyślała, irytowało ją, że nie wie, do czego ludziom potrzebne są jej podarki. Czasami, nocą, gdy jej dom wydawał się wyjątkowo pusty, zastanawiała się, co by się stało, gdyby nie kupiła mężowi garnituru.

Przyglądała się, jak Fred idzie do rzędu z utensyliami kuchennymi i otwiera pudełko plastikowych sztućców. Wyjął plastikową łyżeczkę i otworzył jogurt. Naprawdę powinna już iść, ale nagle przyszło jej do głowy, jak by to było fajnie mieszkać w sklepie spożywczym albo, jeszcze lepiej, w super-markecie, albo nie! – w centrum handlowym! Bo mają tam łóżka i masę pysznego jedzenia. Nagle zdała sobie sprawę, że Fred znieruchomiał z łyżeczką w ustach, wpatrzony w nią przez szybę.

Uśmiechnęła się i pomachała do niego.

Otworzył drzwi.

– Mogę ci w czymś pomóc? – spytał, zapraszając ją do środka.

– Dziękuję. Przechodziłam i zobaczyłam cię.

– Chcesz mi coś dać?

– Nie.

– Oj – poczuł się zawiedziony, jakby bardzo czegoś potrze-bował – czegoś, co by poprawiło sprawę. Ale miłosne związki to trudna rzecz. Na nie nie ma remedium. Rozejrzał się, sprawdzając, czy widzi ich jakiś przechodzień, i szepnął:

– Od dwóch dni go proszę, żeby wrócił do domu wcześniej, a on od dwóch dni w ogóle nie wraca na noc. Nie wiem, co mam ze sobą zrobić, kiedy go nie ma. Zawsze tak pięknie podejmuje za mnie decyzje. Wczoraj nawet nie wiedziałem, o której powinienem coś zjeść. Gdybym zjadł za wcześnie, a on wróciłby do domu, wtedy musiałbym zjeść razem z nim. Ale gdybym czekał zbyt długo, zrobiłoby się za późno na jedzenie. O drugiej nad ranem dotarło do mnie, że powinienem przygo-tować wszystko do śniadania, gdyby wrócił. To byłby miły gest, prawda? Przyszedłem na zakupy, ale James zawsze robi mi listę rzeczy do kupienia, więc nawet nie wiedziałem, co wziąć. Ciągle się zastanawiam, a jeśli nie będzie chciał grape-fruita? A jeśli przyniosę taką kawę, której nie lubi? W końcu zasnąłem na kanapie w moim gabinecie. Sam już nie wiem, co robię.

Evanelle pokręciła głową.

– Wiesz, co robisz? Grasz na zwłokę. Jak coś trzeba zrobić, to rób to natychmiast. Granie na zwłokę tylko pogarsza sprawę. Uwierz mi, wiem coś o tym.

– Staram się. Poprosiłem Claire o geraniowe wino.

– Mówię, że masz z nim porozmawiać. Nie czekaj, aż wróci do domu. Zadzwoń i zadaj mu zasadnicze pytania. Przestań się chować po kątach. – Fred zrobił minę uparciucha i Evanelle musiała się roześmiać. – No dobrze. Nie dojrzałeś do tego. Może wino podziała, jeśli zmusisz go, żeby je wypił. Ale cokolwiek postanowisz, raczej zrób to w butach.

Fred spojrzał przerażony na swoje stopy w skarpetkach i uciekł w głąb sklepu.

Evanelle westchnęła i ruszyła dalej. Szła i zaglądała w kolejne okna. Większość biegaczy znikła, powinna więc chyba wrócić do domu i ogarnąć się jakoś przed spotkaniem z Sydney. Claire była trochę spanikowana, choć usiłowała to ukryć, gdy rozmawiała z nią przez telefon. Evanelle uspokoiła ją i zapewniła, że wszystko będzie dobrze. Przypomniała Claire, że powrót do domu to dobra rzecz. Dom to zawsze dom.

Evanelle minęła salon Białe Drzwi, gdzie kobiety mające za dużo czasu i pieniędzy przychodziły na zbyt drogie strzyże-nie i masaż gorącymi kamieniami. Potem stanęła przed modnym sklepem z ubraniami, gdzie kobiety po wyjściu od fry-zjera lubiły robić zakupy. Na wystawie wisiała jedwabna, za-pinana na guziki koszula.

Evanelle weszła, choć na drzwiach jeszcze nie było tablicz-ki „otwarte". Jej dar był jak wysypka, jak ukąszenie komara w najwrażliwszym miejscu ciała i nie ustępował, dopóki nie zrobiła tego, czego żądał.

A jej dar niespodziewanie i kategorycznie zażądał, żeby kupiła Sydney tę koszulę.

Sydney obudziła się gwałtownie i od razu spojrzała na zegarek. Nie zamierzała zasnąć. Chwiejnie poszła do łazienki i napiła się wody z kranu. Potem ochlapała twarz.

Wyszła i zajrzała do Bay, ale córeczki nie było w pokoju. Łóżko było zaścielone, a na poduszkach siedziały ukochane pluszowe zabawki Bay. Sydney zajrzała do wszystkich pokojów na górze i zbiegła na dół, starając się nie wpaść w panikę. Dokąd poszła Bay?

Zajrzała do kuchni i zamarła.

Znalazła się w raju. A babcia była w nim obecna, w każdym aromacie.

Cukrowa słodycz.

Ziołowa przenikliwość.

Drożdżowa świeżość.

Tak samo było w kuchni babci Waverley. Kiedy Sydney była bardzo mała, Claire zawsze ją wyganiała z kuchni, więc Sydney siadywała na schodach pod kuchnią i słuchała bulgotu sosów, skwierczenia patelni, szczękania rondli, szmeru głosów Claire i babci Waverley.

Na krytej nierdzewną blachą wyspie kuchennej stały dwie wielkie czary, jedna z lawendą, druga z liśćmi mlecza. Na blatach parowały bochny chleba. Bay stała na krześle przy Claire, która pędzlem o drewnianym trzonku starannie powlekała kwiaty bratków białkiem. Następnie kolejno brała główki kwiatów i zanurzała je w drobniusieńkim cukrze, po czym odkładała je na bibułkę.

– Jak to zdołałaś zrobić przez parę godzin? – spytała Sydney ze zdumieniem. Claire i Bay odwróciły się jednocześnie.

– Cześć – powiedziała Claire nieufnie. – Jak się czujesz?

– Bardzo dobrze. Musiałam się tylko zdrzemnąć.

Bay zeskoczyła z krzesła, podbiegła i chwyciła ją w objęcia. Miała na sobie niebieski fartuch, który ciągnął się za nią po ziemi. Widniał na nim biały napis „Catering Waverley".

– Pomagam Claire kandyzować bratki, którymi ozdobi mus! Chodź popatrzyć. – Wróciła na swoje krzesło.

– Może później, skarbie. Zabierzmy nasze rzeczy i nie przeszkadzajmy Claire.

– Bay i ja przyniosłyśmy wszystko już wczoraj – powiedziała Claire.

Sydney znowu spojrzała na zegarek.

– Co ty? Spałam tylko dwie godziny.

– Przyjechałyście wczoraj. Spałaś dwadzieścia sześć godzin.

Serce utknęło Sydney w gardle. Osunęła się na taboret. Zostawiła córkę samą na dwadzieścia sześć godzin? Czy Bay powiedziała Claire coś o Davidzie? Czy Claire zatroszczyła się o Bay? Czy siedziała przy niej wieczorem, czy też Bay zasnęła przerażona i samiuteńka, w obcym domu, w cudzym łóżku?

– Bay...

– Bardzo mi pomogła – dokończyła Claire. – Niedużo mówi, ale szybko się uczy. Wczoraj przez cały dzień przyrządzałyśmy potrawy, wieczorem wzięła bąbelkową kąpiel, a potem położyłam ją spać. Od rana znowu zaczęłyśmy gotować.

Czy Claire uważa ją za złą matkę? Tylko z tego Sydney była dumna i już zdążyła to spaprać. To przez ten dom! Nie wiedziała, kim się tutaj staje.

– Napij się kawy – dodała Claire. – Evanelle powiedziała, że dziś do ciebie zajrzy.

– Zostań, mamusiu. Zobacz, czego się nauczyłam!

Weź się w garść, powiedziała sobie.

– Dobrze, skarbie. Nigdzie nie odejdę. – Podeszła do kawiarki i nalała sobie filiżankę kawy. – Co u Evanelle?

– Wszystko świetnie. Nie może się doczekać spotkania z tobą. Spróbuj lawendowego chleba. Bay i ja zaczęłyśmy od tego bochenka. I jest ziołowe masło.

Czy Claire się o nią martwiła? Przez te lata Sydney często myślała o siostrze. Na ogół chodziło o to, jak wspaniałe, pełne przygód życie prowadzi Sydney i że biedna, żałosna Claire umie tylko wegetować w głupim Bascom. Były to okrutne myśli, ale poprawiały jej nastrój, bo Sydney zawsze zazdrościła Claire jej pogodzenia z samą sobą. Claire ucieszyła się z jej odejścia. A teraz się o nią martwi. Każe jej jeść. Sydney miała zamiar pokroić chleb powoli, ale była tak głodna, że w końcu prawie oddarła z niego wielką pajdę. Posmarowała ją ziołowym masłem i zamknęła oczy. Po trzeciej kromce zaczęła chodzić po wielkiej kuchni.

– Imponujące. Nie wiedziałam, że zdołasz to zrobić. To przepisy babci?

– Niektóre. Quiche z mleczem i lawendowy chleb wymyśliła ona.

– Kiedy byłam mała, nigdy nie pozwalałaś mi ich zobaczyć.

Claire odwróciła się i wytarła ręce o fartuch.

– Słuchaj, to wszystko na zamówienie z Hickory. Dzwoniłam do dwóch nastolatek, które czasami pomagają mi w lecie, ale jeśli potrzebujesz pieniędzy, możesz je zastąpić.

Sydney spojrzała na nią dziwnym wzrokiem.

– Chcesz, żebym ci pomogła.

– W normalnych okolicznościach zrobiłabym to sama. Ale przy większych zleceniach potrzebuję pomocników. Zostaniesz tu do jutra?

– Oczywiście. Co? Nie wierzysz mi?

– Skoro tu jesteś, mogłabyś mi pomóc.

– To chyba dość oczywiste, że potrzebuję pieniędzy.

Claire uśmiechnęła się lekko i to się spodobało Sydney. Nawiązały wątłe porozumienie.

Więc, pokrzepiona, powiedziała życzliwie:

– No, to opowiedz o tym Tylerze.

Claire spuściła oczy i odwróciła się.

– A mianowicie?

– Dziś też przyszedł?

– Nie przychodzi codziennie. Wczoraj był po raz pierwszy. Przyniósł jabłka, które spadły na jego podwórko.

– Zakopałaś je?

– Zawsze zakopujemy jabłka, które spadają z jabłonki – powiedziała Claire. Bay spojrzała na nią z zaciekawieniem. Sydney zadrżała. Chciała jak najdłużej ukrywać prawdę przed córką. Bezpieczeństwo było ważniejsze. Jak to wytłumaczyć dziecku, nawet takiemu jak Bay?

– No więc Tyler – palnęła Sydney, zanim Bay zaczęła zadawać pytania. – Jest sam?

– Nie wiem. – Claire wzięła bibułkę z fiołkami i włożyła do ledwie ogrzanego piekarnika.

– Interesujesz się nim?

– Nie – warknęła Claire jak dziewczynka z liceum.

– On tu pasuje – odezwała się Bay.

Claire obejrzała się na małą.

– To jej specjalność – powiedziała Sydney. – Ma zawsze sprecyzowane zdanie, co do czego pasuje.

– To wiele wyjaśnia. Prosiłam, żeby podała mi widelec i poszła prosto do właściwej szuflady. Kiedy spytałam, skąd wie, że tam leżą widelce, odpowiedziała, że to ich miejsce. – Claire przyjrzała się dziewczynce w zamyśleniu.

– Nie – zdenerwowała się Sydney. – To nie to. Nie wmawiaj jej.

– Nic takiego nie robiłam – powiedziała Claire, chyba z przykrością. – Tobie też nikt niczego nie wmawiał. Uciekłaś od tego, jak mogłaś najdalej i nikt cię przecież nie zatrzymywał.

– Całe miasto mi wmawiało! Chciałam być normalna i nikt mi nie pozwalał. – Rondle wiszące na hakach nad wyspą zaczęły się nerwowo kołysać, jakby staruszka załamywała ręce. Sydney przez chwilę przyglądała się im i wzięła głęboki oddech. Zapomniała, jak wrażliwy potrafi być ten dom, że deski podłóg dygoczą, kiedy ludzie wpadają w gniew, że okna się otwierają, gdy wszyscy jednocześnie wybuchną śmiechem. – Przepraszam, nie chcę się kłócić. Jak mogę pomóc?

– Na razie nijak. Bay, ty też możesz już iść. – Claire rozwiązała dziewczynce fartuch i zdjęła go. – Masz czarną spódniczkę i białą bluzkę, żeby pomóc mi jutro podawać? – zwróciła się do Sydney.

– Mam białą bluzkę.

– Spódnicę ci pożyczę. Podawałaś kiedyś do stołu?

– Tak.

– Tak zarabiałaś? Byłaś kelnerką?

Sydney wygoniła Bay z kuchni. Ucieczka, kradzieże, mężczyźni. Claire nigdy się na tym nie znała. Sydney nie miała zamiaru się jej zwierzać. Przynajmniej na razie. O czymś takim nie rozmawia się z nikim, nawet z siostrą, jeżeli istnieje obawa, że siostra nie zrozumie.

– Między innymi.

Po południu Sydney usiadła na ganku, a Bay robiła gwiazdy na podwórku. Sydney zobaczyła zbliżającą się Evanelle i uśmiechnęła się. Evanelle była w niebieskim dresie, a na ramię zarzuciła swoją wielką torbę. Sydney uwielbiała zgadywać, co się w niej znajduje. Miała nadzieję, że Bay też pokocha to zgadywanie. Przynależność do rodziny Waverleyów nie miała wielu plusów, ale Evanelle z całą pewnością stanowiła jeden z nich.

Evanelle przystanęła, żeby pogawędzić z sąsiadem Tylerem, który stał na swoim podwórku, dumając nad wielką stertą siana. Nudził się, Sydney rozpoznawała symptomy. Nosił długie włosy, co miało poskromić ich naturalną skłonność do falowania, a to oznaczało, że posiadał twórczą naturę, którą usiłował hamować, wyładowując energię na przerzucanie wielkiej sterty siana z jednego kąta podwórka w drugi.

Nie wyobrażała sobie, żeby po Davidzie mogła pomyśleć o związku z innym mężczyzną, ale kiedy patrzyła na Tylera, w sercu robiło się jej jakoś dziwnie. Nie pragnęła go, a jego wyraźnie pociągała jej siostra, ale sama myśl, że istnieją dobrzy mężczyźni, niosła jakąś nadzieję. Może nie dla niej, ale dla innych kobiet. Bardziej fartownych.

Kiedy Evanelle oderwała się wreszcie od Tylera, Sydney zbiegła pośpiesznie po schodkach na jej spotkanie.

– Evanelle! – krzyknęła, obejmując ją. – Claire mówiła, że do mnie zajrzysz. Jak dobrze cię widzieć! Wcale się nie zmieniłaś.

– To ja zawsze byłam taka stara?

– Taka piękna. Co tam kombinujesz z Tylerem?

– Tak się nazywa? Wyglądał, jakby potrzebował toreb na siano. Na szczęście miałam parę przy sobie. Jest bardzo milusiński. To jego numer telefonu. – Podała Sydney karteczkę z numerem.

Sydner spojrzała na nią ze skrępowaniem.

– Evanelle, ja nie... nie chcę...

Evanelle poklepała ją po ręce.

– Kochanie, przecież nie wiem, co masz z tym zrobić. Ja tylko zrozumiałam, że mam ci to dać. W nic cię nie wrabiam.

Sydney roześmiała się. Co za ulga.

– Mam dla ciebie coś jeszcze. – Evanelle przez chwilę gmerała w swoim torbiszczu, po czym podała Sydney reklamówkę drogiego sklepu z centrum. Sydney dobrze go pamiętała. Córki bogatych rodziców ubierały się u Maxine. Sydney pracowała całe lato, żeby też się tam ubierać, żeby wyglądać, jakby do nich pasowała. Otworzyła torbę i ujrzała w niej przepiękną koszulę z niebieskiego jedwabiu. Za dużą ze trzy rozmiary, ale Sydney od dawna nie posiadała nic tak stylowego – od czasów, kiedy zabrała swemu chłopakowi pieniądze za skradziony samochód i żyła z nich przez cały rok. David był bogaty, ale podarków skąpił jej tak samo, jak komplementów, pochwał i przeprosin.

Sydney usiadła na schodkach, uniosła koszulę i powąchała. Ten wspaniały zapach bogactwa! Jak doskonały papier i angielskie perfumy.

– Jaka piękna.

Evanelle powoli usiadła obok niej i znowu zaczęła grzebać w torbie.

– Wiem, jest za duża. Masz rachunek. Dziś rano chodziłam po mieście, wypatrując ładnych męskich tyłeczków. Dotarłam do Maxine, pomyślałam o tobie i zrozumiałam, że muszę ci to dać. Tę koszulę. W tym rozmiarze.

Pojawiła się Bay i nieśmiało dotknęła miękkiej materii.

– Evanelle, to moja córka Bay.

Evanelle połaskotała dziewczynkę pod brodą. Bay zachichotała.

– Wygląda całkiem jak twoja babka w młodości. Ciemne włosy, niebieskie oczy. Widać, że płynie w niej krew Waverleyów.

Sydney opiekuńczo objęła Bay. Nieprawda!

– Uwielbia drożdżówki z dżemem truskawkowym. Dziękuję.

– Miło wiedzieć, że podarunek znalazł uznanie. – Evanelle poklepała Sydney po kolanie. – Gdzie Claire?

– W kuchni, pracuje nad przyjęciem.

– Pomożesz jej?

– Tak.

Evanelle przyglądała się jej przenikliwie. Sydney zawsze ją uwielbiała. Jakie dziecko nie uwielbia staruszki, która rozdaje prezenty? Ale Claire zawsze jakoś lepiej rozumiała Evanelle.

– Claire ma pewną cechę, zapamiętaj. Nie znosi prosić. – Bay wróciła biegiem na podwórko i zaczęła robić gwiazdy specjalnie dla nich. Pochwaliły ją. Dopiero po jakimś czasie Evanelle powiedziała: – To niełatwe prosić o pomoc. Wykazałaś się odwagą, przyjeżdżając. Jestem z ciebie dumna.

Sydney spojrzała jej w oczy i zrozumiała, że Evanelle wie.

Dochodziła piąta w piątkowy wieczór, kiedy Claire, Sydney i Bay wróciły z przyjęcia w Hickory. Bay zasnęła w furgonetce. Sydney myślała, że Claire będzie protestować przeciwko zabraniu dziewczynki, ale siostra wcale się nie sprzeciwiła, kiedy Sydney oznajmiła, że nie chce jeszcze zostawiać Bay z Evanelle. Były w mieście dopiero od trzech dni. Nie zamierzała zostawiać córki samej w obcym miejscu. A Claire powiedziała:

– No pewnie, że nie. Pojedzie z nami.

Tak po prostu.

Bay bawiła się wspaniale. Starsze panie z Towarzystwa Botaników Amatorów były nią zachwycone, a kiedy Claire i Sydney wracały z talerzami i szklankami, Bay sprzątała lub układała produkty w lodówkach w ten charakterystyczny dla siebie sposób, instynktownie wiedząc, gdzie znajduje się właściwe miejsce dla każdej rzeczy.

Sydney zaniosła córkę na piętro i położyła ją do łóżka, a potem włączyła stojący wentylator, który Claire ściągnęła ze strychu, ponieważ lato wypełniło dom i zaległo żarem w każdym pokoju. Przebrała się w szorty i podkoszulek, sądząc, że Claire zrobi to samo, zanim zacznie wynosić rzeczy z furgonetki.

Ale kiedy zeszła na dół, okazało się, że Claire zdążyła w tym krótkim czasie przynieść wszystko do kuchni. Właśnie wkładała naczynia do zmywarki i napełniała karafki gorącą wodą z sodą oczyszczoną. Była jeszcze w bluzce i spódniczce, w zarzuconym na nie niebieskim fartuchu.

– Chciałam ci pomóc – odezwała się Sydney.

Claire spojrzała na nią ze zdziwieniem.

– Nie trzeba. Kiedy wynajmuję pomocników, to tylko do podawania. Możesz odpocząć. Nie wiedziałam, czy wolisz czek, czy gotówkę, więc przygotowałam gotówkę. Koperta leży tam. – Wskazała stół.

Sydney stała przez chwilę. Nie rozumiała. Czy ten dzień nie był dobry? Czy nie pracowało im się dobrze razem? Panie z przyjęcia były zachwycone jedzeniem Claire i chwaliły Sydney za sprawną obsługę. Początkowo Sydney się denerwowała. Kiedy była kelnerką, okradała klientów, nie oddawała im reszty. A kiedy ją przyłapali, uśmiechała się, flirtowała i usiłowała załagodzić sprawę. Nie zaszkodziło także, że przeważnie sypiała z kierownikiem knajpy, który zawsze brał jej stronę, jeśli klient się upierał. Była mistrzynią przekrętu. Bała się, że ponowne kelnerowanie cofnie ją w tamte czasy, obudzi dawne złe nawyki. Ale nie. Uczciwa ciężka praca sprawiła jej przyjemność. Przypomniała jej chyba najlepszy moment w życiu, kiedy pracowała w salonie piękności w Boise. Pamiętała obolałe stopy i skurcze w dłoniach, i kłucie resztek włosów, które zawsze jakoś dostawały się jej pod ubranie. Wszystko to uwielbiała.

A teraz Claire mówi, że nie potrzebuje już jej pomocy. Sydney stała nieruchomo, patrząc, jak Claire pracuje. Co ma ze sobą zrobić? Oszaleje, jeśli nie znajdzie innego zajęcia niż okresowa pomoc Claire. Siostra nie pozwalała jej nawet sprzątać w domu.

– Nie mogę ci jakoś pomóc?

– Wszystko gra. To rutyna.

Sydney wzięła bez słowa kopertę i wyszła tylnymi drzwiami do subaru. Oparła się o samochód i przeliczyła pieniądze. Claire była hojna. Sydney mogłaby wyjść i zrobić z nich użytek. Pewnie Claire właśnie tego spodziewała się po niej. Kupić benzyny. Spotkać się z kimś.

Ale nie miała tablic rejestracyjnych i policja mogłaby się czepiać.

A poza tym z całą pewnością nie chciała się z nikim spotykać.

Złożyła kopertę i wsunęła ją do tylnej kieszeni szortów. Nie miała ochoty wracać do domu i przyglądać się, jak Claire pracuje, więc zaczęła chodzić po podjeździe i rozgrzebywać żwir, który później Claire pewnie zagrabi, żeby było porządnie.

Przeszła na podwórko od frontu i spojrzała na dom Tylera. Jego jeep stał przy krawężniku. Nie zastanawiając się, weszła po schodkach, zapukała do jego drzwi i stanęła, tym mocniej wbijając ręce w kieszenie, im bardziej zwlekał z nadejściem. Może spał. A wtedy musiałaby wrócić do domu.

Ale wreszcie usłyszała kroki i uśmiechnęła się. Szybko wyciągnęła ręce z kieszeni. Tyler miał na sobie pochlapane farbą dżinsy i podkoszulek i wyglądał jakoś nieprzytomnie, jakby nie miał pojęcia, która to godzina.

– Cześć – powiedziała po krótkiej chwili, kiedy Tyler gapił się na nią tępo. – Jestem Sydney Waverley, sąsiadka.

W końcu się uśmiechnął.

– A, tak. Pamiętam.

– Przyszło mi do głowy, żeby zajrzeć i się przywitać. – Spojrzał za jej plecy, potem obok niej. W końcu wychylił się i popatrzył w stronę domu Waverleyów. Sydney nie miała wątpliwości, o co chodzi, i zaczęła się zastanawiać, jak Claire zdołała tak go oczarować. Może facet szaleje na punkcie maniaczek dyscypliny. – Claire nie przyszła.

Zasmucił się.

– Przepraszam – powiedział, odstępując na bok. – Wejdź.

W dzieciństwie parę razy była w tym domu, mieszkała tu wtedy stara pani Sanderson. Bardzo go przebudowano. Stał się jaśniejszy i unosił się w nim znacznie milszy zapach. Stara pani Sanderson była kociarą. W salonie stała ładna czerwona kanapa i parę wygodnych foteli, ale dziwnie je rozmieszczono – tak, jakby zostały w miejscach, gdzie postawiła je ekipa od przeprowadzek. Pod ścianami ciągnęły się długie szeregi nieoprawionych płócien, a wszędzie stały tekturowe pudła.

– Nie miałam pojęcia, że dopiero się wprowadziłeś.

Przejechał dłonią po włosach.

– Tak z miesiąc temu. Myślałem, żeby się rozpakować. Maluję w kuchni. Która godzina?

– Trochę po piątej. Jaki kolor wybrałeś?

Pokręcił głową ze śmiechem.

– Nie, nie. Maluję w kuchni. Na sztalugach.

– A! Tak malujesz.

– Wykładam na Orion sztuki piękne. – Zdjął z fotela gazety i rzucił je na podłogę. – Proszę, siadaj.

– Od dawna jesteś w Bascom? – spytała, podchodząc.

– Jakiś rok. – Rozejrzał się za innym miejscem do siedzenia, znowu przesunął palcami po włosach, odgarniając je z czoła.

– Wiesz, mogę cię ostrzyc, jeśli pozwolisz.

Odwrócił się do niej, znowu z tą smutną miną.

– Ciągle zapominam iść do fryzjera. Mogłabyś?

– Masz przed sobą autentyczną i prawdziwą absolwentkę szkoły piękności.

– Dobrze, fajnie. Dziękuję. – Zdjął z sofy pudło i usiadł. – Cieszę się, że przyszłaś. Na razie prawie nie znam sąsiadów. No, może z wyjątkiem pani Kranowski, która przez pół dnia biega po okolicy za swoim psem Edwardem.

– Pamiętam ją. Ma ze sto lat, co?

– I jest zaskakująco chyża.

Sydney roześmiała się, gratulując sobie w duchu. Miała dobry pomysł.

– Jutro przyjdę z walizką i ostrzygę cię. Czy mogę przyprowadzić moją córkę?

– Oczywiście.

Przez chwilę przyglądała mu się.

– Czyli co, podoba ci się moja siostra?

Zaskoczyła go, ale jakoś nie przyszło mu do głowy, że mógłby nie odpowiedzieć.

– Nie owijasz w bawełnę, prawda? Nie znam dobrze twojej siostry. Ale… tak, podoba mi się. Fascynuje mnie. – Uśmiechnął się i pochylił ku Sydney, opierając łokcie na kolanach, otwarty i pełen entuzjazmu. Ten entuzjazm był zaraźliwy jak ziewanie. Sydney musiała odpowiedzieć uśmiechem. – Miałem o niej sen. W życiu nie zdarzyło mi się nic podobnego. Miała krótkie włosy i była w takiej przepasce… – Urwał, wyprostował się. – Zamknę gębę, zanim zrobię z siebie jeszcze większego idiotę.

Nie robił z siebie idioty. Był miły, tak miły, że zaczęła trochę zazdrościć Claire.

– Moja córka także ją lubi.

– Nie jesteś z tego zadowolona.

– Nie, nie chciałam, żeby to tak zabrzmiało – westchnęła. – Tylko nie tego się spodziewałam. Claire i ja bardzo się kłóciłyśmy w dzieciństwie. Chyba obie się ucieszyłyśmy, że stąd wyjechałam. Nie bardzo mnie lubiła. Nie sądziłam, że polubi Bay.

– Długo cię nie było?

– Dziesięć lat. Nie myślałam, że wrócę. – Potrząsnęła głową, jakby opędzając się od myśli. – Nie przeszkadza ci, że przyszłam? Lubisz moją siostrę, nie mnie, więc nie staraj się być uprzejmy. Ja tylko czasem muszę wyjść z domu. Zamówić pizzę? Ja stawiam.

– Fajny pomysł. Chyba nic dziś nie jadłem. – Przyjrzał się jej w zamyśleniu. – Możesz przychodzić, kiedy tylko zechcesz, ale dziesięć lat to długa rozłąka. Nie zamierzasz odwiedzić dawnych przyjaciół?

Dawni przyjaciele. Omal nie parsknęła. Dwulicowe, podstępne padalce – tak. Przyjaciele? Nie.

– Nie. To taka sytuacja, wiesz, „nie sądziłam, że tu wrócę".

– Spalone mosty? – rzucił. Nie był tak zupełnie nie z tego świata, jak się wydawał.

– Mniej więcej.

Rozdział 4

*T*ej samej nocy Emma Clark przygotowywała się po drugiej stronie miasta do balu dobroczynnego, nie mając pojęcia, że jej świat wkrótce stanie na głowie. Wręcz nie mogła się doczekać wieczora ze względu na uwagę, którą miała zostać obdarzona.

Kobiety z rodziny Clarków tęskniły do życia w świetle reflektorów. A szczególnie uwielbiały atencję ze strony mężczyzn. I nietrudno było im ją zyskać, biorąc pod uwagę ich legendarną biegłość w sprawach seksualnych. Zawsze dobrze wychodziły za mąż.

Mąż Emmy Clark, Hunter John Matteson, był najlepszą partią w mieście, o czym wiedzieli wszyscy. Był przystojnym i wysportowanym bezpośrednim spadkobiercą imperium deweloperskiego. Matka Emmy, chytra kobieta, kojarzyła ich ze sobą właściwie od powijaków. Ich rodziny spotykały się w tym samym towarzystwie, więc nietrudno było zaszczepić obojgu tę myśl, a potem pchnąć ich ku sobie. A kiedy Emma i Hunter mieli po dziesięć lat, ich rodziny spędziły wspólnie cały miesiąc wakacji na Cape May.

– Patrzcie, jak słodko razem wyglądają – mawiała matka Emmy przy każdej okazji.

Jedyny problem polegał na tym, że pomimo zabiegów matki, urody Emmy i jej społecznej pozycji, pomimo faktu, że odkąd skończyła piętnaście lat, zadziwiała chłopców w różnych ciemnych zakątkach i każdy mężczyzna przy zdrowych zmysłach pragnął jej, przez całe liceum Hunter John beznadziejnie kochał się w Sydney Waverley.

Oczywiście wiedział, że nie powinien mieć z nią nic wspólnego. Ludzie ich pozycji nie zadawali się z Waverleyami. Ale jego przyjaciele dobrze wiedzieli, co czuje do Sydney. Domyślili się, widząc, jak na nią patrzy i jak czasami dramatyzuje w typowy dla nastolatka sposób, jakby życie bez miłości nie miało sensu.

Kiedy skończył szesnaście lat, w jedynym w życiu akcie buntu zaprosił Sydney na randkę. Ku ogólnemu zaskoczeniu rodzice pozwolili mu iść.

– Niech się chłopak zabawi – powiedział jego ojciec. – Ładna jest ta Waverleyówna i chyba nie ma tego ich drygu, więc jest nieszkodliwa. Mój syn wie, czego się po nim spodziewamy, kiedy skończy szkołę. Ja także sobie pofiglowałem, zanim zrozumiałem, że pora się ustatkować.

To był drugi najgorszy dzień w życiu Emmy.

Przez następne dwa lata kumple Huntera Johna nie mieli wyjścia. Musieli zaakceptować Sydney, ponieważ ona i Hunter John stali się nierozłączni. Matka Emmy mówiła jej, żeby siedziała cicho i była blisko ze swoimi wrogami, więc choć to jej łamało serce, Emma zaprzyjaźniła się z Sydney. Często zapraszała ją na noc. Mieli mnóstwo pokojów, ale Emma zawsze kazała Sydney spać na podłodze. A Sydney nie miała nic przeciwko, ponieważ nie znosiła domu Waverley'ów i wszystko wydawało się jej lepsze. Jednak całkiem często Emma także lądowała na podłodze, obok Sydney, rozmawiając z nią i odrabiając lekcje. Sydney była wprawdzie tylko Waverleyówną, ale była także inteligentną, zabawną dziewczyną z genialną ręką do włosów. Emma nigdy nie zapomniała, jak raz pozwoliła Sydney ułożyć sobie włosy. Tego dnia wszystko się jej udawało, jakby za dotknięciem czarodziejskiej różdżki. Hunter John powiedział jej, że ładnie wygląda.

Emma nie potrafiła powtórzyć tej fryzury samodzielnie. Był taki czas, że naprawdę lubiła Sydney.

Ale raz, kiedy leżały w śpiworach na podłodze, Sydney powiedziała, że chce to zrobić po raz pierwszy z Hunterem Johnem. Emma omal się nie rozpłakała. Przez całe lata przyglądała się temu chłopcu, który powinien się zakochać w kimś innym. Potem została zmuszona do przyjaźni z dziewczyną, która go jej odebrała. I nagle Sydney zamierza się z nim przespać? W tym akurat Emma była lepsza od innych, a tu Sydney ma go mieć pierwsza?

Z najwyższym wysiłkiem odczekała, aż Sydney zaśnie, a potem pobiegła do matki.

Pamiętała, jak matka ją przytuliła i pogłaskała po włosach. Ariel leżała w łóżku, w białej jedwabnej pościeli. W jej pokoju zawsze pachniało świecami, a kryształki z żyrandola rzucały zajączki na ściany. Matka była ideałem Emmy: wcieloną seksualną fantazją.

– No, no – powiedziała bez emocji – robisz to, i to dobrze, od ponad roku. Wszystkie kobiety Clarków są dobre w łóżku. Jak myślisz, dlaczego tak dobrze wychodzimy za mąż? Przestań się zamartwiać. Ona ma go teraz, ty będziesz go miała przez całe życie. To tylko kwestia czasu. Zawsze będziesz lepsza, a dobrze, kiedy mężczyzna ma porównanie. Ale to nie wyklucza małej dezinformacji. Choć trudno w to uwierzyć, wiele kobiet boi się tego pierwszego razu.

To rozśmieszyło Emmę. Kobiety z rodu Clarków nigdy nie bały się seksu.

Matka pocałowała ją w czoło chłodnymi, miękkimi wargami. Potem ułożyła się na łożu i powiedziała:

– Teraz już idź. Niedługo wróci twój ojciec.

Następnego dnia Emma naopowiadała Sydney przerażających bujd o tym, jak bardzo to boli i podsunęła wszystkie najgorsze sposoby. Nigdy nie wypytywała Sydney, jak poszło, ale zadowolona mina Huntera Johna po pierwszym razie z nią powiedziała jej wszystko.

Sydney wyjechała z miasta, kiedy po maturze Hunter John z nią zerwał. Zdruzgotała ją świadomość, że szkoła to tylko bańka mydlana, że w prawdziwym życiu nie może być z Hunterem Johnem, a przyjaźnie, które zawarła, nie przetrwają po maturze. Musieli włączyć się w społeczność Bascom i spełnić oczekiwania rodziców, żyć zgodnie z wymogami nazwiska. A Sydney przecież była tylko Waverleyówną. Była zraniona i zła. Nikt się nie spodziewał, że nie zna zasad. Zakochała się w Hunterze Johnie. Myślała, że na zawsze?

Emma żałowałaby jej, gdyby nie było oczywiste, że Hunter John cierpi tak samo. Tego lata musiała się bardzo wysilić, żeby się do niego zbliżyć. Nawet kiedy się kochali, a on omal nie zemdlał, i tak mówił o wyjeździe na studia, a czasem nawet dodawał, że Sydney słusznie opuściła miasto. On tego miasta nie potrzebował.

Więc Emma zrobiła jedyne, co jej pozostało.

Przestała brać pigułki, nie uprzedzając o tym Huntera Johna. I zaszła w ciążę.

Hunter John nie wyjechał, ożenił się z nią i nigdy się nie skarżył. Nawet podjęli decyzję – tym razem wspólnie – że za parę lat będą mieli drugie dziecko. On pracował w firmie ojca, a potem, gdy ojciec przeszedł na emeryturę, przejął po nim zakłady prefabrykatów budowlanych. Kiedy rodzice Huntera Johna przeprowadzili się na Florydę, Emma wraz z mężem zamieszkała w rodzinnym dworze. Wszystko było idealnie, ale nigdy nie wiedziała, kogo naprawdę kocha jej mąż. I to nie dawało jej spokoju

I tak dochodzimy do najgorszego dnia w życiu Emmy Clark.

Tego piątkowego wieczora Emma ciągle jeszcze nie przeczuwała, że wydarzy się coś ważnego, choć miała na to wiele dowodów. Włosy nie chciały się jej skręcić. Potem na brodzie wyskoczył jej pryszcz. Następnie na białej sukni, w której zamierzała wystąpić na czarno-białym balu dobroczynnym na rzecz szpitala, pojawiła się tajemnicza plama, której gospodyni nie potrafiła wywabić, więc Emma musiała się zadowolić czarną toaletą. Suknia była oszałamiająca – jak wszystkie jej stroje – ale nie tej chciała, nie na nią się cieszyła i dlatego czuła się w niej skrępowana.

Kiedy wraz z Hunterem Johnem przybyła na bal, wszystko ciągle wydawało się w najlepszym porządku. Nawet idealne. Bal na rzecz szpitala zawsze odbywał się w Harold Manor, znajdującym się na liście zabytkowych domów z czasów wojny secesyjnej, najlepszym miejscem na towarzyskie spotkania. Była tutaj niezliczoną ilość razy. Wspaniałe otoczenie, jak z marzeń. Mężczyźni nosili stroje tak wykrochmalone, że nie mogli się zginać, kobiety były subtelne jak najlepsze perfumy. Kobiety Clarków w takim otoczeniu czuły się jak w domu, a Emma natychmiast znalazła się w centrum uwagi, jak zwykle. Ale tym razem było jakoś inaczej, jakby ludzie o niej mówili i chcieli się do niej zbliżyć z zupełnie niewłaściwych powodów.

Hunter John tego nie zauważył, ale on nigdy niczego nie dostrzegał, więc natychmiast poszukała wzrokiem matki. Matka powie jej, że jest piękna i wszystko gra. Hunter John cmoknął ją w policzek i jak strzała ruszył do baru, gdzie zebrali się jego kumple. Młodzi mężczyźni na takich imprezach zbierali się w kątach jak kurz, jak najdalej od śmigających długich spódnic i śmiechów dam.

Szukając matki, wpadła na Elizę Beaufort. W liceum była to jedna z jej najlepszych przyjaciółek.

– Zrób z Beaufortów przyjaciół – mawiała zawsze matka Emmy – a będziesz wiedzieć, co ludzie mówią o tobie.

– O Boże, nie mogłam się ciebie doczekać! – zakrzyknęła Eliza. Szminkę miała rozmazaną od plotkowania. – Chcę wiedzieć, jak się dowiedziałaś!

Emma uśmiechnęła się lekko i z roztargnieniem.

– Jak się dowiedziałam o czym?

– Nie wiesz?

– O czym?

– Sydney Waverley wróciła do miasta! – wysyczała Eliza, niemal jakby rzucała klątwę.

Emma zerknęła na Elizę, ale nie zmieniła wyrazu twarzy. Czy to dlatego wszyscy zachowują się dziś tak dziwnie? Bo Sydney wróciła i wszyscy nie mogą się doczekać reakcji Emmy? Zaniepokoiło ją to z wielu przyczyn, z których najważniejszą była ta, że ludzie w ogóle spodziewają się po niej jakiejś reakcji, że powinna się zmartwić.

– Wróciła w środę i zamieszkała z siostrą – ciągnęła Eliza. – Dziś po południu nawet pomagała Claire na przyjęciu w Hickory. Naprawdę nie wiedziałaś?

– Nie. Wróciła. I co z tego?

Eliza uniosła brwi.

– Nie sądziłam, że przyjmiesz to tak spokojnie.

– Nigdy nic dla nas nie znaczyła. A Hunter John jest bardzo szczęśliwy. Nie mam żadnych obaw. Teraz szukam matki, ale zdzwonimy się w przyszłym tygodniu, tak? Pa, pa.

W końcu znalazła matkę siedzącą przy stole. Popijała szampana i zabawiała tych, którzy przy niej przystanęli. Wyglądała dostojnie i elegancko, a przy tym dziesięć lat młodziej. Podobnie jak Emma, miała jasne włosy i wielkie piersi. Jeździła kabrioletem, nosiła brylanty do dżinsów i nigdy nie przegapiła ważnego meczu. Była tak stuprocentową mieszkanką Południa, że kiedy płakała, jej łzy miały w sobie wodę Missisipi, i zawsze lekko pachniała balsamiczną topolą i brzoskwiniami.

Matka spojrzała na nią i Emma od razu zrozumiała, że wie. Nie tylko wie, ale jest niespokojna. Nie, nie, nie, pomyślała Emma. Nie ma w tym nic złego. Nie komplikuj, mamo. Ariel wstała, i zostawiła ojca Emmy, rzuciwszy mu na pożegnanie prowokujący uśmiech, za sprawą którego ojciec miał niecierpliwie czekać na jej powrót.

– Przejdźmy się na werandę – powiedziała Ariel, ujmując mocno Emmę za ramię i prowadząc ją na dwór. Minęły z uśmiechem grupki osób, które wyszły na papierosa, ponieważ uśmiech oznacza, że wszystko jest dobrze. Kiedy tylko znalazły się w najdalszym kącie, Ariel syknęła:

– Oczywiście słyszałaś o Sydney Waverley. Nie przejmuj się. Wszystko będzie dobrze.

– Mamo, ja się nie martwię.

Ariel jakby jej nie słyszała.

– Oto, co masz zrobić. Po pierwsze, daj Hunterowi Johnowi ekstra noc. Zwróć na siebie większą uwagę. W przyszłym tygodniu zamierzam zorganizować przyjęcie w waszym domu. Zaproś wszystkich najbliższych przyjaciół. Zobaczą, jaka jesteś cudowna, jaka wyjątkowa. Będą zazdrościć Hunterowi Johnowi, że cię ma. W poniedziałek pójdziemy na zakupy i kupimy ci suknię. Najbardziej ci do twarzy w czerwieni, a Hunter John uwielbia cię w tym kolorze. Skoro o tym mowa, dlaczego włożyłaś czerń? Lepiej ci w bieli.

– Mamo, powrót Sydney mnie nie martwi.

Ariel ujęła jej twarz w obie dłonie.

– Skarbuś, wiesz… powinien. Pierwsza miłość jest zawsze najsilniejsza. Ale jeśli będziesz regularnie przypominać mężowi, dlaczego wybrał ciebie, nie będziesz mieć problemu.

Tego wieczora Emma niecierpliwie usiłowała zaciągnąć Huntera Johna do łóżka, z żarliwością, która – powtarzała to sobie – nie miała nic wspólnego z powrotem Sydney. Kiedy znaleźli się w domu, zajrzała do śpiących w swoich pokojach chłopców i z roztargnieniem życzyła niani dobrej nocy. Zaczęła się rozbierać tuż za progiem sypialni, a potem stanęła naga, tylko w szpilkach i perłach, które dostała w zeszłym roku od Huntera Johna na swoje dwudzieste siódme urodziny.

Hunter John zjawił się parę minut później, z kanapką i piwem. "Balowa pasza", jak mówił, nigdy nie zaspokajała jego głodu. Robił tak za każdym razem, gdy wracali z przyjęcia, i choć Emmie ten nawyk nie bardzo odpowiadał, nie warto było się o niego awanturować. Przecież przychodził do niej, zamiast jeść samotnie w kuchni.

Nie był zaskoczony jej nagością. Emma zaczęła się zastanawiać, kiedy do tego doszło, kiedy zaczął się tego spodziewać, zamiast o tym marzyć. Ale uśmiechnął się, kiedy podeszła i wyjęła mu z rąk butelkę i kanapkę. Odłożyła je na stolik przy drzwiach i zaciągnęła go do łóżka, po drodze zdzierając z niego frak i koszulę.

Roześmiał się i pozwolił się pchnąć na materac.

– Czemu to zawdzięczam? – spytał, gdy rozpinała mu spodnie.

Usiadła na nim okrakiem, spojrzała mu prosto w oczy. Zatrzymała się na chwilę, nie po to, żeby zaostrzyć jego apetyt. Ale on spodziewał się po niej takich gierek i natychmiast uznał, że to dla jego przyjemności, a to go podnieciło. Zaczął zagarniać jej biodra ku sobie, poruszać się pod nią, ale ona dalej trwała nieruchomo.

Lubiła seks i wiedziała, że ma dar, łóżkową smykałkę. Ale czy jej matka mówiła prawdę? Czy miała tylko to? Czy gdyby tego nie miała, już by się ulotnił? Czy jednak powinna się martwić powrotem Sydney?

– Kochasz mnie? – szepnęła, pochylając się, żeby go pocałować.

Jego śmiech zmienił się w jęk podniecenia tym, co wydawało mu się grą wstępną.

– Dobra, co zrobiłaś?

– Słucham?

– Kupiłaś coś? – spytał pobłażliwie. – Coś drogiego? O to chodzi?

Uważał, że robi to, bo chce coś od niego. I właściwie tak było. Zawsze. Zawsze w ten sposób uzyskiwała to, co chciała. Z wyjątkiem jednego. Nie umknęło jej, że Hunter John nie odpowiedział. Nie powiedział, że ją kocha.

Kiedyś kochał Sydney, co oznaczało, że musi iść za radą matki. Bardziej się przyłożyć, żeby zachować to, co ma.

– Chcę kupić czerwoną suknię – powiedziała. Czuła się jak ptak uwięziony w krzakach jeżyn – pokłuty, przerażony, zły. – Piękną czerwoną suknię.

– Nie mogę się doczekać, kiedy cię w niej zobaczę.

– Zobaczysz. A potem zobaczysz mnie bez niej.

– To lubię.

W poniedziałkowe popołudnie Claire odłożyła słuchawkę telefonu na biurko w magazynie, ale nie zdjęła z niej ręki.

Kiedy wiesz, że coś jest nie tak, ale nie wiesz co, powietrze wokół ciebie się zmienia. Claire to czuła. Plastikowy telefon był zbyt rozgrzany. Ściany lekko się pociły. Gdyby wyszła do ogrodu, przekonałaby się, że wilec zakwitł w środku dnia.

– Claire?

Odwróciła się i ujrzała Sydney, stojącą w drzwiach magazynu.

– O, cześć – mruknęła. – Kiedy wróciłaś? – Sydney i Bay znowu poszły do Tylera, czwarty dzień z rzędu.

– Parę minut temu. Co się stało?

– Nie wiem. – Claire zdjęła rękę z rozgrzanego telefonu. – Właśnie dostałam telefon, żeby dostarczyć jedzenie na przyjęcie w domu państwa Mattesonów w ten weekend.

Sydney splotła ręce na piersi. Opuściła je. Zawahała się.

– To Mattesonowie mieszkają w tym wielkim zamczysku na Willow Springs Road?

77

– Tak.

– Mało czasu – zauważyła Sydney ostrożnie, z zaciekawieniem.

– Tak. Powiedziała, że z tego powodu zapłaci mi dwa razy więcej, ale tylko wtedy, gdy będę miała pomocników.

– Zawsze lubiłam panią Matteson – oznajmiła Sydney, a w jej głosie coś zatrzeszczało, jak elektryczne wyładowania. Coś, jakby nadzieja, usiłowało się wyłonić na powierzchnię. – Zgodzisz się? Pomogę ci.

– Na pewno? – spytała Claire, bo wszystko ciągle wydawało się nie takie. Sydney była kiedyś z Hunterem Johnem i przyjaźniła się z Emmą. Gdyby chciała ich znowu zobaczyć, mogła do nich pójść, zamiast siedzieć w domu jak w klasztorze albo ukrywać się u Tylera.

– Oczywiście.

Claire wzruszyła ramionami. Chyba za bardzo to wszystko analizuje.

– To świetnie. Dziękuję.

Sydney odwróciła się na pięcie.

– Nie ma sprawy.

Claire poszła za nią do kuchni. Sydney pod pewnymi względami się nie zmieniła, tak jak jej jasnobrązowe włosy, tak faliste, jak karmelowe esy-floresy na torcie. I ta jej piękna, lekko złocista skóra. I piegi na nosie. Schudła, ale nadal miała olśniewającą figurę, tak drobną i subtelną, że Claire, wyższa o osiem centymetrów, zawsze czuła się przy niej zwalista i niezdarna.

To były znajome uczucia.

Reszta Sydney była tajemnicą. Siostra mieszkała tu już prawie tydzień, a Claire nadal jej nie rozgryzła. Była wspaniałą matką, to rzucało się w oczy. Lorelei nie stanowiła dla nich świetnego wzoru, a babcia, która się starała, nie dorastała Sydney do pięt. Sydney była kochająca i uważna, w każdej chwili wiedziała, gdzie jest Bay, ale dawała jej swobodę, pozwalała jej marzyć i bawić się. Widok młodszej siostry, która jest tak wspaniałą matką, robił na Claire wielkie wrażenie. Gdzie ona się tego nauczyła?

I gdzie była przez ten czas? Zrobiła się nerwowa, a nigdy taka nie była. Wczoraj wieczorem, gdy Claire nie mogła spać i wyszła do ogrodu, nie mogła wrócić do domu, bo Sydney budziła się kilka razy w nocy, żeby sprawdzić, czy drzwi są mocno zamknięte. Przed czym uciekała? Pytanie nic by nie dało. Za każdym razem, gdy Claire chciała się dowiedzieć o te dziesięć minionych lat, Sydney zmieniała temat. Wyjechała do Nowego Jorku, to było pewne. A co zdarzyło się potem? Mogła się tylko domyślać. Bay nie zdradzała sekretów. Twierdziła, że urodziła się w autobusie i nigdzie nie mieszkała. Nie, inaczej: mieszkała wszędzie.

Claire przyjrzała się Sydney, która podeszła do zupy parującej na piecyku.

– A, zapomniałam, że przyszłam ci coś powiedzieć. Zaprosiłam na kolację Tylera – oznajmiła jej siostra, wciągając aromat rosołu rumiankowego.

Claire podskoczyła.

– Słucham?

– Zaprosiłam Tylera na kolację. W porządku, prawda?

Claire nie odpowiedziała. Puściła się pędem do pojemnika na chleb, omijając spojrzeniem Sydney. Wyjęła bochenek pszennego chleba i zaczęła go kroić na kanapki.

– Claire, przestań – powiedziała Sydney ze śmiechem. – Zmiłuj się nad człowiekiem. Strasznie jest chudy. W całym domu porozwieszał karteczki z przypomnieniem: jedz! Mówi, że zapomina. Wczoraj pokazał mi parę swoich prac i są fenomenalne. Ale przysięgam na Boga, jeśli jeszcze raz spyta mnie o ciebie, wyślę go na terapię. Jest miły. Jeśli go nie chcesz, to mu powiedz, żeby przestał do ciebie wzdychać i żebym mogła się nim zająć.

Claire poderwała głowę.

– Dlatego tak tam przesiadujesz? Chcesz go?

– Nie. Ale dlaczego ty go nie chcesz? – Konieczność odpowiedzi została oszczędzona Claire, bo w tej samej chwili rozległo się pukanie do drzwi. – To do ciebie.

– To twój gość.

Sydney uśmiechnęła się i poszła do drzwi. Claire odłożyła nóż i nastawiła ucha.

– Dzięki za zaproszenie – powiedział Tyler. – Wspaniały dom.

– Oprowadzić cię? – spytała Sydney, co natychmiast zaniepokoiło Claire. Nie chciała, żeby Sydney pokazywała Tylerowi dom. Nie chciała, żeby Tyler poznał jej tajemnice.

– Jasne.

Claire przymknęła oczy. Myśl, myśl, myśl. Co pozwoli Tylerowi zapomnieć o niej, stracić nią zainteresowanie? Jakie danie skieruje jego uwagę gdzie indziej? Nie miała czasu przyrządzić niczego konkretnego.

Jakby było mało kłopotów! Musiała się męczyć z Sydney i Bay, robić im miejsce w swoim uporządkowanym życiu. A przy tym miała świadomość, że i tak odejdą. Sydney nie znosiła tego domu i miasta. Wciąż chroni Bay przed zbędnymi informacjami, nie opowiedziała jej o ogrodzie ani jabłonce, nie wyjaśniła, co znaczy w Bascom nazwisko Waverley. Wystarczy jeden złośliwy komentarz, jeden przycinek i Sydney znowu ulotni się jak kamfora.

Ale pojawienie się Tylera było czymś, na co musiała mieć wpływ. Będzie go zniechęcać na wszystkie możliwe sposoby. Zdecydowanie, a jeśli trzeba – brutalnie. Nie było już dla niego miejsca. Zajęły je inne osoby

Bay wbiegła do kuchni przed Sydney i Tylerem. Uściskała Claire, jakby to była najbardziej naturalna rzecz na świecie. Claire przez chwilę także przygarnęła małą do siebie. Bay wyrwała się i pobiegła do kuchennego stołu.

Zaraz potem weszła Sydney, a za nią Tyler. Claire dostrzegła, że ostrzygł włosy. Fryzura była dobrze dobrana, nadawała jego twarzy skupiony wyraz. A to nic dobrego, skonstatowała, gdy Tyler spojrzał na nią. Nie możesz stracić tego, czego nie masz, pomyślała i odwróciła się.

– Dorastanie w takim domu musiało być niezwykle ciekawe – powiedział Tyler.

– Owszem, bez wątpienia – odparła Sydney. – Na schodach jest taki stopień – trzeci od góry – który skrzypi. Kiedy byłyśmy małe, za każdym razem, gdy ktoś na nim stanął, z dziury po sęku na schodku powyżej wyglądała myszka, żeby sprawdzić, skąd ten dźwięk.

Claire spojrzała z zaskoczeniem na siostrę.

– Wiedziałaś o tym?

– Nie jestem może typową Waverleyówną, ale też tu się wychowałam. – Sydney podkradła jej kawałek chleba. Claire zrobiła kanapki i ułożyła je na talerzu. – Claire nauczyła się od babki masy zwariowanych przepisów.

– To nie jest zwariowany przepis. To zupa, masło orzechowe i kanapki z galaretką.

Sydney mrugnęła do Tylera.

– Masło jest migdałowe, a galaretka z imbiru.

Nagle Claire poczuła mrowienie skóry. Takie zachowanie przychodziło Sydney z łatwością i kiedyś jej za to nie cierpiała. Proszę, jak naturalnie rozmawia z Tylerem, jakby stworzenie więzi, którą tak łatwo zerwać, nie było wcale trudne.

– W dzieciństwie byłyście sobie bliskie? – spytał Tyler.

– Nie – rzuciła Sydney, zanim Claire zdążyła otworzyć usta.

Claire nalała zupy do trzech miseczek i postawiła je na stole wraz z talerzem kanapek.

– Smacznego – powiedziała i wyszła do ogrodu. Tyler, Sydney i Bay odprowadzili ją wzrokiem.

Mniej więcej czterdzieści pięć minut później Claire

skończyła kopanie dołu pod płotem i zaczęła zgarniać do niego jabłka, które zebrały się na ziemi pod drzewem. Było parno, powietrze nabrało gęstości syropu. Była w nim zapowiedź nadchodzącego upalnego lata.

– Przestań – mówiła Claire, gdy drzewo złośliwie rozrzucało jabłka wokół niej. – Im więcej zrzucisz, tym więcej zakopię. A wiesz, że następne będziesz miała dopiero za tydzień.

Jabłonka trafiła ją małym jabłkiem w głowę.

Claire spojrzała na gałęzie, lekko rozkołysane, choć nie było wiatru.

– Powiedziałam „przestań".

– Czy to jest ta twoja tajemnica?

Odwróciła się i ujrzała Tylera. Jak długo stał w ogrodzie? Nie słyszała nawet jego kroków. To drzewo ją rozkojarzyło. Cholerna jabłonka.

– Moja tajemnica? – rzuciła nieufnie.

– Twoja tajemnica związana z tym ogrodem. Rozmawiasz z roślinami.

– A – odwróciła się i zaczęła zbierać jabłka. – Tak, jasne.

– Kolacja była świetna.

– Cieszę się, że ci smakowała. – A kiedy nie odszedł, dodała: – Jestem trochę zajęta.

– Sydney uprzedziła, że tak właśnie powiesz. I radziła, żebym i tak przyszedł.

– Wiem, jej pewność siebie jest pociągająca, ale wydaje mi się, że jej po prostu potrzebny jest przyjaciel – powiedziała Claire, zdumiewając samą siebie. Nie zamierzała tego mówić. Zabrzmiało to tak, jakby jej zależało. Oczywiście chciała, żeby Tyler przeniósł uwagę na kogo innego, ale nie na Sydney. Zamknęła oczy. A myślała, że już wyrosła z tej zazdrości!

– A ty? Czy też potrzebujesz przyjaciela?

Zerknęła na niego. Tak doskonale czuł się we własnej

skórze, w tych luźnych dżinsach, wyrzuconej na nie koszuli. Przez moment zapragnęła podejść do niego, wtulić się w jego ramiona, żeby i ją ogarnęła ta aura spokoju. Co się z nią dzieje?

– Ja nie potrzebuję przyjaciół.

– Tylko czegoś więcej?

Claire nie miała wielkiego doświadczenia z mężczyznami, ale zrozumiała, o co mu chodzi. Wiedziała, co oznaczają maleńkie fioletowe iskierki wokół niego, te, które widać tylko w nocy.

– Wystarcza mi to, co mam.

– Mnie też, Claire. Jesteś piękna – powiedział. – No, powiedziałem. Nie mogłem dłużej milczeć.

Nie bał się, że zostanie zraniony. Aż się o to prosił. Jedno z nich musiało zachować rozsądek.

– Mówiłam, że jestem zajęta. Serio.

– Mówiłem, że jesteś piękna. Też serio.

Podeszła do dziury pod płotem i wrzuciła w nią jabłka.

– Będę zajęta bardzo, bardzo długo.

Kiedy się odwróciła, ujrzała jego szeroki uśmiech.

– A ja nie.

Z niepokojem popatrzyła za nim, kiedy odchodził. Czy to miało coś znaczyć? Czy to jakieś ostrzeżenie?

Mam masę czasu, żeby się tu zakraść.

ROZDZIAŁ 5

*D*wór Mattesonów wyglądał tak, jak zapamiętała go Sydney. Nawet teraz mogłaby trafić z zamkniętymi oczami do sypialni Huntera Johna. Kiedy byli w domu sami, udawała, że tu mieszkają. Leżeli na łóżku, a ona mówiła bez końca o wspólnej przyszłości. Ale kiedy zrywał z nią po maturze, powiedział: „Myślałem, że to rozumiesz". Wtedy nie rozumiała, ale teraz tak. Rozumiała, że ona go kochała i pewnie nikogo innego nie pokocha taką miłością, z taką nadzieją. Już rozumiała, że wyjechałaby z Bascom z nim lub bez niego. Już rozumiała, że nie potrafił zaakceptować jej takiej, jaką była. To akurat rozumiała najlepiej, bo sama także nie potrafiła tego zrobić.

Kiedy Claire zaparkowała pod drzwiami dla służby i weszły do kuchni, poczuła delikatny, dobrze znajomy dreszczyk, który wiązał się z przebywaniem w zakazanym miejscu. Nie powinna tu w ogóle przyjeżdżać, ale nie potrafiła się opanować. Może chodziło o dreszczyk emocji, jaki zawsze czuła, gdy przed wyjazdem z miasta zakradała się do domów swoich chłopaków, gdy ci byli w pracy, i kradła pieniądze ze skrytek. Tutaj także zamierzała coś ukraść. Chciała zabrać ze sobą wspomnienia, które już do niej nie należały. I dlaczego to robiła? Bo najpiękniejsze wspomnienia młodości miała z czasów, gdy mieszkała w Bascom i chodziła z najbardziej pożądanym chłopakiem w mieście. Wszyscy ją podziwiali. Wszyscy ją akceptowali. Chciała mieć te wspomnienia, potrzebowała ich bardziej niż Mattesonowie. Pewnie nawet nie zauważą ich braku. Pewnie w ogóle o niej zapomnieli.

Na ich spotkanie wyszła gospodyni. Powiedziała, że nazywa się Joanne. Miała pod czterdziestkę, a jej czarne włosy były tak lśniące i proste, że prawie się nie poruszały, co oznaczało, że nie toleruje błędów.

– Kwiaty już zostały dostarczone. Polecono mi zaczekać z ich aranżacją do waszego przyjazdu – powiedziała Joanne. – Kiedy skończycie wyjmować produkty, będę na patio. Wiecie, gdzie to jest?

– Tak – oznajmiła Sydney z wyższością. Joanne znikła w wahadłowych drzwiach spiżarni. – Bardziej lubiłam Myrtle.

– Jaką Myrtle? – spytała Claire.

– Dawną gospodynię.

– O – zdziwiła się Claire.

Kiedy wszystko znalazło się w domu, a to, co trzeba – w lodówce, Sydney zaprowadziła Claire na patio. Pani Matteson szczyciła się swoimi antykami i dlatego Sydney bardzo się zdziwiła, ujrzawszy dom w tonacji różowej. Ściany jadalni pokrywał różowy adamaszek, a krzesła przy długim stole miały bladoróżową tapicerkę. Za jadalnią znajdowała się bawialnia, kipiąca różowymi wzorkami na poduszkach i dywanach.

Rozległe patio znajdowało się po prawej stronie, za otwartymi balkonowymi drzwiami. Ciepły letni wietrzyk zawiewał do pokoju, niosąc ze sobą woń róż i chloru. Na dworze Sydney zauważyła okrągłe stoliki i krzesła z kutego żelaza wokół basenu, a w rogu – wymyślny bar. Dłuższe stoły stały pod ścianami, i przy nich właśnie stała Joanne, wśród pustych flakonów i kubłów z kwiatami.

Claire poszła w kierunku Joanne. Sydney nogi odmówiły posłuszeństwa. Zakręciło się jej w głowie. To przez ten przepych – te białe, łopoczące na wietrze obrusy, iskierki w basenie, reflektorki w krzewach. Tak bardzo o tym marzyła w dzieciństwie – o tym bogactwie, tym śnie. Wróciły do niej przeszywające wspomnienia o tym, jak strasznie chciała tu przynależeć, przynależeć do czegokolwiek, do kogokolwiek.

Nawet, gdyby wszystko było tylko złudzeniem.

Splótłszy ręce na piersi, przyglądała się, jak pokojówka zapala świecie w wysokich szklanych lampionach nad stołami. Z roztargnieniem przysłuchiwała się Claire, która instruowała Joanne, gdzie należy postawić fuksje i mieczyki.

– Mieczyki tutaj – mówiła – gdzie znajdą się kwiaty cukinii faszerowane gałką muszkatołową i kurczak w fenkułach. Tu róże, gdzie staną rożki z konfiturą różaną. – Co za misterna, podstępna intryga, narzucająca gościom uczucia, których w przeciwnym razie by nie doznali! Zupełnie nie w stylu pani Matteson. A przecież Claire przez cały poniedziałkowy wieczór uzgadniała z nią menu przez telefon. Sydney pod jakimś pozorem znalazła się w kuchni i słyszała, jak Claire w spiżarni mówi: „Jeśli chce pani przedstawić apoteozę miłości, to tylko róże", oraz „Cynamon i gałka muszkatołowa to symbole dostatku".

Kiedy już Claire zadbała o niejadalne kwiaty, wróciła do kuchni. Po drodze przystanęła, uświadomiwszy sobie, że Sydney nie idzie za nią.

– Coś się stało? – spytała.

Sydney obejrzała się.

– Pięknie, prawda? – powiedziała, jakby z dumą, jakby to wszystko było jej. I było, przez chwilę.

– Bardzo… – Claire zawahała się – …wyszukane. Chodź, nie chcemy opóźnień.

Parę godzin później, już w kuchni, Sydney powiedziała:

– Już rozumiem, co miałaś na myśli, mówiąc „wyszukane". Dlaczego wszystko na tacach należy układać zgodnie z ruchem wskazówek zegara? Na zebraniu botaników tego nie było.

– Te panie były zainteresowane tylko jedzeniem, a nie jego znaczeniem.

– A jakie jest znaczenie tego jedzenia?

– Takie, że ludzie mają ich postrzegać jako szaleńczo zakochanych i bajecznie bogatych.

– Bez sensu, przecież wszyscy to już wiedzą. Czy państwo Mattesonowie mają problemy? Kiedy ich znałam, byli ze sobą tacy szczęśliwi.

– Nie zastanawiam się nad powodami, daję ludziom to, czego chcą. Gotowa? – rzuciła Claire, niosąc dwie tace do wahadłowych drzwi. Podały jedzenie już wcześniej, ale Joanne przed chwilą dała im znać, że tace należy odświeżyć.

Sydney była ciekawa, czy rozpozna jakąś znajomą twarz. Nasłuchiwała głosów, czasami, przy donośniejszym śmiechu, wyciągała szyję, zastanawiając się, czy już go słyszała. Czy Hunter John będzie? Czy to ważne?

– Już bardziej gotowa nie będę – powiedziała, dźwigając tace.

Na przyjęciach Emma zawsze czuła się jak zauroczona, jak dziecko, które bawi się w bal, a wszystko wokół niej jest jej własnym, wymyślonym światem. Matka była taka sama.

– Magię zostaw Waverleyom – mawiała, kiedy Emma jako mała dziewczynka przyglądała się, jak matka przymierza przed balem suknię po sukni. – My mamy coś lepszego. Mamy fantazję.

Emma stała przy barze, bo tam ulokował się Hunter John, ale widziała stąd świetnie wszystkich rozbawionych gości. Uwielbiała przyjęcia, lecz nigdy dotąd nie przeżyła takiego balu, kiedy każde zdanie pod jej adresem było komplementem lub zazdrosną uwagą. Czuła się jak w raju!

Ariel podeszła i pocałowała ją w policzek.

– Kochanie, wyglądasz wspaniale. Ta czerwień jest dla ciebie idealna. Idealna!

– To był świetny pomysł, mamo, Dziękuję, że to zrobiłaś. Kto dostarczył jedzenie? Wszyscy gratulują mi potraw. Nie tak często, jak sukni, ale zawsze.

Ariel mrugnęła i odwróciła Emmę w stronę drzwi patio po drugiej stronie basenu.

– To, kochanie, jest moim dzisiejszym największym podarunkiem dla ciebie.

– Jak to?

– Czekaj. Patrz. Pokażę ci.

Emma nie rozumiała, ale roześmiała się z podnieceniem.

– Mamo, co znowu wymyśliłaś? Kupiłaś mi coś?

– W pewnym sensie – odpowiedziała tajemniczo Ariel.

– Co? Mamo, co? Powiedz, powiedz!

Przenikliwie piskliwy głos Emmy oderwał Huntera Johna od rozmowy z przyjaciółmi.

– Co się stało?

Emma chwyciła go za rękę i przyciągnęła do siebie.

– Mama mi coś kupiła i nie chce powiedzieć co.

– Aha! Tam jest – oznajmiła Ariel, wskazując kieliszkiem szampana.

– Co? – rzuciła Emma z rozgorączkowaniem. – Gdzie? – Z domu wyszły właśnie dwie kobiety z tacami. Oczywiście kelnerki. Już miała odwrócić wzrok i poszukać prawdziwego podarku, kiedy nagle dotarło do niej, kim jest jedna z nich. – Czy to Claire Waverley? Wynajęłaś ją na mój bal? – Nagle, w ułamku strasznej chwili, uświadomiła sobie, co zrobiła jej matka i spojrzała na drugą kobietę. – Boże!

– Czy to Sydney Waverley? – spytał Hunter John. Wysunął rękę z uścisku Emmy i zostawił ją. Po prostu ją zostawił, poszedł sobie, ruszył do Sydney jak po sznurku.

Emma odwróciła się wściekła do matki.

– Mamo, coś ty narobiła?

Ariel przysunęła się do niej.

– Przestań się zachowywać jak idiotka i idź do nich! – syknęła. – Niech ludzie się jej przyjrzą. Niech wszyscy dawni znajomi na nią popatrzą.

– Nie do wiary! Jak mogłaś!

– Sydney wróciła i musisz nad tym zapanować. Pokaż jej, gdzie jej miejsce, że nie ma szansy dostać tego, po co wróciła. I pokaż mężowi, że jesteś lepsza od niej. Zawsze byłaś. To ty jesteś królową balu, a ona kelnerką. Więc idź!

Emma jeszcze nigdy w życiu nie przemierzyła tak długiej drogi. Hunter John już stał przy Sydney i gapił się na nią, kiedy ustawiała nowe tace na stołach. Na razie go nie zobaczyła. Udaje, że go nie dostrzega? Czy tylko się wstydzi? Była chudsza i starsza, ale nadal promienna, a jej włosy były idealnie ostrzyżone. Zawsze miała boską fryzurę. Nigdy nie musiała farbować włosów ani ich kręcić, na co Emma była skazana od dwunastych urodzin.

Emma prawie już dogoniła męża, kiedy w końcu odchrząknął i powiedział:

– Sydney Waverley, czy to ty?

Wtedy wydarzyło się parę spraw jednocześnie. Sydney poderwała głowę i spojrzała Hunterowi Johnowi w oczy. Eliza Beaufort, która stała przy sąsiednim stole, obróciła się na obcasiku. A Claire znieruchomiała i przeszyła ich ostrym spojrzeniem, jak guwernantka.

– Zawsze to mówiłam, Emmo – odezwała się Eliza, podchodząc. – Nikt nie robi lepszych przyjęć od ciebie. Carrie, chodź tutaj! – zawołała. – Musisz to zobaczyć!

Carrie Hartman, z dawnej paczki z liceum, podbiegła do nich.

– Sydney Waverley! – zawołała śpiewnie. Carrie była

jedyną dziewczyną w szkole, która mogła w pewnym sensie konkurować z urodą Sydney.

Sydney wyglądała jak zaszczute stworzenie. Emma zarumieniła się, czując jej zażenowanie.

– Słyszeliśmy o tobie! – mówiła Eliza. – Długo cię nie było. Gdzie się podziewałaś?

Sydney wytarła ręce o fartuch i założyła włosy za uszy.

– Wszędzie – powiedziała, nieco drżącym głosem.

– Byłaś w Nowym Jorku? – spytał Hunter John. – Zawsze mówiłaś, że pojedziesz do Nowego Jorku

– Mieszkałam tam przez rok. – Sydney omiotła spojrzeniem salę. – A... gdzie twoi rodzice?

– Dwa lata temu wyprowadzili się na Florydę. Przejąłem interes.

– Więc ty tu mieszkasz?

– My – odezwała się Emma, biorąc Huntera Johna pod ramię i wpierając się w niego wydekoltowanymi piersiami.

– Emma? Wyszłaś za Huntera Johna? – spytała Sydney. Jej zdumienie wytrąciło Emmę z równowagi. Jak mogła się dziwić, że Hunter John wybrał ją?

– Pobraliśmy się od razu po maturze. Tuż po twoim wyjeździe. O, Sydney, tam są dwie puste tace. – Usiłowała sobie wmówić, że Sydney się o to prosiła, że sama jest sobie winna tego upokorzenia. Ale to jej nie poprawiło samopoczucia. Nie chciała dobijać Sydney. Przecież i tak wygrała. Prawda? Ale tak właśnie postąpiłaby jej matka, to właśnie by powiedziała. I proszę, jak długo zatrzymała przy sobie ojca Emmy.

Hunter John powiódł wzrokiem od Emmy do Sydney i z powrotem.

– Muszę z tobą pomówić na osobności – powiedział i wyprowadził Emmę pomiędzy gośćmi do domu. Sydney nie spuszczała z nich wzroku.

– Co się stało, kochanie? – spytała Emma, kiedy Hunter John wprowadził ją do gabinetu i zamknął drzwi. To ona umeblowała ten pokój o śmietankowo-kakaowych ścianach, z oprawionymi fotografiami z dni chwały Huntera Johna na boisku w liceum, z roślinami w doniczkach i ogromnym orzechowym, krytym skórą biurkiem. Podeszła do niego i oparła się o nie prowokująco. Wybrała akurat ten mebel, bo stanowił miękkie posłanie, w sam raz na szybki numerek, którym zaskakiwała go przy pracy. Myślała, że o to mu teraz chodzi. Matka znowu miała rację. Hunter John porównał Sydney do niej i zrozumiał, że dokonał właściwego wyboru.

Ale Hunter John nie ruszał się od drzwi, a spojrzenie miał mroczne jak noc.

– Zrobiłaś to umyślnie. Umyślnie upokorzyłaś Sydney.

Poczuła się tak, jakby dostała na urodziny prezent, pewna, że to to, o co prosiła przez cały rok, ale w środku znalazła brzydki kamień albo pęknięte lusterko.

– Od kiedy cię to obchodzi?

– Obchodzi mnie, jak to wygląda. Dlaczego w ogóle wprowadziliśmy ją do naszego domu?

– Ćśśś, kochanie, ćśśś. Uspokój się. Już dobrze. Nie miałam z tym nic wspólnego, przysięgam. – Podeszła do niego, zaczęła gładzić klapy jego fraka. Potem sięgnęła niżej.

Chwycił ją za nadgarstki.

– Za drzwiami są goście.

– Więc się streszczajmy.

– Nie – powiedział po raz pierwszy od dziesięciu lat i cofnął się. – Nie teraz.

Claire była zdenerwowana, a nie znosiła tego uczucia. Nie znosiła bezradności. Patrzyła, jak dawne znajome Sydney krążą wokół niej jak komary i nie mogła się ruszyć z miejsca. Nie wiedziała, czy Sydney życzy sobie jej ingerencji, czy też wścieknie się, kiedy Claire ją wyciągnie spomiędzy koleżanek, które widziała po raz pierwszy od dziesięciu lat. Teraz Sydney minęła ją gwałtownie, z zaciętą miną, a Claire poszła za nią.

Ledwie wahadłowe drzwi zamknęły się za nią, Sydney odstawiła puste tace na blat i rzuciła:

– Dlaczego mi nie powiedziałaś, że państwo Mattesonowie to Hunter John i Emma Clark?

Claire zabrała jej tace, ułożyła na swoich i umieściła w pewnym oddaleniu.

– Nie przyszło mi do głowy, że możesz tego nie wiedzieć. A myślałaś, że kim są?

– Rodzicami Huntera Johna! Jak, na Boga, miałam się domyślić, że Hunter John i Emma się pobrali?

– Bo kiedy z nim zerwałaś, zaczął chodzić z Emmą – zaczęła tłumaczyć Claire, siląc się na rozsądek. Jej żołądek zaczął się skręcać, jakby blokując natarczywą myśl: dzieje się coś złego, coś jest nie tak, dzieje się coś złego!

– Skąd miałam to wiedzieć? Nie było mnie tutaj! – krzyknęła Sydney. – I nie ja z nim zerwałam, tylko on ze mną. Myślałaś, że dlaczego wyjechałam?

Claire zawahała się.

– Przeze mnie. Myślałam, że wyjechałaś, bo nie daję ci się uczyć, bo przeze mnie znienawidziłaś dom i rodzinę.

– Nie przez ciebie, przez całe to miasto! – rzuciła niecierpliwie Sydney. Pokręciła głową, jakby Claire ją rozczarowała. – Ale jeśli ci to poprawi nastrój, teraz wyjadę z twojego powodu.

– Sydney, proszę cię, zaczekaj.

– To był podstęp! Nie widzisz? Emma Clark to urządziła, żebym wyszła na... na służącą w oczach Huntera Johna i moich dawnych kumpeli z drogimi fryzurami i sztucznymi cyckami. A skąd wiedziała, że wróciłam? Dlaczego jej powiedziałaś?

– To nie ja.

– Na pewno ty. Jak by się inaczej dowiedziała?

– Może od Elizy Beaufort. Jej babcia była obecna na przyjęciu w Hickory.

Sydney zamilkła na długo, wpatrzona w Claire oczyma lśniącymi od łez. Claire chyba nigdy nie widziała płaczącej siostry. W dzieciństwie zachowywały wyjątkowy stoicyzm. Żadnej z nich nie poruszyło odejście matki, żadna nie uroniła za nią jednej łzy. Ale teraz Claire po raz pierwszy zaczęła się zastanawiać, jakie uczucia tłumi w sobie jej siostra.

– Dlaczego na to pozwoliłaś? Dlaczego zabrałaś mnie tam ze sobą? Nie zdziwiło cię, że Emma dzwoni i zamawia coś podkreślającego jej styl, który wszyscy od dawna znają? Namiętność i pieniądze. Zrobiła to specjalnie dla mnie.

– To nie ona złożyła zamówienie, tylko jej matka. Z Emmą nie zamieniłam nawet słowa. Może to tylko zbieg okoliczności. Może to bez znaczenia.

– Jak możesz tak mówić? I to akurat ty? Dla Waverleyów wszystko ma znaczenie! I jak możesz ich bronić? Naprawdę tak ci dobrze z tym, co oni o nas myślą? Widziałam cię w dzieciństwie, nikt nie chciał się z tobą przyjaźnić, żaden chłopak się tobą nie interesował. Myślałam, że dlatego uciekłaś w to wszystko – Sydney machnęła energicznie ręką w stronę jedzenia i kwiatów – bo uważasz, że potrzebujesz tylko domu i babci. A ja chciałam czegoś więcej. Chciałam przyjaciół. I całej reszty. Byłam zdruzgotana, kiedy Hunter John ze mną zerwał, a ty nawet tego nie zauważyłaś. A dziś mnie skrzywdziłaś. Czy to ma dla ciebie znaczenie?

Claire nie wiedziała, co odpowiedzieć, czym jeszcze bardziej zirytowała Sydney. Jej siostra odwróciła się z sykiem i pobiegła do zostawionej przy drzwiach torebki. Wyjęła z niej wydartą z notesu karteczkę i podeszła do telefonu w spiżarni.

– Co robisz? – spytała Claire.

Sydney demonstracyjnie odwróciła się do niej plecami i wybrała numer.

– Sydney, proszę cię, nie odchodź.

– Tyler? – rzuciła Sydney do słuchawki. – Tu Sydney Waverley. Utknęłam w nieciekawym miejscu i chciałabym, żeby ktoś po mnie przyjechał. – Pauza. – Willow Springs Road, we wschodniej części miasta. Numer trzydzieści dwa, wielkie zabytkowe domiszcze. Podjedź od zaplecza. Strasznie ci dziękuję.

Zdjęła fartuch i rzuciła go na podłogę. Chwyciła torebkę i wyszła.

Claire patrzyła za nią bezradnie. Żołądek wywracał się jej na drugą stronę, zapowiadając poważne mdłości. Musiała się pochylić i oprzeć ręce na kolanach. Nie może stracić tej nędznej reszty rodziny, nie teraz! Sydney nie może wyjechać z jej powodu!

Dziesięć ostatnich lat życia Sydney to nie była jedyna jej tajemnica. Claire uświadomiła sobie, że nie znała siostry nawet w dzieciństwie. Nie zdawała sobie sprawy, że Hunter John był dla niej tak ważny. Nie wiedziała, że to aż tak zaboli Sydney. Ale choć ona tego nie wiedziała, to ludzie na patio – i owszem. I zrobili to specjalnie. Od samego początku czuła, że coś tu jest nie tak. Sydney miała rację. Wszystko ma znaczenie, a Claire zlekceważyła znaki ostrzegawcze.

Nabrała tchu, wyprostowała się. Zaraz to naprawi.

Podeszła do telefonu i wcisnęła klawisz redial.

Trochę to trwało, ale w końcu w słuchawce rozległ się nieco zdyszany głos Tylera.

– Halo?

– Tyler?

– Tak.

– Tu Claire Waverley.

W słuchawce zaległa cisza, ewidentna oznaka zaskoczenia.

– Claire. A to dziwne. Przed chwilą dzwoniła twoja siostra. Jakby zdenerwowana.

– Jest zdenerwowana. Była ze mną na zleceniu. Muszę... poprosić cię o przysługę.

– Co tylko zechcesz.

– Zanim pojedziesz po Sydney, idź do mego mieszkania. Przyniesiesz mi parę rzeczy z domu i ogrodu. Powiem ci, gdzie są schowane klucze.

Po czterdziestu minutach ktoś zapukał do drzwi.

Claire otworzyła je i ujrzała Tylera z dwoma kartonowymi pudłami pełnymi kwiatów i różnych ingrediencji z domu.

– Gdzie to postawić?

– Na blacie przy zlewie. – Kiedy ją minął, wyjrzała na podjazd dla dostawców, na którym Tyler zostawił samochód z włączonymi światłami. Na siedzeniu obok kierowcy siedziała sztywno wyprostowana Sydney.

– Widziałem cię przy pracy u Anny, ale muszę powiedzieć, że za kulisami wygląda to jeszcze bardziej imponująco – powiedział Tyler, rozglądając się po kuchni. Claire odwróciła się. Czekając na niego, uporządkowała jedzenie i kwiaty. Spisała listę składników i kwiatów na fiszkach, żeby się nie pomylić i nie wysyłać sprzecznych sygnałów. To było zbyt istotne. Dziś zażyczyli sobie róż, które miały symbolizować ich miłość, ale kiedy do miłości doda się smutek, oznacza to tęsknotę. Chcieli gałki muszkatołowej, bo oznacza bogactwo, ale kiedy do bogactwa doda się poczucie winy, uzyskuje się niesmak.

– Dziękuję, że się zgodziłeś – powiedziała w nadziei, że Tyler nie spyta, po co jej to wszystko. Choć właściwie dlaczego miałby spytać? Nie był stąd. Nie miał pojęcia o tajemnym znaczeniu jej pracy.

– Nie ma sprawy.

Spuściła oczy i zauważyła, że dżinsy Tylera są ubrudzone ziemią z ogrodu.

– Przepraszam za te plamy. Zapłacę za nowe spodnie.

– Kochanie, jestem malarzem. Wszystkie moje ciuchy tak wyglądają. – Uśmiechnął się, jak ciepło! Jak spokojnie. Omal nie odebrało jej tchu. – Mogę ci jeszcze jakoś pomóc?

– Nie – rzuciła odruchowo, ale zaraz potem dodała: – Zaraz, tak. Poprosisz Sydney, żeby nie wyjeżdżała dziś w nocy? Niech poczeka do rana. Muszę coś naprawić.

– Pokłóciłyście się?

– Mniej więcej.

Znowu się uśmiechnął.

– Zrobię, co w mojej mocy.

Kiedy Claire wróciła do domu, Sydney i Bay już spały. Wyglądało na to, że Sydney poprosiła Tylera o odebranie Bay z domu Evanelle.

Przynajmniej zostały na noc, na tyle długo, żeby dało się co nieco naprawić.

Claire położyła się późno. Najpierw musiała upiec sześć tuzinów cynamonowych bułeczek, które każdego niedzielnego poranka dostarczała o świcie do kawiarni. Około północy w półśnie dotarła do pokoju i nastawiła budzik. Zajrzała do Bay, choć wiedziała, że Sydney robi to parę razy w nocy, a potem ruszyła korytarzem.

Mijając drzwi siostry, usłyszała jej głos:

– Zanim wróciłaś, dzwoniło mnóstwo osób.

Claire cofnęła się o krok i zajrzała do sypialni Sydney. Siostra nie spała. Leżała z rękami pod głową.

– Eliza Beaufort, Carrie, ludzie, których nawet nie znałam. Wszyscy mówili to samo. Że bardzo im przykro. Eliza i Carrie powiedziały nawet, że w liceum mnie lubiły i żałują, że sprawy nie potoczyły się inaczej. Co im powiedziałaś?

– Nie powiedziałam im ani słowa.

Sydney znieruchomiała i Claire zrozumiała, że siostra już wszystko rozumie.

– Co im podałaś?

– Sorbet limonkowy w kielichach tulipana. Do sałatki owocowej dodałam płatków mlecza, a do czekoladowego musu – listki mięty.

– Tego nie było w menu.

– Wiem.

– Zauważyłam, że Emma Clark i jej matka nie zadzwoniły.

Caire oparła się o framugę.

– Zorientowały się, co robię. Nie tknęły deserów. I kazały mi odejść.

– Zapłaciły ci resztę honorarium?

– Nie. I dwie ich znajome odwołały zamówienie.

Szelest pościeli. Sydney odwróciła się w stronę Claire.

– Przykro mi.

– Oficjalnie się wycofały, ale zadzwonią, gdy będą czegoś potrzebować. Tylko poproszą, żebym tego nie rozgłaszała.

– Narozrabiałam. Przepraszam.

– Nie zrobiłaś nic złego. Proszę, nie wyjeżdżaj. Chcę, żebyś tu została. Może nie zawsze na to wygląda, ale chcę.

– Nie wyjadę. Nie mogę – westchnęła Sydney. – To miasto jest nienormalne, ale ta jego niezmienność, także w myśleniu ludzi, dodaje mu bezpieczeństwa. A bezpieczeństwo jest potrzebne Bay. Jestem jej matką, muszę jej to dać.

Te słowa zostały, jakby nie rozpłynęły się w powietrzu, i Claire natychmiast poczuła, że Sydney wolałaby je cofnąć.

– Wyjechałaś z miejsca, gdzie nie było bezpiecznie? – Musiała o to spytać.

Ale powinna się domyślić, że Sydney nie odpowie. Siostra znowu odwróciła się do niej plecami.

– Chciałabym, żebyś coś w związku z nim postanowiła – powiedziała, wskazując otwarte okno. – Trudno przy tym spać.

Do pokoju sączyło się blade fioletowe światło. Dziwne! Zaintrygowana Claire weszła i spojrzała na dom Tylera. Po podwórku przechadzał się on sam, w samych spodniach od piżamy, paląc papierosa. Znowu miał wokół siebie to fioletowe iskrzenie. Od czasu do czasu stawał i spoglądał na dom Waverleyów, a potem znowu zaczynał krążyć.

– Widzisz to? – spytała Claire, nie odrywając od niego wzroku.

– Oczywiście.

– Więc jesteś Waverleyówną w większym stopniu, niż byś chciała.

Sydney parsknęła.

– Jakże się cieszę. I co z nim zrobisz?

Claire postanowiła zlekceważyć trzepot ptasich skrzydełek w piersi. Odeszła od okna.

– Zajmę się tym.

– Ludzie mogą uważać, że cię na to nie stać, ale to nie znaczy, że to prawda. Nigdy nie chciałaś im udowodnić, że się mylą?

– Jestem Waverleyówną – oznajmiła Claire, idąc do drzwi. – Nie ma w tym nic złego.

– Jesteś człowiekiem. Masz prawo chodzić na randki. Masz prawo coś czuć. Umów się z Tylerem. Niech ludzie zaczną mówić: „Nie do wiary, że to zrobiła".

– Mówisz jak mama.

– Czy to komplement?

Claire stanęła w progu i roześmiała się cicho.

– Nie wiem.

Sydney usiadła i parę razy trzepnęła dłonią w poduszkę.

– Obudź mnie rano, to pomogę ci dostarczyć cynamonowe bułeczki – powiedziała i padła na pościel.

– Nie, ja… – Claire ugryzła się w język. – Dobrze, dziękuję.

ROZDZIAŁ 6

*W*e wtorek po południu Claire oznajmiła, że wybiera się do sklepu spożywczego, a Sydney spytała, czy może jej towarzyszyć razem z Bay. Sydney chciała kupić gazetę, żeby sprawdzić ogłoszenia o pracę i – choć z bólem serca – oddać koszulę od Evanelle. Odłożyła pieniądze od Claire na wszelki wypadek, więc potrzebowała kasy na środki czystości, a Bay musiała jeść to, co jedzą dzieci. Claire była wspaniałą kucharką, ale wczoraj spojrzała na Bay bez zrozumienia, kiedy dziewczynka poprosiła o chrupki o smaku pizzy.

U Freda Claire i Bay poszły do działu spożywczego, a Sydney zaczekała na nie przed sklepem. Rynek nie zmienił się bardzo, choć teraz stała na nim wyglądająca jak liść dębu rzeźba autorstwa jakiegoś studenta.

Oddała koszulę i przekonała się, że sklep Maxine przez ostatnie dziesięć lat dwa razy zmieniał właściciela. Teraz jego kierowniczką była elegancka kobieta pod pięćdziesiątkę. Nie miała wolnego etatu, ale przyjęła numer Sydney i obiecała, że zadzwoni, jeśli coś się zwolni. Rozpoznała nazwisko Waverley i spytała Sydney, czy jest krewną Claire. Kiedy Sydney potwierdziła, rozpromieniona kobieta oznajmiła, że Claire przygotowała w zeszłym roku tort na wesele jej córki i że mówili o nim wszyscy przyjaciele z Atlanty. Potem dodała z przekonaniem, że na pewno zadzwoni, jeśli zwolni się miejsce.

Wracając z Maxine do „Delikatesów" Sydney minęła salon „Białe Drzwi". Dziesięć lat temu w tym miejscu znajdował się modny zakład fryzjerski, ale teraz był dużo bardziej elegancki. Akurat wyszła z niego klientka, a wraz z nią wypłynęła woń chemikaliów otoczona słodkim aromatem szamponu. Ten zapach omal nie uniósł Sydney z ziemi. Och, jak za nim tęskniła! Od dawna nie była w salonie piękności, a za każdym razem, gdy jakiś mijała, czuła się tak samo, jakby musiała tam wejść, wziąć nożyce i zabrać się do pracy.

Na samą myśl, że znowu mogłaby być szczęśliwa, poczuła dziwne mrowienie. Jakby nie musiała się starać. Ale do szkoły kosmetycznej zapisała się pod prawdziwym nazwiskiem, nazwiskiem, którego David nie znał. Musiała sobie powtarzać, że David ich tu nie znajdzie. Nie zjawi się tylko dlatego, że chciała znowu pracować. W Boise znalazł ją tylko dlatego, że w przedszkolu podała prawdziwe nazwisko Bay. Uznała, że nie ma wyboru, bo poprosili ją o akt urodzenia Bay. Myślała, że David będzie szukać tylko Cindy Watkins, nie Bay. Drugi raz nie popełni tego błędu. Bay była tu Waverleyówną.

Przygładziła włosy, zadowolona, że dziś rano ułożyła je w elegancki węzeł, a także przycięła i wymodelowała grzywkę.

Wyprostowała się i weszła.

Kiedy spotkała się z Claire i Bay przy furgonetce, nie posiadała się ze szczęścia. Pomogła im wnieść torby zakupów. Nieustannie zerkała na Claire, aż ta w końcu spytała:

— No dobrze, co to za uśmiech?

— Zgadnij, co się stało?

Claire uśmiechnęła się, najwyraźniej rozbawiona.

— No, co?

— Dostałam pracę! Mówiłam, że zostaję. Praca to chyba jasny dowód, nie?

Claire zatrzymała się w pół ruchu i oparła o furgonetkę. Była szczerze zdumiona.

– Ale ty masz już pracę.

– Claire, pracujesz za troje. I tylko czasami potrzebujesz pomocy. Kiedy będziesz mnie potrzebować, możesz na mnie liczyć. – Sydney roześmiała się. Dziś nic nie mogło jej zepsuć nastroju. – Może już nie w domu Emmy... ale, no wiesz.

Claire wyprostowała się.

– Gdzie jest ta praca?

– W „Białych Drzwiach". – Wynajęcie gabinetu i kupno wyposażenia pochłonie wszystkie jej pieniądze, włącznie z tymi za koszulę, ale i tak Sydney miała dobre przeczucia. Miała jeszcze trochę potrzebnych przyborów, a odnowienie licencji w nowym stanie nie powinno potrwać długo. Wiedziała, że do tej pory odnawiała ją nie bez powodu. Wkrótce zacznie zarabiać pieniądze, które znowu odłoży na fundusz na czarną godzinę, a całe Bascom przekona się, że jednak jest w czymś dobra. Będą przychodzić do niej, tak jak do Claire, ze względu na to, co potrafi.

– Jesteś fryzjerką? – spytała Claire.

– Aha.

– Nie wiedziałam.

Claire niebezpiecznie zbliżyła się do pytania, gdzie Sydney była z Bay, a Sydney wciąż nie była gotowa jej powiedzieć.

– Słuchaj, na jesieni Bay pójdzie do przedszkola, ale na razie jeszcze nie stać mnie na opiekunkę. Zajmiesz się nią? Evanelle też poproszę.

Widziała, że Claire zauważyła jej unik, ale nie naciskała. Może pewnego dnia Sydney opowie siostrze o tych dziesięciu latach, kiedy zaufa jej na tyle, żeby odkryć przed nią prawdę o swoim życiu, kiedy będzie pewna, że nie dowie się o tym całe miasto, choć w głębi serca miała nadzieję, że wszystko złe zniknie, jakby się nigdy nie wydarzyło, jak znikają szczegóły na starych fotografiach.

– Oczywiście – powiedziała w końcu Claire.

Wróciły do pakowania zakupów. Sydney zajrzała do jednej z toreb.

– Na co to wszystko?

– Zrobię minipizze.

– Można je kupić.

– Oczywiście, że można – oznajmiła Claire. Potem szepnęła do Bay: – To prawda?

Bay parsknęła śmiechem.

– A to co? – dopytywała się Sydney, myszkując w innych torbach. – Jagody? Kasztany?

Claire odpędziła ją i zamknęła bagażnik.

– Przygotuję parę dań dla Tylera.

– Naprawdę? Myślałam, że nie chcesz mieć z nim nic wspólnego.

– I nie chcę. To szczególne dania.

– Eliksir miłosny?

– Eliksiry miłosne nie istnieją.

– Chyba go nie otrujesz?

– Chyba nie. Ale kwiaty z naszego ogrodu... – Claire zawahała się. – Może osłabię jego zainteresowanie.

Sydney roześmiała się, ale nic już nie powiedziała. O mężczyznach wiedziała dużo, ale osłabianie ich zainteresowania nigdy nie należało do jej specjalności. Zostawiła to Claire.

Bay wyciągnęła się na trawie, wystawiła twarz do słońca. Wydarzenia sprzed tygodnia bledły w jej pamięci, tak jak różowy kolor, który w końcu staje się prawie biały i trudno uwierzyć, że był kiedyś inny. Jakiego koloru były oczy jej ojca? Ile kroków było z ich dawnego domu na chodnik? Nie pamiętała.

Od początku wiedziała, że wyjadą z Seattle. Nigdy nie mówiła o tym mamie, bo sama nie rozumiała tego do końca.

Po prostu nie pasowały do tego miasta, a ona wiedziała, co do czego pasuje. Czasami, kiedy matka odkładała jakiś przedmiot, Bay zakradała się i umieszczała go tam, gdzie chciał go widzieć jej ojciec. Matka kładła jego skarpetki do szuflady ze skarpetkami, ale Bay wiedziała, że kiedy ojciec wróci do domu, będzie chciał je znaleźć w szafie z butami. Albo kiedy matka kładła skarpetki przy jego butach, Bay czuła, że to go doprowadzi do szału, i chowała je do szuflady. Ale czasami jego zachcianki zmieniały się tak szybko, że nie nadążała, a wtedy wrzeszczał i krzywdził mamę. To było męczące i ucieszyła się, że w końcu znalazła się w domu, gdzie miejsce przedmiotów było jasno określone. Akcesoria kuchenne leżały zawsze w szufladzie na lewo od zlewu. Bielizna zawsze była w szafie na piętrze. Claire nigdy nie zmieniała miejsca rozmieszczenia przedmiotów.

Bay od dawna śniła o tym domu. Wiedziała, że tu przyjadą. Ale dziś leżała w ogrodzie, usiłując zrozumieć, czego tu brakuje. We śnie leżała na trawie w tym ogrodzie, przy tej jabłonce. Trawa była miękka, tak jak we śnie. Zioła i kwiaty pachniały tak samo. Ale we śnie były tęcze i malutkie plamki światła na jej twarzy, jakby nad jej głową wisiało coś roziskrzonego. I coś powinno szeleścić, jak papier na wietrze, ale jedynym dźwiękiem był szum liści jabłonki, rozrzucającej dookoła jabłka.

Jabłko pacnęło ją w nogę. Bay otworzyła jedno oko i spojrzała na drzewo. Rzucało w nią owocami, prawie jakby chciało się bawić.

Nagle usiadła. Claire ją wołała. Dziś Sydney była pierwszy dzień w pracy, a Claire po raz pierwszy opiekowała się Bay. Sydney nie pozwoliła dziewczynce wchodzić do ogrodu, ale Claire nie miała nic przeciwko temu, pod warunkiem że Bay nie będzie zrywać kwiatów. Bay z radością skorzystała z pozwolenia. Miała nadzieję, że nic nie popsuła.

– Jestem tutaj! – zawołała, wstając. Claire wypatrywała jej od furtki. – Nie zerwałam żadnego kwiatka!

Claire trzymała rondel przykryty folią aluminiową.

– Idę do Tylera, żeby mu to zanieść. Chodź ze mną!

Bay pobiegła do niej żwirowaną ścieżką, zadowolona, że znowu zobaczy Tylera. Ostatnim razem, kiedy odwiedziła go z mamą, pozwolił jej rysować na sztalugach, a kiedy pokazała mu rysunek, powiesił go na lodówce.

Claire zamknęła furtkę na klucz i razem poszły do Tylera. Bay trzymała się blisko Claire. Lubiła jej zapach, taki przyjazny, jakby mydła i ziół.

– Ciociu, dlaczego jabłonka rzuca we mnie jabłkami?

– Bo chce, żebyś jedno zjadła.

– Nie lubię jabłek.

– Ona o tym wie.

– Dlaczego zakopujesz jabłka?

– Żeby nikt ich nie zjadł.

– Dlaczego nie chcesz, żeby ludzie je jedli?

Claire przez chwilę wahała się z odpowiedzią.

– Bo jeśli zjesz jabłko z tego drzewa, zobaczysz najważniejsze wydarzenie w twoim życiu. Jeśli będzie dobre, nagle zrozumiesz, że wszystko inne nie da ci szczęścia. A jeśli złe, będziesz musiała żyć ze świadomością, że spotka cię coś złego. Nikt nie powinien wiedzieć takich rzeczy.

– Ale niektórzy chcą?

– Tak. Tylko że dopóki jabłonka stoi w naszym ogrodzie, mamy tu coś do powiedzenia.

Stanęły pod drzwiami Tylera.

– To znaczy, że to także mój ogród?

– Z całą pewnością także twój – powiedziała Claire z uśmiechem. Przez chwilę wyglądała, jakby była w wieku Bay i patrzyła na nią z taką samą radością, którą czuła Bay, radością płynącą z poczucia przynależności, którego dotąd nie znała.

– Jaka miła niespodzianka – powiedział Tyler, otwierając drzwi. Claire musiała nabrać tchu, zanim zapukała, a na widok Tylera zapomniała, że ma oddychać. Tyler był w pochlapanym farbą podkoszulku i dżinsach. Czasami skóra Claire zaczynała ją tak mrowić, że miała ochotę z niej wyskoczyć. Ciekawe, jak by zareagowała na jego pocałunek. Poczułaby się lepiej? Gorzej? Tyler uśmiechnął się, wcale nie okazując irytacji, że nachodzi go bez zapowiedzi. Ona by się zdenerwowała. Ale najwyraźniej wcale nie był do niej podobny.

– Wchodźcie!

– Zrobiłam ci gulasz – powiedziała bez tchu, wręczając mu rondel.

– Pachnie przepysznie. Proszę, wejdźcie – usunął się im z drogi, zachęcając do wejścia. A to już nie mieściło się w planach Claire.

Bay patrzyła na nią z zaciekawieniem. Czuła, że coś się nie zgadza. Claire uśmiechnęła się do niej i weszła, żeby jej nie niepokoić.

Tyler zaprowadził je przez salon pełen wygodnych mebli i zagracających go pudeł do białej kuchni z oszklonymi szafkami. Był w niej bardzo obszerny aneks jadalny – właściwie osobny pokój – z oknami od sufitu do podłogi. Podłoga w aneksie była wyłożona folią, a na długim kredensie myśliwskim leżały pędzle i farby. Obok stały dwie sztalugi.

– Dlatego kupiłem ten dom. Jest w nim piękne światło – powiedział Tyler, stawiając rondel na stole kuchennym.

– Mogę porysować? – spytała Bay.

– Jasne, koleżanko. Twoje sztalugi stoją tam. Poczekaj, przypnę papier.

Tyler zajął się obniżaniem sztalug stosownie do wzrostu Bay, a tymczasem dziewczynka wskazała kolorowy rysunek jabłonki na lodówce.

– Patrz, Claire, to ja narysowałam!

Claire doceniła nie tyle fakt, że Tyler powiesił rysunek Bay na lodówce, ale że go tam zostawił.

– Pięknie.

Ledwie Bay się usadowiła, uśmiechnięty Tyler wrócił do Claire.

Claire ze strapioną miną zerknęła na rondel. Znajdował się w nim gulasz z kurczaka z kasztanami na oleju z ziaren lwiej paszczy. Lwia paszcza ma odstraszać niepożądany wpływ innych, klątwy, czary i tak dalej, a Tyler potrzebował jej, by się uwolnić od wpływu Claire.

– Nie zjesz? – spytała.

– Teraz?

– Tak.

Wzruszył ramionami.

– No, dobrze. Czemu nie. A ty?

– Nie, dziękuję, już jadłam.

– No, to posiedź ze mną, a ja będę się pożywiał. – Wziął z szafki talerz z przejrzystego szkła i nałożył na niego trochę gulaszu. Zaprowadził Claire do stołu, przy którym stały dwa stołki.

– Jak sobie radzicie z Bay, odkąd Sydney pracuje? – spytał, kiedy usiedli. – Wczoraj wpadła do mnie i opowiedziała o nowej pracy. Ma prawdziwy talent do fryzjerstwa. I autentyczne zamiłowanie.

– Radzimy sobie świetnie – mruknęła Claire nieuważnie, wpatrzona jak sęp w widelec, który Tyler unosił do ust. Zaczął przeżuwać, przełknął, a jej przyszło do głowy, że może nie powinna się mu przyglądać. To działało na jej zmysły, jego pełne wargi, poruszanie się grdyki. Nie powinna czuć czegoś takiego do mężczyzny, który za parę sekund się od niej uwolni.

– Myślałaś kiedyś, żeby mieć dzieci? – spytał.

– Nie – odpowiedziała, wciąż w niego wpatrzona.

– Nigdy?

Z wysiłkiem przestała się wpatrywać w jego wargi i zastanowiła się.

– Nigdy aż do tej chwili.

Przełknął kolejny kęs, a potem wskazał widelcem talerz.

– Fantastyczne. W życiu nie jadłem takich wspaniałości. Może trzeba paru chwil, żeby zaczęło działać.

– Zaraz mi powiesz, że przypominam ci twoją matkę. Spodziewam się po tobie większej pomysłowości. Jedz.

– Nie, w niczym nie przypominasz mojej matki. Jej wolny duch wyklucza zajęcia w kuchni. – Uniosła brwi, a on uśmiechnął się i przełknął kolejny kęs. – No śmiało, wiem, że chcesz zapytać.

Zawahała się i przestała ze sobą walczyć.

– Dlaczego była wolnym duchem?

– Moi rodzice byli artystami. Wychowałem się w komunie artystów w Connecticut. Nie chcesz się ubierać? Nie musisz. Nie chcesz zmywać? Rozbijasz talerze i bierzesz nowe. Palisz trawkę i sypiasz z mężem najlepszej przyjaciółki? W porządku. Ale dla mnie nie było w porządku. Nic nie poradzę na to, że też mam artystyczną naturę, ale bezpieczeństwo i planowanie znaczą dla mnie więcej niż dla moich rodziców. Tylko nie za dobrze mi to idzie.

Patrzysz na znawczynię tematu, pomyślała, ale nie powiedziała tego na głos. Jeszcze by się poczuł zachęcony.

Dwa kęsy i talerz się opróżnił.

Claire przyjrzała mu się wyczekująco.

– Smakowało ci? Jak się czujesz?

Spojrzał jej w oczy; omal nie spadła ze stołka na widok pożądania, które zobaczyła. Było jak porywisty jesienny wicher, który niesie ze sobą liście w takim pędzie, że mogą kaleczyć. Pożądanie jest niebezpieczne dla ludzi o cienkiej skórze.

– Czuję, że chcę cię zaprosić na randkę.

Claire westchnęła i opuściła ręce.

– Cholera.

– W Orion w każdą sobotnią noc gra zespół. Chodź ze mną w tym tygodniu.

– Nie, będę zajęta.

– Czym?

– Następnym gulaszem dla ciebie.

Sydney pracowała już trzeci dzień i do tej pory nikt nie poprosił jej o obcięcie włosów, ani jedna stała klientka „Białych Drzwi" nie zamówiła u niej nawet mycia, bo każda miała własną fryzjerkę.

W tym cały problem.

W porze obiadowej, nie mając nic innego do roboty i zjadłszy już własną kanapkę z oliwkami i plasterkami słodkich ziemniaków, którą zrobiła jej Claire, Sydney zaproponowała, że przyniesie koleżankom coś do jedzenia. Były miłe, podtrzymywały ją na duchu i powtarzały, że będzie lepiej. Ale to nie znaczyło, że odstąpią jej własnych klientów. Musiała jakoś dać do zrozumienia ludziom, jaka jest dobra.

W kawiarniach na rynku porozmawiała z pracownicami i zaproponowała im zniżkę, jeśli przyjdą do niej na strzyżenie. Żadna nie zareagowała specjalnym entuzjazmem, ale początki zawsze są trudne. Sydney wróciła do salonu i położyła torby z zakupami na stoliku w pokoju wypoczynkowym, a potem zaniosła kawę fryzjerkom, które jeszcze pracowały.

Ostatnia w kolejności była Terri. Sydney postawiła przed nią z uśmiechem latte z mlekiem sojowym.

– Dzięki, Sydney – rzuciła Terri, pochłonięta robieniem pasemek na jasnych włosach klientki.

Ta gwałtownie podniosła głowę i Sydney ujrzała Ariel Clark.

Choć Sydney miała wielką ochotę domagać się przeprosin za to, na co Ariel naraziła ją i Claire, ugryzła się w język i wyszła bez słowa. Chciała jakoś ratować ten dzień.

Ariel Clark natomiast miała inny pogląd na tę sprawę.

Sydney właśnie zamiatała podłogę przy stanowisku na drugim końcu salonu, kiedy podeszła do niej Ariel. Emma była bardzo podobna do swojej matki, miała te same platynowe włosy, te same niebieskie oczy, ten sam pewny siebie chód. Nawet w czasach, gdy Sydney i Emma się przyjaźniły, Ariel zawsze traktowała ją z wyższością. Kiedy Sydney spędzała noc w domu Clarków, Ariel zachowywała się uprzejmie, ale jakoś tak, że Sydney czuła się jak uboga krewna, nie gość.

Ariel nie przesunęła się z jedynego niezamiecionego miejsca. Sydney w końcu wyprostowała się. Uśmiechnęła się uprzejmie, choć z morderczą siłą miażdżyła kij od miotły. Jeśli zamierza tu odnieść sukces, nie może zdzielić klientki miotłą przez łeb, choćby ta sobie na to ciężko zapracowała.

– Witam panią. Jak się pani miewa? Widziałam panią na przyjęciu. Szkoda, że nie miałyśmy okazji porozmawiać.

– To zrozumiałe, kotku, przecież pracowałaś. To by było niestosowne. – Przesunęła spojrzeniem po miotle aż po smętną stertkę włosów na podłodze. – Widzę, że tu pracujesz.

– Tak.

– Chyba nie jako… fryzjerka? – spytała pani Clark z przerażeniem, jakby sama myśl była zbyt straszna. Pięknie się zaczyna, pomyślała Sydney. Jeśli każdy w mieście tak zareaguje…!

– Tak, właśnie jako fryzjerka.

– Czy w tym celu nie należy zrobić jakiegoś dyplomu, skarbie?

Palce Sydney pobielały i zdrętwiały od ściskania miotły.

– Tak.

– Hmmm. Podobno masz córkę. A kim jest jej ojciec?

Sydney miała dość rozumu, żeby nie pokazywać Ariel swoich słabym punktów. Kiedy ludzie się dowiedzą, jak ci sprawić ból, będą to robić bez końca. Co do tego Sydney miała masę doświadczenia.

– Nie zna go pani.

– O, tego jestem pewna.

– Czy mogę jakoś pomóc?

– Moja córka jest bardzo szczęśliwa. I uszczęśliwia swojego męża.

– W końcu pochodzi z Clarków.

– No właśnie. Nie wiem, na co liczyłaś, wracając tutaj, ale jego nie dostaniesz.

Więc to o to chodzi!

– Wiem, że to panią zaskoczy, ale nie przyjechałam, żeby go zdobyć.

– Tak mówisz. Waverleyowie mają swoje sztuczki. Nie myśl, że nie wiem. – A odchodząc wyłuskała z torebeczki komórkę i wybrała numer.

– Emmo, kochanie, mam absolutnie rozkoszne wieści – zaszczebiotała.

Koło piątej po południu Sydney była już gotowa dać za wygraną i wyjść. Ale właśnie wtedy zobaczyła przy recepcji mężczyznę w ładnym szarym garniturze i coś ścisnęło ją za serce.

Ten dzień nigdy się nie skończy.

Hunter John spytał o coś recepcjonistkę, a ta odwróciła się i wskazała Sydney.

Podszedł do niej. Powinna odejść do pokoju wypoczynkowego, unikać go, ale wspomnienia zatrzymały ją w miejscu. Miał dwadzieścia osiem lat, a jednak jego płowe włosy już się przerzedzały. Lepsza fryzura by to zatuszowała. Poza tym włosy miał nadal piękne i błyszczące, co znaczyło, że młodość jeszcze go nie opuściła, choć już zbierała się do odejścia. Hunter John zmieniał się w kogoś innego.

– Powiedziano mi, że tu pracujesz – powiedział, stając przed nią.

– Nie wątpię, że ci powiedziano. – skrzyżowała ręce na piersi. – Masz szminkę na szyi.

Z zawstydzeniem wytarł skórę.

– Emma przyszła do mnie do pracy, żeby mi o tym powiedzieć.

– Więc przejąłeś rodzinny interes.

– Tak.

Firma Matteson Enterprises posiadała kilka zakładów produkujących prefabrykaty budowlane. Mieściły się jakieś dwadzieścia minut drogi od Bascom. Sydney pracowała w firmie jako recepcjonistka, tego samego lata, kiedy Hunter John był tam na praktyce. Spotykali się w gabinecie, gdy jego ojciec szedł na obiad, i całowali się jak szaleni. Czasami, gdy dzień był nudny, przyjeżdżała Emma i wszyscy troje siadali na deskach za magazynem i palili papierosy.

Jak wygląda teraz jego życie? Czy naprawdę kochał Emmę, czy tylko zdobyła go seksem, jak miały w zwyczaju kobiety z rodziny Clarków? To przecież Emma poinstruowała Sydney, jak robić loda. Dopiero po latach pewien mężczyzna oświecił ją, że robi to nie tak. Nagle uświadomiła sobie, że Emma celowo wprowadziła ją w błąd. Wtedy Sydney nawet nie przyszło do głowy, że Hunter John może być Emmie nieobojętny. On sam zawsze powtarzał, że jak dla niego, Emma za bardzo zadziera nosa. Sydney nigdy by nie pomyślała, że ci dwoje mogą być razem. Ale przecież była wtedy ślepa na wiele spraw.

– Mogę usiąść? – spytał Hunter John.

– Chcesz, żebym ci obcięła włosy? Jestem w tym świetna.

– Nie, tylko nie chcę, żeby wyglądało na to, że wpadłem pogadać – powiedział, siadając.

Przewróciła oczami.

– Boże broń.

– Chciałem ci powiedzieć parę rzeczy, oczyścić atmosferę. Tak trzeba. – Hunter John zawsze robił to, co trzeba. Z tego był znany. Złoty chłopiec. Dobry syn. – Tego wieczora, na balu, nie wiedziałem, że przyjdziesz. Emma też nie. Byliśmy tak samo zaskoczeni jak ty. To Ariel wynajęła Claire. Nikt nie wiedział, że będziesz jej pomagać.

– Nie bądź naiwny. Jeśli Eliza Beaufort wiedziała, to wiedzieli wszyscy.

Hunter John wyraźnie się rozczarował.

– Przepraszam, że tak to wyszło, ale może i dobrze. Jak widzisz, jestem obecnie szczęśliwy w małżeństwie.

– Dobry Boże. Czy wszyscy uważają, że wróciłam dla ciebie?

– Więc dlaczego?

– Czy to nie jest mój dom? Czy to nie tu dorastałam?

– Tak, ale nigdy nie lubiłaś tego miasta.

– Tak jak ty.

Hunter John westchnął. Kim był ten człowiek? Już go nie znała.

– Kocham moją żonę i dzieci. Moje życie jest wspaniałe i nie zamieniłbym go na nic na świecie. Kiedyś cię kochałem. Zerwanie z tobą było najtrudniejszą rzeczą w moim życiu.

– Tak trudną, że poszukałeś pociechy u Emmy?

– Pobraliśmy się tak szybko, bo zaszła w ciążę. Zeszliśmy się po twoim wyjeździe. Czysty zbieg okoliczności.

Musiała się roześmiać.

– Znowu jesteś naiwny.

Chyba mu się to nie spodobało.

– Ona jest największym darem losu w moim życiu.

Chciał przez to powiedzieć, że jego życie stało się wspaniałe, ponieważ rozstał się z Sydney. A to z kolei nie spodobało się jej.

– Zobaczyłeś Notre Dame? Objechałeś Europę, tak jak chciałeś?

– Nie. To dawne marzenia.

– Zdaje się, że zrezygnowałeś z wielu marzeń.

– Jestem Mattesonem. Muszę robić to, co najlepiej służy mojemu nazwisku.

– A ja noszę nazwisko Waverley, więc muszę rzucić na ciebie klątwę.

Lekko drgnął, jakby w to uwierzył, co dało jej dziwne poczucie władzy. Ale potem uśmiechnął się.

– Daj spokój, nie znosisz swojego nazwiska.

– Lepiej już idź. – Hunter John wstał i sięgnął po portfel. – I nie waż się zostawić pieniędzy za to niby-strzyżenie.

– Przepraszam, Sydney. Nie mam wpływu na to, jaki jestem. Najwyraźniej ty też nie.

Wyszedł, a ona pomyślała: to smutne, ale kochałam tylko jednego mężczyznę. I akurat ten jedyny mężczyzna musiał od początku uważać mnie za przelotną miłostkę, podczas gdy ja sądziłam, że będę z nim do końca życia.

Pożałowała, że nie potrafi rzucać prawdziwych klątw.

– Już się zaczęłam martwić – powiedziała Claire, kiedy Sydney wróciła wieczorem. – Bay jest na górze.

Sydney otworzyła lodówkę i wyjęła butelkę wody.

– Zostałam dłużej.

– Jak było?

– Dobrze. – Podeszła do zlewu, przy którym Claire płukała jagody. – Co robisz? Znowu coś na odstraszenie Tylera?

– Tak.

Sydney wzięła z blatu przy zlewie bukiet niebieskich kwiatów i powąchała.

– Co to?

– Bławatki. Posypię ich płatkami jagodowe tartaletki.

– A jak działają?

– Bławatek pozwala wyraźniej widzieć i znajdować to, co ukryte, na przykład zgubione klucze albo potajemne knowania.

– Więc usiłujesz uświadomić Tylerowi, że nie ciebie szuka?

Claire uśmiechnęła się blado.

– Bez komentarza.

Sydney przez chwilę przyglądała się jej pracy.

– Ciekawe, dlaczego ja tego nie odziedziczyłam – powiedziała z roztargnieniem.

– Czego?

– Tych tajemniczych zdolności Waverleyów, które masz ty i Evanelle. Babcia też je miała. A mama?

Claire zakręciła kran i sięgnęła po ścierkę.

– Trudno powiedzieć. Nienawidziła tego ogrodu, to pamiętam. W ogóle się do niego nie zbliżała.

– Mnie ogród nie przeszkadza, ale chyba bardziej przypominam mamę niż ktokolwiek w rodzinie. – Sydney włożyła do ust parę jagód. – Nie mam specjalnego daru, tak jak mama, a mama wróciła tutaj dla ciebie, żebyś miała stabilne życie, dom i szkołę – tak jak ja wróciłam dla Bay.

– Mama nie wróciła ze względu na mnie – powiedziała Claire, zdziwiona, że Sydney mogła w ogóle tak pomyśleć. – Przyjechała, żebyś się mogła tu urodzić.

– Wyjechała, kiedy miałam sześć lat – powiedziała Sydney. Podeszła do otwartych drzwi na werandę i wyjrzała. – Gdyby nie jej zdjęcia, które dostałam od babci, nawet bym jej nie pamiętała. Gdybym coś dla niej znaczyła, nie wyjechałaby.

– Co zrobiłaś z tymi zdjęciami? Całkiem o nich zapomniałam.

Sydney jeszcze przed chwilą rozkoszowała się zapachem ziół suszących się na werandzie. W następnej sekundzie porwał ją jakby wicher, który rzucił ją z powrotem do Seattle.

Wylądowała w salonie domu, wpatrzona w kanapę. Podeszła do niej i uniosła. Pod nią znajdowała się koperta z napisem „Mama". Od tak dawna nie chciała patrzeć na te fotografie, że zapomniała o ich istnieniu. Był to zapis wędrownego życia Lorelei, życia, które Sydney tak długo usiłowała naśladować. Wyjęła kopertę i przejrzała zdjęcia; znalazła jedno, od którego serce omal nie pękło jej ze strachu. Oto jej matka, może osiemnastoletnia, stojąca przez samochodem. Trzymała, uśmiechnięta, odręczny napis: „Koniec z Bascom! Karolina Północna jest do dupy!". Nastoletnia Sydney uważała to za przezabawne. Ale jeśli David znajdzie tę kopertę? Jeśli się domyśli? Usłyszała jego kroki. Zaraz wejdzie! Szybko wsunęła kopertę pod kanapę. Wchodzi! Zaraz ją znajdzie!

– Sydney?

Otworzyła gwałtownie oczy. Znowu była w Bascom. Claire potrząsała ją za ramię.

– Sydney?

– Zapomniałam je zabrać – wyjąkała Sydney. – Zdjęcia. Zostały.

– Dobrze się czujesz?

Sydney skinęła głową, usiłując się opanować. Miała złe przeczucie, że David się dowie, że była w domu. Dowie się, że pomyślała o czymś, co zostawiła. Otworzyła drzwi. Jeszcze teraz wydawało się jej, że czuje zapach jego wody kolońskiej, jakby ściągnęła go tu ze sobą.

– Nic się nie stało. Myślałam o mamie. – Poruszyła ramionami, usiłując się pozbyć napięcia mięśni. David się nie dowie, gdzie są zdjęcia.

Nie odnajdzie ich.

Tego wieczora Evanelle włożyła na nocną koszulę lekki szlafroczek i poszła do kuchni. Po drodze musiała mijać slalomem pudła pełne plastrów, zapałek, gumek i haczyków na gwiazdkowe ozdoby. Kiedy już dotarła na miejsce, zaczęła poszukiwać popcornu do prażenia w mikrofali. Odsuwała na boki fabrycznie zapakowane tostery i hurtowe opakowania aspiryny.

Nie chciała mieć żadnego z tych przedmiotów, nawet nieszczególnie podobało się jej życie obok nich. Usiłowała je upychać w kątach i nieużywanych pokojach, ale jakoś zawsze wysypywały się na zewnątrz. Pewnego dnia ktoś będzie ich potrzebował, więc lepiej mieć je pod ręką, zamiast szukać ich gorączkowo o trzeciej nad ranem w całodobowym supermarkecie.

Ktoś zapukał.

Pod jej drzwiami ktoś stał.

A to ci niespodzianka! Nieczęsto miewała gości. Mieszkała w niewielkiej dzielnicy starych domków, która zaczęła być nieco bardziej modna niż w czasach, gdy zamieszkała w niej wraz z mężem, pracownikiem telefonii. Jej sąsiadami były na ogół pary trzydziesto- i czterdziestolatków, bezdzietne, dojeżdżające do pracy i wracające do domów po zmroku. Ze swoimi najbliższymi sąsiadami Hansonami, którzy wprowadzili się trzy lata temu, do tej pory nie zamieniła ani słowa. Ale fakt, że kazali swojemu pracownikowi od strzyżenia trawnika „zająć się także trawnikiem sąsiadki, dla dobra całej okolicy", był bardziej niż wymowny.

Choć skoro kosili jej trawnik za darmo, to co tu narzekać.

Włączyła światło na ganku i otworzyła drzwi. W progu stał niski, tęgi mężczyzna w średnim wieku z przystrzyżonymi na jeża ciemnopłowymi włosami. Jego spodnie i koszula były wyprasowane, a buty siały oślepiające blaski. U stóp postawił małą walizkę.

– Fred!

– Cześć, Evanelle.

– A co ty tu robisz, jak pragnę zdrowia?

118

Fred miał ściągniętą twarz, ale usiłował się uśmiechnąć.

– Potrzebuję... noclegu. O tobie pomyślałem w pierwszej kolejności.

– No, to całkiem zrozumiałe. Ja jestem stara, ty jesteś gejem.

– Idealny związek. – Silił się na nonszalancję, ale w świetle żarówki na ganku był jak szkło, wystarczy jedno pchnięcie, a rozpadnie się na tysiąc kawałeczków.

– Wejdź.

Fred wziął walizkę i wszedł, a potem stanął markotny w salonie, jak mały chłopiec, który uciekł z domu. Evanelle znała go przez całe życie. Dwa lata z rzędu dostawał nagrodę w konkursie ortograficznym, a potem, w czwartej klasie, pobiła go Lorelei Waverley. Evanelle przyszła, żeby kibicować Lorelei, a potem znalazła płaczącego Freda za salą gimnastyczną. Uściskała go, a on wymógł na niej, że nie powie tacie, jak bardzo się zdenerwował. Ojciec nie znosił, kiedy Fred płakał w obecności innych. Co ludzie by o nim powiedzieli?

– Dziś przyjechała Shelly. Zastała mnie w gabinecie. W piżamie. Łatwiej było nie wychodzić z pracy. Wiem, co mam zrobić, ale pewnie już wszyscy wiedzą, więc nie mogę zamieszkać w motelu. Nie chcę dawać Jamesowi tej satysfakcji. Cholera. Nawet nie wiem, czy zauważył, że mnie nie ma. Nie dzwonił, nie sprawdzał, gdzie jestem. Cisza. Nie wiem, co robić.

– Rozmawialiście?

– Próbowałem. Tak jak radziłaś. Po tej pierwszej nocy spałem w sklepie. Zadzwoniłem do niego. Był w pracy. Powiedział, że nie chce o tym rozmawiać. Że jak wreszcie do mnie dotarło, że nie jest fajnie, to jeszcze nie znaczy, że już wszystko dobrze. Powiedziałem mu o winie od Claire. A on, że oszalałem, bo chcę, żeby wszystko było tak, jak w tych pierwszych dniach razem. Nie rozumiem, co się stało.

Jeszcze niedawno było dobrze. Pół roku temu nagle uświadomiłem sobie, że nie pamiętam, kiedy ostatnio tak normalnie ze sobą rozmawialiśmy. Jakby stopniowo mnie porzucał, a ja tego nie zauważyłem. Czy to możliwe? Że się nie zauważa?

– Wiesz co? Możesz tu mieszkać, jak długo chcesz. Ale jeśli ktoś spyta, będę mówić, że pod wpływem mojej wiecznej kobiecości wszedłeś na jedyną słuszną drogę.

– Robię fantastyczne wafle i boski kompot z brzoskwiń. Powiedz tylko słowo, a będziesz miała.

Pogłaskała go po policzku.

– Oczywiście nikt mi nie uwierzy.

Zaprowadziła go do pokoju gościnnego. Stało w nim parę pudeł z apteczkami i trzy grzejniki, ale poza tym panował w nim mniej więcej porządek, a pościel była zmieniana co tydzień od ponad trzydziestu lat. Po śmierci jej męża powstała pustka – nadal odczuwalna, choć ostatnio lepiej ukrywana. W smutnych dniach po jego śmierci Lorelei spędzała z nią całe noce, ale potem przestała, kiedy zaczęła dojrzewać i stawać się dzika. Potem czasami przychodziła do niej Claire, ale na ogół wolała być w domu. Evanelle nigdy nie przypuszczałaby, że pewnego dnia zamieszka u niej Fred. Ale niespodzianki były jej chlebem powszednim. Tak jak wtedy, gdy otwiera się konserwowe pieczarki i znajduje w środku pomidory: trzeba być wdzięcznym i jeść z apetytem.

Fred położył walizkę na łóżku i rozejrzał się.

– Chciałam zrobić popcorn i poogłądać wiadomości. Wchodzisz w to?

– Jasne – powiedział natychmiast, jakby wdzięczny za pchnięcie we właściwym kierunku. – Dziękuję.

No, czy to nie miłe, pomyślała, kiedy usiedli na kanapie z michą popcornu. Razem obejrzeli wiadomości o jedenastej, a potem Fred umył miskę.

– Do zobaczenia rano – powiedziała Evanelle, biorąc z lodówki puszkę coli. Lubiła ją otworzyć i zostawić na stoliku przy łóżku, a potem wypić, wybąbelkowaną, szarym świtem.– Łazienka jest w głębi korytarza.

– Czekaj.

Odwróciła się.

– Czy to prawda, że kiedyś, gdy byliśmy dziećmi, dałaś mojemu ojcu łyżkę? I że wykopał nią spory dół w ziemi, a potem coś mu błysnęło? I że za te znalezione dwadzieścia pięć centów poszedł do kina? I tam spotkał moją matkę?

– Prawdą jest, że dałam mu łyżkę. Ale nie mam mocy naprawiania świata.

– Rozumiem, oczywiście – powiedział szybko, spuszczając oczy. Zmiął ścierkę. – Tylko tak pytam.

Evanelle nagle zrozumiała, dlaczego znalazł się u niej.

Ludzie na ogół unikali jej, bo dawała im różne rzeczy.

Fred chciał się do niej zbliżyć, w nadziei, że da mu coś, co nada sens sytuacji z Jamesem. Na przykład łyżkę, którą by się wykopał z lotnych piasków.

Sydney, Bay i Claire siedziały tej niedzieli na ganku, jedząc cynamonowe bułeczki, które zostały Claire po sobotniej dostawie do kawiarni. Było gorąco i wszystko się psuło. Drzwi same się otwierały. Masło rozpływało się, choć leżało w lodówce. To, co należało powiedzieć, pozostawało niewypowiedziane i prażyło się w słońcu.

– Jest Evanelle – odezwała się Sydney. Claire spojrzała na chodnik.

Evanelle weszła z uśmiechem na schodki.

– Wasza matka urodziła dwie piękne dziewczynki, muszę jej to przyznać. Ale coś jesteście przygaszone.

– To ta pierwsza fala upału. Wszyscy chodzą rozdrażnieni – powiedziała Claire, nalewając jej szklankę mrożonej herbaty. – Jak się miewasz? Od paru dni cię nie widziałam.

Evanelle przyjęła szklankę i usiadła obok Claire w bujanym fotelu.

– Miałam gościa.

– Kogo?

– Mieszka ze mną Fred Walker.

– Oho – zdziwiła się Claire. – I to ci nie przeszkadza?

– Ani trochę.

– Więc geraniowe wino nie pomogło?

Evanelle wzruszyła ramionami i pociągnęła łyk herbaty.

– Nie skorzystał.

Claire zerknęła na dom naprzeciwko.

– Myślisz, że mogę je odkupić od Freda?

– Nie widzę przeciwwskazań. Masz innego klienta?

– Nie.

– Pewnie chce nim napoić Tylera – włączyła się Sydney.

Claire rzuciła jej straszne spojrzenie, choć nie bardzo przekonujące. Właściwie Sydney miała rację. Evanelle odstawiła herbatę i zaczęła czegoś szukać w torbie.

– Przyszłam, bo muszę ci dać to – oznajmiła, w końcu wywlekając z czeluści białą opaskę na głowę. Wręczyła ją Claire. – Fred usiłował na mnie wpłynąć. Mówił, że wolisz grzebienie, nie opaski, że opaski są dla osób o krótkich włosach. Ale on nie rozumie. Mam ci dać właśnie to. Dawno nie mieszkałam z mężczyzną. Zapomniałam, jacy bywają uparci. Ale pachną ładniusio.

Sydney i Claire wymieniły spojrzenia.

– Evanelle... Chyba wiesz, że Frank jest gejem. Prawda? – spytała łagodnie Claire.

– Oczywiście – odparła Evanelle ze śmiechem. Claire od lat nie widziała jej tak szczęśliwej i promiennej. – Ale miło wiedzieć, że nie tylko wy lubicie moje towarzystwo. No, to mów, Sydney, jak w pracy?

Sydney i Bay siedziały na huśtawce na ganku. Sydney kołysała je łagodnie bosą stopą.

– Muszę ci podziękować. Gdybyś nie dała mi tej koszuli, którą zwróciłam, nigdy bym nie zajrzała do „Białych Drzwi", żeby sprawdzić, czy nie mają wolnego miejsca.

– Fred i ja widzieliśmy cię w zeszłym tygodniu parę razy, jak szłaś po obiad dla dziewczyn. A raz widział cię, jak zamiatałaś.

– Na razie tylko do tego się nadaję.

– Co się stało? – spytała Claire. Zauważyła, że ostatnio Sydney chodzi bez humoru. Początkowo tak się cieszyła z pracy w Białych Drzwiach, ale potem zaczęła wracać coraz wcześniej i coraz rzadziej się uśmiechała. Claire miała mieszane uczucia co do nowej pracy siostry. Lubiła pracować z Sydney, lubiła jej towarzystwo. Ale Sydney cała się rozświetlała, kiedy mówiła o włosach. Codziennie wychodziła z domu z taką nadzieją...

– Wszystkie klientki „Białych Drzwi" to chyba znajome Clarków i Mattesonów. Trzeciego dnia odwiedził mnie Hunter John. Najwyraźniej niektórzy – nie wymienię z nazwiska – nie ucieszyli się z mojej nowej pracy i zaczęli mi robić antyreklamę. Nie żebym przedtem narzekała na nadmiar roboty, ale teraz przynajmniej wiem, dlaczego.

– Ostrzygłaś go?

– Nie, nie pozwolił mi. A szkoda, bo robię świetne męskie fryzury. To ja obcięłam włosy Tylerowi.

– Naprawdę?

– Aha. I Bay, i sobie.

– Więc... źle cię traktują? Nie dają ci nawet szansy?

– Jak tak dalej pójdzie, nie będzie mnie stać na wynajmowanie salonu. Ale może i dobrze – powiedziała Sydney, obejmując Bay. – Będę spędzać więcej czasu z moją córką. I będę mogła ci pomagać, kiedy tylko zechcesz.

*

Przez całe swoje dorosłe życie Claire była u fryzjera trzy razy, zawsze dopiero wtedy, gdy włosy urosły jej tak bardzo, że nie potrafiła ich opanować i trzeba było je skrócić o parę centymetrów. Chodziła do Salonu Stylu Mavis Adler przy autostradzie. Mavis przychodziła na specjalne wizyty domowe do jej babki, a skoro babce Mavis wystarczyła, to i Claire zamierzała na niej poprzestać.

Claire nie uważała się za szarą myszkę, „Białe Drzwi" mijała niezliczoną ilość razy, ale kiedy weszła i ujrzała skórzane sofy, obrazy na ścianach i grupkę co bogatszych kobiet z miasta – z których parę było jej klientkami – nagle poczuła się przerażająco nie na swoim miejscu.

Sydney znajdowała się w głębi salonu; zamiatała włosy wokół stanowiska innej fryzjerki, pięknej i pewnej siebie. Była całkiem sama. Samotność służyła Claire, ale jej – nie.

Sydney natychmiast zauważyła ją i podeszła do recepcji.

– Claire, co się stało? Gdzie Bay? Wszystko w porządku?

– Najzupełniej. Poprosiłam Evanelle, żeby zaopiekowała się nią przez godzinkę.

– Dlaczego?

– Bo chcę, żebyś mi obcięła włosy.

Wokół Sydney i Claire zebrał się tłumek fryzjerek i klientek. Rebecca, właścicielka salonu, stała nad nimi jak egzaminatorka. Szepty o pięknych długich włosach Claire i niewypróbowanej ręce Sydney wirowały wokół nich jak pyłki kurzu.

– Ufasz mi? – spytała Sydney, ustawiając fotel na odpowiedniej wysokości.

Claire spojrzała w jej oczy w lustrze.

– Tak – powiedziała.

Sydney odwróciła ją plecami do lustra.

Przez parę następnych minut głowa Claire robiła się coraz

lżejsza, a mokre kosmyki ciemnych włosów spadały ciężko na fartuch, jak kawałki lukrecji. Co jakiś czas Rebecca pytała o coś Sydney, a ta odpowiadała bez wahania, rzucając terminami w rodzaju: „strzyżenie ślizgowe" i „pazurkowanie". Claire nie miała pojęcia, co znaczy ten szyfr. Przed oczami stawała jej ślizgawka i zjeżdżanie z górki na pazurki.

Kiedy w końcu Sydney odwróciła ją do lustra, wokół niej zerwały się oklaski.

Claire nie wierzyła własnym oczom. Sydney skróciła jej włosy o co najmniej dwadzieścia centymetrów. Fryzura była dłuższa z przodu, lecz pełna i bujna z tyłu. Dzięki subtelnej grzywce oczy Claire stały się piękne i roziskrzone, nie surowe i karcące. Z lustra patrzyła na nią kobieta, którą Claire zawsze chciała się stać.

Sydney nie spytała, czy fryzura się jej podoba. Nie musiała. Tej przemiany dokonała ręka mistrzyni. Wszyscy patrzyli na Sydney z podziwem, a ona promieniała.

Claire poczuła łzy w oczach – radość narodzin, radość odkupienia. Gdzieś głęboko w sercu zawsze to wiedziała. To było źródło jej dziecinnej zazdrości. Sydney się tu urodziła. To był jej dar, który zawsze miała w sobie i tylko musiała się na niego otworzyć.

– Nie możesz temu dłużej zaprzeczać – odezwała się Claire.

– Czemu?

– To jest twoja moc Waverleyów.

CZĘŚĆ DRUGA

Spojrzenie w głąb

ROZDZIAŁ 7

*L*ester Hopkins siedział na aluminiowym krześle ogrodowym pod kasztanem na swoim podwórku. W oddali widniała smużka pyłu, pełznąca za samochodem na długim podjeździe do domu koło mleczarni.

Lester w zeszłym roku dostał wylewu, po którym została mu kulejąca noga i obwisły kącik ust, dlatego zawsze musiał mieć pod ręką chusteczkę do wycierania śliny, która mu się tam zbierała. Nie chciał odstraszać pań. Ostatnimi czasy sporo czasu spędzał na siedząco, co wcale mu nie przeszkadzało. Miał czas na rozmyślania. Prawdę mówiąc, niemal od urodzenia czekał na te chwile. Kiedy był mały, jego dziadek wiódł jedwabne życie pełne sutych śniadań, polowań, popołudniowych drzemek i wieczornych koncertów na banjo. Lester uważał, że to właśnie jest spełnienie jego marzeń. A przy tym listonosz przynosi pieniądze co miesiąc, jak w zegarku. Więc Lester już w dzieciństwie zdecydował, że chce być emerytem.

Ale po drodze zaliczył parę wpadek. Po śmierci ojca jako siedemnastolatek musiał pracować ciężej, niż się spodziewał, mając całą mleczarnię na głowie. Pan Bóg dał im tylko jednego syna, ale ten syn ożenił się z pracowitą kobietą i wszyscy mieszkali we wspólnym domu. Synowi urodził się syn i wszystko było pięknie, ale potem żona Lestera dostała raka, a dwa lata później syn zginął w wypadku samochodowym. Zrozpaczona, zdruzgotana synowa zapragnęła przeprowadzić się do Tuscaloosa, gdzie mieszkała jej siostra. Ale Henry, jedenastoletni wnuk Lestera, zdecydował się zostać.

Więc Lester miał w tej chwili tylko dwie podpory w życiu: farmę i Henry'ego.

Samochód był coraz bliżej. Za plecami Lestera trzasnęły siatkowe drzwi. Odwrócił się; to Henry wyszedł przed dom, sprawdzając, kto nadjeżdża. O tej porze za późno było na klientów. Słońce już prawie zaszło.

– Czekasz na coś, dziadziu? – zawołał Henry.

– Na mój statek. Ale to nie on.

Henry podszedł do kasztana i stanął obok. Lester spojrzał w górę, ku niemu. Chłopiec był przystojny, ale jak wszyscy Hopkinsowie, urodził się stary i będzie czekać przez całe życie, aż jego ciało dogoni ducha. Dlatego wszyscy Hopkinsowie żenili się ze starszymi kobietami. Ale Henry się nie spieszył, a Lester nabrał zwyczaju pomagania mu po cichu. Prosił Henry'ego, żeby oprowadził po mleczarni szkolną wycieczkę, gdy nauczycielki były w odpowiednim wieku i niezamężne. A w komitecie pań robiących dekoracje do kościoła zasiadały przeważnie rozwódki, więc Lester pozwalał im przychodzić jesienią po słomę i ostrokrzew w zimie i zawsze wyganiał Henry'ego, żeby im pomagał. Ale nigdy nic nie zaiskrzyło. Henry, godny zaufania, pewny siebie, pracowity i dobry, byłby świetnym materiałem na męża – gdyby tylko nie czuł się tak dobrze w samotności.

Tak to już jest, kiedy człowiek rodzi się stary.

Samochód zatrzymał się. Lester nie znał osoby za kierownicą, ale rozpoznał kobietę, która wysiadła.

Zachichotał. Lubił, kiedy Evanelle do niego wpadała. To było jak spotkanie z drozdem w środku zimy.

– Zdaje się, że Evanelle musi nam coś dać.

Kierowca został w samochodzie, a Evanelle ruszyła ku nim.

– Lesterze! – zakrzyknęła, biorąc się pod boki. – Za każdym razem wyglądasz coraz lepiej.

– Wiesz, wynaleźli już lekarstwo na zaćmę.

Uśmiechnęła się.

– Ty diable!

– Co się sprowadza w te strony?

– Musiałam dać ci to. – Sięgnęła do torby z różnościami i wręczyła mu słoiczek wiśni maraschino.

Lester obejrzał się na Henry'ego, który usiłował ukryć uśmiech.

– No, no. Od dawna ich nie jadłem. Dziękuję.

– Proszę.

– A kto to cię przywiózł?

– Fred, z delikatesów. Mieszka u mnie. Bardzo to miłe.

– Zostaniecie na kolację? Yvonne zrobiła placki ziemniaczane.

Yvonne była ich gospodynią. Henry zatrudnił ją po wylewie Lestera. Oczywiście była mężatką. Lester wolałby jakąś panią bez zobowiązań.

– Nie, dziękuję, muszę się zbierać – powiedziała Evanelle. – Zobaczymy się na święcie czwartego lipca?

– Oczywiście, będziemy – powiedział Lester i wraz z Henrym odprowadzili ją wzrokiem.

– Raz dała mi kłębek włóczki – odezwał się Henry. – Miałem jakieś czternaście lat i jechaliśmy z klasą na wycieczkę. Tak się zawstydziłem, że go wyrzuciłem. Ale zaraz w następnym tygodniu był mi potrzebny, kiedy musiałem zrobić projekt na lekcję.

– Mężczyźni w tym mieście szybko uczą się, co i jak, gdy idzie o kobiety Waverleyów – zgodził się Lester, sięgając po opartą o drzewo laskę. Wstał powoli. – Kiedy taka znajdzie się w pobliżu, zamknij usta, otwórz oczy i uważaj.

Następnego dnia po południu Claire usłyszała dochodzący z góry głos Sydney.

– Gdzie są wszyscy?

– Jestem na dole!– odkrzyknęła.

Wkrótce zakurzone schody zatrzeszczały i Sydney zeszła do piwnicy. Było tu chłodno i sucho; czasami mężczyźni ze zbyt wieloma sprawami na głowie pukali do drzwi Waverleyów i prosili, żeby wolno im było przez chwilę posiedzieć w piwnicy, ponieważ myśli nabierały tu krystaliczności i wracała równowaga.

Sydney szła między półkami, kierując się w stronę światełka latarki Claire. Żarówki w piwnicy przepaliły się mniej więcej w 1939 roku, ktoś był zbyt zmęczony, żeby je wymienić, co potem stało się rodzinną tradycją utrzymywania ciemności w piwnicy. Nikt nie miał pojęcia, dlaczego ten zwyczaj pozostał do dziś, ale wszyscy wiedzieli, że tak trzeba i już.

– Gdzie Bay? – spytała Sydney. – Nie ma jej z tobą?

– Nie, woli siedzieć w ogrodzie. Nic jej nie jest. Drzewo przestało w nią rzucać jabłkami, kiedy zaczęła mu je odrzucać. – Claire podała Sydney latarkę. – Poświeć mi tutaj, dobrze?

– Wino z wiciokrzewu?

– Święto czwartego lipca jest w przyszłym tygodniu. Liczę butelki, żeby się przekonać, ile możemy przynieść.

– Na kuchennym stole widziałam jakąś butelkę.

– To wino geraniowe, które Fred mi odniósł. Nie pozwolił mi zwrócić pieniędzy. Podejrzewam, że to łapówka za zachowanie milczenia – powiedziała Claire i otrzepała ręce z kurzu. – Trzydzieści cztery butelki. Wydawało mi się, że rok temu zrobiłam czterdzieści. Nieważne. I tak wystarczy.

– Dasz je Tylerowi?

Claire odebrała latarkę.

– Co mam dać Tylerowi?

– Wino geraniowe.

– A – mruknęła Claire i odwróciła się na pięcie. Sydney ruszyła za nią. – Właściwie miałam nadzieję, że ty mu je dasz.

– Zaczął letni kurs na uniwersytecie. Nie będzie się tu często pojawiać.

– O! – Claire była zadowolona, że Sydney nie widzi jej miny, jej zagubienia. Chwilami wydawało się jej, że wariuje. Kiedy się budziła, jej pierwszą myślą było, jak przestać o nim myśleć. I ciągle go wypatrywała, jednocześnie snując plany, by nigdy więcej go nie widzieć. To nie miało sensu.

Weszły do kuchni. Claire zamknęła na klucz drzwi piwnicy.

– To dobry chłopak – odezwała się Sydney. – Wiem to. I dziwię się jak cholera. Coś podobnego, mężczyźni mogą być dobrzy. Kto by to pomyślał?

Claire zaniosła latarkę do składziku i odłożyła ją na półkę ze świecami i lampionami na baterie. Elektryczność, którą wytworzyła jej frustracja, ożywiła przenośne radio na półce. Claire podskoczyła ze strachu. Natychmiast je wyłączyła i oparła się o ścianę. Tak nie można żyć.

– On nie jest niezmienny – powiedziała z głębi składziku.– Jabłonka jest niezmienna. Wino z wiciokrzewu jest niezmienne. Dom jest niezmienny. Tyler Hughes nie.

– Ja też nie jestem niezmienna, co? – spytała Sydney, ale Claire nie odpowiedziała. Czy Sydney była niezmienna? Czy naprawdę znalazła swoją niszę w Bascom, czy też znowu wyjedzie, może kiedy Bay dorośnie, albo się zakocha? Nie chciała o tym myśleć. Miała wpływ tylko na jedno: Sydney nie wyjedzie przez nią, ale może dzięki niej tu zostanie. I tylko na tym się skupi.

Wzięła głęboki oddech i wróciła do kuchni.

– A jak w pracy? – spytała pogodnie.

– O rany, ale młyn! Dzięki tobie.

– Ja nic nie zrobiłam. Tylko ty.

Sydney pokręciła głową.

– Teraz ludzie patrzą na mnie, jakbym była nauczycielką czy co. Nie rozumiem.

– Właśnie poznałaś sekret mojego sukcesu. Kiedy ludzie uwierzą, że możesz dać im coś, czego nie dostaną od nikogo innego, będą stawać na głowie i wydawać góry pieniędzy, byle tylko to mieć.

Sydney parsknęła śmiechem.

– Chcesz powiedzieć, że skoro i tak jesteśmy dziwne, możemy za to chociaż kosić kasę?

– Nie jesteśmy dziwne. – Claire zamyśliła się. – Ale dokładnie to chcę powiedzieć.

– Masz we włosach pajęczyny z piwnicy – powiedziała Sydney. Zdjęła je ostrożnie. Teraz włosy Claire stały się jej terytorium. Nabrała zwyczaju podchodzenia do niej i zakładania jej kosmyków za uszy, układania grzywki, napuszania włosów z tyłu. To było miłe, jak zabawa. Tak powinny się zachowywać jako dziewczynki, gdyby były sobie bliskie.

– Gdzie przedtem strzygłaś włosy? – spytała siostrę.

Sydney nagle spięła się i przygasła. Tak bardzo wydoroślała, kiedy jej tu nie było!

Sydney cofnęła się i usiłowała się pozbyć pajęczyn, które przylgnęły jej do palców jak taśma klejąca.

– Minęło trochę czasu. Ale... w Boise. Przez jakiś czas. – Zaprzestała daremnej walki z pajęczynami i odwróciła się, chwyciła geraniowe wino, pobiegła do tylnych drzwi. W ślad za nią ciągnął się zagadkowy zapach męskiej wody kolońskiej. – Zajrzę do Bay, a potem dam to Tylerowi.

Od dnia, gdy Sydney wróciła duchem do domku w Seattle, gdzie zostawiła zdjęcia matki, zapach wody kolońskiej Davida zaczął pojawiać się wokół niej bez ostrzeżenia. Kiedy stawał się szczególnie mocny, wentylatory pod sufitem na parterze obracały się same z siebie, jakby chciały rozpędzić tę woń. Gdy zapach zbierał się nocą w korytarzu na górze, z dala od wentylatorów i nocnego wietrzyka, zaczynał krążyć, rozgrzany z wściekłości. W te noce Bay zakradała się do łóżka Sydney i szeptały o tym, co zostawiły za sobą. Mówiły oględnie: że bardzo się cieszą, iż są już daleko, że miło jest być wolnym. A powiedziawszy to, robiły z dłoni motyle i rzucały ich cienie na ścianę w fioletowym świetle padającym z podwórka Tylera.

Claire nadal dopytywała się, gdzie podziewała się Sydney i co robiła. Sydney już wiedziała, że może jej powiedzieć, zwłaszcza że czasami nawet Claire czuła w domu zapach wody kolońskiej i głośno się temu dziwiła. Ale ten zapach uświadomił Sydney, na jakie niebezpieczeństwo naraziła siostrę przyjeżdżając i teraz dwa razy bardziej wstydziła się swoich błędów. Claire tyle dla niej robiła.

Sydney wyszła na dwór i zapach zniknął, rozpędzony wonią jabłek, szałwi i ziemi. Usiadła z Bay pod jabłonką i zaczęły rozmawiać, jak minął im dzień, co będzie na święcie czwartego lipca i że pewnego dnia pójdą do szkoły, żeby Bay mogła ją sobie obejrzeć. Od kiedy Claire pozwoliła Bay wchodzić do ogrodu, dziewczynka spędzała w nim parę godzin dziennie, leżąc w trawie pod jabłonką. Kiedy Sydney pytała, dlaczego to robi, Bay odpowiedziała, że tylko usiłuje coś zrozumieć. Sydney nie naciskała. Uważała za naturalne to, że wobec natłoku wydarzeń dziewczynka musi mieć czas na zrozumienie wszystkiego.

Porozmawiawszy z Bay, Sydney poszła do Tylera. Znalazła go na podwórku. Właśnie wyciągał kosiarkę z małej szopy.

– No, nie wiem, Tyler, czy jesteś już emocjonalnie gotowy na nowe sianokosy? – zawołała.

Odwrócił się ze śmiechem.

– Jeśli zaraz nie skoszę trawy, co mniejsze pieski sąsiadów będą się w niej gubić. Już teraz, kiedy pani Kranowski nie może znaleźć Edwarda, przychodzi tutaj i szturcha trawę laską.

– Przyniosłam podarunek od Claire. – Sydney machnęła butelką wina.

Tyler zawahał się, jakby zdusił pierwsze pytanie, które przyszło mu do głowy.

– Wiesz, jakoś nie potrafię zrozumieć twojej siostry. Daje mi podarunki, choć wyraźnie mnie nie lubi. Czy to normalne na Południu?

– Lubi cię, lubi. Dlatego ci to wszystko daje. Słuchaj, mogę się poczęstować? Jestem trochę rozdygotana.

– Jasne, chodź. – Weszli do kuchni przez tylne drzwi. Tyler wyjął z szafki dwa kieliszki.

Ledwie napełnił jeden, pociągnęła długi łyk.

– Co się stało?

– Moje myśli powędrowały tam, gdzie nie powinny. I jeszcze się boję.

– Chcesz o tym pogadać?

– Nie.

Skinął głową.

– Dobrze. Co to jest? – Nalał sobie kieliszek i powąchał.

– Wino geraniowe. Ma przywracać dobre wspomnienia.

Uniósł kieliszek w jej stronę.

– Więc za dobre wspomnienia.

Ale zanim zdążył upić łyk, Sydney palnęła:

– Ona ma nadzieję, że przypomnisz sobie kogoś innego i zapomnisz o niej. Po to był ten gulasz z olejem z lwich paszczy i ciastka z chabrami.

Tyler odstawił kieliszek.

– Nie rozumiem.

– Kwiaty z naszego ogrodu są wyjątkowe. A może to zrobione z nich dania są przyrządzone w sposób, który nadaje im moc. Wpływają na osobę, która je zjada. Ty chyba jesteś odporny. A może Claire za bardzo się stara, może przez to działanie się zmienia. Nie wiem.

Tyler patrzył na nią z niedowierzaniem.

– Claire chce, żebym przestał się nią interesować?

– To znaczy, że się nią interesujesz? Coś ci powiem o Claire. Ona lubi to, co nie odejdzie. Więc nie odchodź.

Tyler oparł się o blat, jakby zabrakło mu sił, jakby ktoś go popchnął. Przez chwilę Sydney przestraszyła się, że nie powinna ujawniać tak intymnych rzeczy o siostrze. Claire chyba nie chciałaby, żeby się dowiedział. Ale potem Tyler się uśmiechnął i zrozumiała, że postąpiła słusznie. Tak dawno nie sprawiła nikomu autentycznej radości, że zapomniała, jak to wygląda. Claire tyle dla niej robiła. Teraz Sydney znalazła coś, co mogła zrobić dla niej. Pokaże jej, że szczęście można znaleźć także poza bezpiecznym, rutynowym życiem. Szczęście z Tylerem.

– Nigdzie nie odejdę – powiedział.

– I dobrze. – Odwróciła głowę. Słowa dobrego mężczyzny wyciskają kobiecie łzy z oczu. Zazdrościła tego Claire – tego Tylera. Znała tylu mężczyzn, ale żaden nie był dobry. Pewnie by nawet nie wiedziała, jak postępować z dobrym mężczyzną. – Pij – rzuciła. Zaczęła krążyć po kuchni.

Tyler uniósł kieliszek i pociągnął łyk.

– Dobre. Nietypowe, ale dobre.

– Witaj w świecie Claire.

– A jakie są twoje dobre wspomnienia?

Podeszła do aneksu, minęła sztalugi, wyjrzała przez okna.

– To dziwne. Moje dobre wspomnienia pochodzą z tego tygodnia. Przeżyłam tyle lat, a ten tydzień był najlepszy w moim życiu. A twoje?

– To dobre wino, ale nic nie czuję. Tylko myślę o Claire.

Uśmiechnęła się i wypiła wino.

– Jesteś beznadziejnym przypadkiem.

ROZDZIAŁ 8

Święto czwartego lipca było co roku organizowane na placu w Bascom. Rodziny i grupy kościelne rozstawiały stoliki i markizy na trawie przy fontannie i przynosiły jedzenie, żeby każdy mógł skosztować różnych delikatesów. Potem zaczynał się pokaz sztucznych ogni. Waverleyowie zawsze przynosili wino z wiciokrzewu, dzięki któremu ludzie lepiej widzieli w ciemnościach, ale – choć może nie wszyscy o tym wiedzieli – dzięki niemu w każde święto parę osób doznawało olśnienia. Bo przecież efektem ubocznym widzenia w ciemnościach jest zdolność ujrzenia tego, czego się dotąd nie dostrzegało.

Waverleyowie mieli stolik z boku – oczywiście najpopularniejszy, ale stojący w pewnym oddaleniu. Sydney z trudem wytrzymywała na swoim krześle. Bay była w wydzielonym kąciku dla dzieci, gdzie robiła kapelusiki z papieru i pozwalała malować sobie buzię, zatem w straganie z winem wiciokrzewowym siedziały tylko Sydney i Claire. Ludzie podchodzili cicho po papierowe kubeczki wina, jakby to było coś zakazanego, a od czasu do czasu pojawiał się szeryf z pytaniem: „To oczywiście napój bezalkoholowy?".

A Claire odpowiadała z niewinnym spojrzeniem, jak każda Waverleyówna: „Oczywiście".

Kiedy Sydney była nastolatką, czwarty lipca zawsze wiązał się z przyjęciem znajomych nad basenem, a potem pojawieniem się na trawniku w samą porę, żeby obejrzeć sztuczne ognie. Teraz czuła się starsza od swoich rówieśników, rówieśników ze szkoły, którzy najwyraźniej przyszli prosto z przyjęć w ogródkach i nad basenami, świeżo opaleni, ze sznurkami kostiumów kąpielowych wystającymi spod bluzek. Emma była przy stole kościoła prezbiteriańskiego. Rozmawiała z Elizą Beaufort. Sydney, bogatsza o nową wiedzę, nie zazdrościła jej już tego uprzywilejowanego życia. Dziwne, ale było jej smutno, jakby coś straciła – a przecież nigdy tego nie miała. Może tylko tęskniła za przyjaźnią jako taką, za bliskością rówieśniczek.

Odwróciła wzrok.

– Nie pamiętam, kiedy ostatnio siedziałam przy stole Waverleyów – powiedziała do Claire.

– Minęło trochę czasu.

Sydney nabrała tchu.

– Miłe uczucie.

– Czemu się tak denerwujesz? Nikt nie będzie w nas rzucać zgniłymi pomidorami.

– Jasne – mruknęła Sydney. Mogłaby być jak Claire i nie zastanawiać się, co ludzie o niej myślą. Nawet zaczęła ubierać się jak ona – schludne princeski, spodnie khaki, bawełniane szorty, powiewne sukienki. To, co Claire powiedziała w salonie – to o magii Waverleyów – kompletnie ją zmieniło. Poczuła się jedną z nich. Ale teraz czuła się trochę tak, jakby mieszkała w kraju, którego języka jeszcze nie zna. Mogła się ubierać jak tubylcy i to było miłe, ale dokuczała jej samotność. – To nic złego być dziwnym. Mogę się przyzwyczaić.

– Nie jesteśmy dziwni. Jesteśmy, jacy jesteśmy. Cześć, Evanelle!

Evanelle podeszła i wzięła kubeczek wina.

– Uuu, tego mi było trzeba – oznajmiła i przełknęła wszystko jednym haustem, jak wódkę. – Ale mam roboty! Muszę coś dać Bay. – Odstawiła kubeczek i wyjęła z torbiszcza obscenicznie tandetną broszę. Pochodziła pewnie z lat pięćdziesiątych i była z przejrzystych, lecz żółknących kryształków w kształcie gwiazdy.

– W tej chwili malują jej twarz – powiedziała Sydney.

– Dobrze, zajrzę do niej. Fred pomaga mi w uporządkowaniu domu. Jest mi wielką pomocą. Znaleźliśmy taką starą szkatułkę z biżuterią, zajrzałam i zrozumiałam, że muszę to dać Bay.

Claire przechyliła głowę.

– Fred ci pomaga?

– Opracował system przechowywania wszystkiego. Stworzył coś, co się nazywa tabelą.

– Od lat proponowałam, że ci pomogę – powiedziała Claire. Sydney spojrzała na nią z zaciekawieniem. W głosie siostry zabrzmiała uraza.

– Wiem. Nie chciałam cię tym kłopotać. Ale skoro Fred ze mną mieszka...

– Mieszka z tobą? – zawołała Claire. – Myślałam, że tylko zatrzymał się na noc.

– No wiesz, doszliśmy do wniosku, że skoro już jest, to niech mu będzie wygodniej. Urządził sobie na strychu małe mieszkanko i wprowadził w całym domu parę udogodnień. Bardzo się przydaje.

– Wiesz, że jeśli będziesz mnie potrzebować, zawsze przyjdę.

– Wiem. Dobre z ciebie dziecko. – Evanelle wrzuciła broszę do torby. – Po Bay muszę zanieść gwoździe wielebnemu McQuailowi i lusterko MaryBeth Clancy, a potem koniec i spotkam się z Fredem przy fontannie. Nie znoszę tłumu, zawsze tyle roboty. To na razie.

– Cześć, Evanelle. Zadzwoń, jeśli będziesz mnie potrzebować!

Sydney prychnęła.

– Nie oszukuj się. Jesteśmy dziwne.

– Nieprawda – rzuciła Claire z roztargnieniem. – Co sądzisz o tym, że Fred mieszka u Evanelle?

– Myślę, że to smutne, że on i James mają problemy – wzruszyła ramionami Sydney. – Ale Evanelle jest chyba zadowolona z jego towarzystwa.

– Hmmm.

Po paru minutach i kolejnym przemarszu szeryfa Sydney trąciła Claire:

– Jeśli nie zauważyłaś, Tyler gapi się na ciebie.

Claire zerknęła i wydała jęk.

– Cholera. Musiałaś nawiązać kontakt wzrokowy. Teraz tu idzie.

– Nie daj Boże.

– Pięknie. Świetnie. A wiesz, nie tylko na mnie się gapią. Też masz amatora. – Claire wskazała markizę z zielonym napisem MLECZARNIA HOPKINSA. Stał pod nią przystojny mężczyzna, jasnowłosy, szczupły i opalony, i nakładał lody z elektrycznych maszynek do papierowych rożków. Wydawał się solidny jak skała, stworzony, by opierać się zawieruchom. I ciągle spoglądał ku stolikowi Waverleyów.

– Wydaje mu się, że potrzebne nam lody? Może wyglądamy jak gorący towar?

– To Henry Hopkins.

– Henry! – Z oddali Sydney nie dostrzegała rysów, ale w jego włosach i zdecydowanych ruchach było coś znanego. – Prawie o nim zapomniałam.

– Nie wiedziałam, że go znasz. – Claire chciała się podnieść, ale Sydney chwyciła ją za ramię. – Puszczaj. Zapomniałam czegoś w furgonetce.

– Nie zapomniałaś. Chcesz uciec Tylerowi. Tak, znałam Henry'ego. Byliśmy... chyba przyjaciółmi. W podstawówce.

Od tego czasu się nie widzieliśmy.

– Dlaczego? – spytała Claire, nadal szarpiąc się w uchwycie Sydney. Nieustannie zerkała na zbliżającego się Tylera.

– Bo w liceum byłam ślepą kretynką.

– Nieprawda.

– A prawda.

– Nieprawda.

– Witam panie. Potrzebujecie rozjemcy?

Zadowolona z sukcesu Sydney puściła siostrę.

– Tyler! Czeeeeść.

– Claire... twoje włosy – powiedział Tyler i Claire odruchowo podniosła rękę do włosów. Włożyła białą opaskę od Evanelle, w której wyglądała młodo i niewinnie, choć starała się to zatuszować. – Piękne. Miałem taki sen... śniło mi się kiedyś, że masz taką fryzurę. Przepraszam, to po prostu musiało zabrzmieć głupio. – Roześmiał się i zatarł ręce. – Wszyscy mi mówią, że muszę spróbować wiciokrzewowego wina Waverleyów. Albo to tutejsza tradycja, albo całe miasto bierze udział w odstraszaniu mnie od Claire.

– Co?

– Sydney powiedziała mi, co chciałaś osiągnąć przez te przysmaki.

Claire spojrzała strasznym wzrokiem na Sydney, która siliła się na niewinną minę, lecz poza tym nie wykazywała ani odrobiny skruchy.

– Wino z wiciokrzewu pozwala widzieć w ciemnościach – powiedziała Claire zimno. – Możesz wypić albo nie. Wejdź w drzewo, kiedy się zrobi ciemno. Potknij się o krawężnik. Nic mnie to nie obchodzi.

Tyler wziął kubek i uśmiechnął się do niej.

– To znaczy, że będę mógł też widzieć w ciemnościach ciebie.

– Na razie nie wyeliminowałam działań niepożądanych.

Tyler wypił wino, nie spuszczając wzroku z Claire. Sydney rozparła się na krześle, zadowolona i uśmiechnięta. Czuła się, jakby obserwowała taniec, którego kroki zna tylko jedno z tańczących.

Ledwie Tyler odszedł, Claire rzuciła się na nią:

– Powiedziałaś mu?

– Coś ty taka zdziwiona? Powinnaś wiedzieć. Jestem przewidywalna.

– Nieprawda.

– A prawda.

– Och, idź się udzielać i przestań się napawać swoją waverley'owatością – warknęła Claire, ale jednocześnie przez jej usta przemknął cień uśmiechu, początek jakiejś nowej bliskości między nimi.

Miłe uczucie.

Henry Hopkins nadal pamiętał ten dzień, kiedy zaprzyjaźnił się z Sydney Waverley. Sydney siedziała na przerwie na drabinkach. Nigdy nie rozumiał, dlaczego inne dzieci nie chcą się z nią bawić, ale też jej unikał, bo tak robili wszyscy. Ale tego dnia wyglądała jakoś inaczej, tak smutno, więc podszedł i zaczął się wspinać na drabinki nad jej głową. Właściwie nie zamierzał z nią rozmawiać, ale pomyślał, że może towarzystwo poprawi jej humor. Przez jakiś czas przyglądała mu się, a potem spytała:

– Henry, pamiętasz swoją mamę?

Roześmiał się.

– Pewnie! Widziałem ją rano. A ty swojej nie pamiętasz?

– Odeszła w zeszłym roku. Zaczynam ją zapominać. Kiedy będę dorosła, nigdy nie zostawię swoich dzieci. Będę się z nimi spotykać codziennie i nie pozwolę, żeby mnie zapomniały.

Henry pamiętał, jak się zawstydził, a było to uczucie tak dotkliwe, że aż spadł z drabinek. I od tego dnia przyczepił się do Sydney jak rzep. Przez cztery lata razem się bawili, jedli obiad i odrabiali lekcje.

Nie mógł się spodziewać, że pierwszego dnia liceum po wakacjach cokolwiek się zmieni. Ale kiedy wszedł do klasy, zobaczył ją. Zmieniła się w sposób, od którego zawirowało mu w młodzieńczej głowie. Wyglądała jak jesień, kiedy liście się złocą, a owoce dojrzewają. Uśmiechnęła się, a on natychmiast zawrócił i wyszedł. Resztę lekcji spędził w łazience. Tego dnia parę razy usiłowała go zagadnąć, a jemu nieodmiennie robiło się słabo i uciekał. Po jakimś czasie się poddała.

Ten powab był tak niespodziewany, że go unieszczęśliwił. Wolałby, żeby wszystko było jak dawniej. Sydney była wesoła, mądra i umiała odgadywać różne rzeczy z życia ludzi, wyłącznie przyglądając się ich włosom, co go absolutnie zadziwiało. Powiedział o tym dziadkowi: że jest dziewczyna, która była tylko koleżanką, ale nagle wszystko się zmieniło, a on nie wie, co robić. Dziadek odpowiedział, że wszystko dzieje się tak, jak musi, i że nie ma sensu przewidywać, co będzie dalej. Ludzie lubią myśleć inaczej, ale myśli nie mają praktycznego wpływu na wydarzenia. Nie możesz wymyślić, że jesteś zdrowy. Nie możesz wymyślić, że się odkochałeś.

Był pewien, że Sydney pomyśli, iż ją porzucił, tak jak jej matka, albo że nie chce być jej przyjacielem, jak inni w szkole. Czuł się okropnie. W końcu Hunter John Matteson zabujał się w niej i zrobił to, czego Henry nie potrafił – powiedział jej to. Na oczach Henry'ego przyjaciele Huntera Johna stali się jej przyjaciółmi, a ona zaczęła się zachowywać tak samo jak oni, wyśmiewała się z innych, nawet z Henry'ego.

To wszystko było bardzo dawno temu. Ludzie mówili, że Sydney wróciła, ale Henry nie zawracał sobie tym głowy. Tak jak kiedyś, nie miał powodu się spodziewać, że jej powrót w jakikolwiek sposób zmieni sytuację.

A potem ją zobaczył i znowu się zaczęło, to dziwne pragnienie, to uczucie, jakby znowu zobaczył ją po raz pierwszy. Hopkinsowie zawsze żenili się ze starszymi kobietami, więc zaczął podejrzewać, że może czuje się tak dlatego, że Sydney się zmieniła, stała się starsza. Jak wtedy, gdy po wakacjach pojawiła się taka dorosła. Jakby wróciła po tych dziesięciu latach mądrzejsza, bardziej doświadczona.

– Zaraz ją pożresz wzrokiem.

Henry obejrzał się na dziadka, siedzącego za stołem na swoim aluminiowym krzesełku. Dziadek trzymał laskę i od czasu do czasu wykrzykiwał słowa zachęty jak straganiarz na jarmarku.

– Gapiłem się?

– Od pół godziny – oznajmił Lester. – Nie słyszałeś nawet słowa z tego, co mówiłem.

– Przepraszam.

– Do broni! Ruszyła się.

Henry odwrócił się i przekonał, że Sydney wyszła zza stołu Waverleyów i idzie do zakątka dla dzieci. Jej włosy lśniły w słońcu jak miód. Podeszła do córki i roześmiała się, gdy ta włożyła jej na głowę papierową czapeczkę. Coś powiedziała, dziewczynka skinęła głową i razem, ręka w rękę, ruszyły do niego.

Ruszyły do niego!

Miał ochotę zwiać do łazienki, jak w liceum.

Stanęły przed stołem, a Sydney uśmiechnęła się.

– Cześć, Henry.

Bał się poruszyć ze strachu, że to, co się z nim dzieje rozerwie go na strzępy.

– Pamiętasz mnie?

Kiwnął głową.

– To moja córka Bay.

Kiwnął jeszcze raz.

Sydney była rozczarowana, ale otrząsnęła się i zaczęła wraz z córką dokonywać wyboru lodów. Sprzedawali czekoladowo-miętowe, poziomkowo-rabarbarowe, karmelowo-brzoskwiniowe i waniliowo-kawowe. To dziadek wpadł na ten pomysł. Daj ludziom to, co pokochają, choć jeszcze tego nie znają. Zapamiętają cię za to na zawsze. Tamtego dnia pomagały im niektóre żony robotników. Henry też, ale było jasne, że przy tej robocie rządzą kobiety.

– Możemy prosić dwa czekoladowo-miętowe? – spytała w końcu Sydney.

Henry natychmiast nałożył do papierowych rożków małe lodowe kulki. Sydney przyglądała mu się, jego rękom, ramionom, w końcu twarzy.

Przyglądała mu się, kiedy podawał im rożki. A on nie wykrztusił ani słowa. Nie potrafił się nawet uśmiechnąć.

– Miło cię znowu widzieć, Henry. Dobrze wyglądasz. I obie odwróciły się i odeszły. W połowie trawnika znowu obejrzała się na niego.

– W życiu nie widziałem żałośniejszej sceny – odezwał się Lester i zachichotał skrzypiąco. – Raz, w dzieciństwie, poraziła mnie elektryczna dojarka. Zwaliła mnie z nóg. Wyglądasz jak ja wtedy.

– Nie do wiary, nic nie powiedziałem – wybełkotał Henry.

– Trzrzrz! Maszyna mnie poraziła. Nie mogłem wykrztusić słowa. Tylko otwierałem i zamykałem usta jak ryba – ciągnął Lester, wciąż chichocząc. Uniósł laskę i stuknął nią w nogę Henry'ego. – Trzrzrz!

Henry podskoczył.

– Bardzo śmieszne – powiedział i zaczął się śmiać.

Evanelle i Fred usiedli na kamiennej ławeczce, obejmującej pierścieniem fontannę. Pomachali Sydney i Bay, przechodzącym obok nich z lodami. Bay przypięła do różowego podkoszulka brzydką broszkę i Evanelle poczuła z tego powodu wyrzuty sumienia. Bay była taka rozważna i tak dbała o cudze uczucia, że włożyła tę broszkę tylko dlatego, iż dostała ją od Evanelle. Ale to nie była ozdoba dla małej dziewczynki. Dlaczego, na miłość boską, musiała jej dać coś takiego? Westchnęła. Może nigdy się nie dowie.

– Jestem zdenerwowany – przemówił w końcu Fred, trąc dłońmi o starannie wyprasowane szorty.

Evanelle odwróciła się do niego.

– I to widać.

Fred wstał, zaczął krążyć nerwowo. Evanelle nie ruszyła się z cienia pomnika dębowego liścia. Fred był rozgrzany i zmartwiony za nich oboje.

– Powiedział, że przyjdzie porozmawiać. Publicznie. Co jego zdaniem bym zrobił, gdybyśmy byli sami, zastrzeliłbym go, czy jak?

– Mężczyźni. Nie można bez nich żyć, nie można ich zastrzelić.

– Jak możesz być tak spokojna? Jak byś się czuła, gdyby twój mąż obiecał przyjść i nie przyszedł?

– Zważywszy, że mój mąż nie żyje, za bardzo bym się nie dziwiła.

Fred usiadł.

– Przepraszam.

Poklepała go po kolanie. Od czasu, kiedy przyszedł szukać u niej schronienia, minął prawie miesiąc. Fred stał się niespodziewanym błogosławieństwem. Wydawało się, że cała ta sytuacja jest prowizoryczna i tymczasowa, ale Fred zaczął się powoli i nieodwracalnie wprowadzać do niej. Całymi dniami szperali wśród jej starych rzeczy na strychu, a Fred chyba lubił słuchać jej opowieści. Zaczął z własnych pieniędzy remontować strych i w domu pojawili się robotnicy z ładnymi pupciami, co tak uradowało Evanelle, że postawiła sobie krzesło u dołu schodów, skąd miała doskonały widok.

Wszystko to w przyjemny sposób kojarzyło się z rodziną. Fred doszedł do wniosku, że James powinien go lepiej traktować. Ale czasami, kiedy Evanelle podawała mu przy kolacji masło albo młotek do potrzymania, gdy wieszała obraz na ścianie, on spoglądał na podany przedmiot i na nią z taką nadzieją, że serce jej pękało. I pomimo wszystkich stwierdzeń nadal w tajemnicy wierzył, że pewnego dnia Evanelle da mu coś, co pomoże mu się pogodzić z Jamesem.

– Robi się późno – powiedział. – Ludzie już wyjmują koce. Może go nie zauważyłem.

Evanelle dostrzegła Jamesa pierwsza. Wysoki i przystojny. Zawsze był bardzo szczupły, jak poeci, w dawnych czasach: kapryśni i delikatni, o długich palcach i uduchowionych oczach. Evanelle nigdy nie mogła powiedzieć złego słowa o Jamesie. I chyba nikt by nie mógł. Pracował dla firmy inwestycyjnej w Hickory i był bardzo skryty. Fred był jego jedynym powiernikiem od ponad trzydziestu lat, ale nagle to się zmieniło i ani Fred, ani nikt inny z miasteczka nie potrafił zrozumieć, dlaczego.

Ale Evanelle miała własne podejrzenia. Kiedy człowiek snuje się po tym świecie odpowiednio długo, zaczyna dostrzegać to i owo.

Istnieje pewien rodzaj szaleństwa spowodowany przez długotrwałą monotonię. Wszystkie kobiety Burgessów, które nigdy nie miewały mniej niż po sześcioro dzieci, chodziły jak we śnie, dopóki dzieci nie opuściły domu. Kiedy najmłodsze w końcu wyfruwało z gniazda, zawsze robiły coś szalonego, na przykład paliły wszystkie swoje dostojne suknie z zapięciem pod szyję i zaczynały się zlewać perfumami. A każdy, kto ma za sobą małżeństwo trwające ponad rok, może przytoczyć przypadek zaskoczenia, kiedy pewnego razu wrócił do domu i przekonał się, że małżonek rozwalił ścianę, żeby powiększyć pokój, bądź też żona ufarbowała włosy tylko po to, by mąż spojrzał na nią inaczej. Bywają kryzysy wieku średniego i uderzenia gorąca. Bywają złe decyzje. Bywają romanse. Bywają też takie chwile, kiedy ktoś mówi: mam tego dość.

Na widok Jamesa Fred znieruchomiał.

– Przepraszam za spóźnienie. Niewiele brakowało, a wcale bym nie przyszedł. – James był trochę zdyszany, a jego czoło lekko lśniło od potu. – Byłem w domu, zabrałem parę rzeczy, ale reszta należy do ciebie. Chciałem ci powiedzieć, że mam teraz mieszkanie w Hickory.

Aha, pomyślała Evanelle. To dlatego James chciał się spotkać tutaj, żeby Fred nie poszedł do domu i żeby on mógł wynieść rzeczy, nie musząc o tym najpierw rozmawiać z Fredem. Wystarczyło jedno spojrzenie i zrozumiała, że Fred też się tego domyślił.

– W przyszłym roku pójdę na wczesną emeryturę i pewnie przeprowadzę się na Florydę. Albo może do Arizony. Jeszcze nie zdecydowałem.

– I to wszystko? – spytał Fred. Evanelle czuła, że chce powiedzieć zbyt wiele i wszystkie te słowa walczą ze sobą o pierwszeństwo. W końcu wyrwało mu się najważniejsze: – Tylko tyle?

– Przez wiele miesięcy byłem zły. Teraz jestem tylko zmęczony – powiedział James i oparł łokcie o kolana. – Jestem zmęczony wskazywaniem ci drogi. Dla ciebie rzuciłem studia, przyjechałem tutaj, bo nie wiedziałeś, co robić. Musiałem ci powiedzieć, że nie ma w tym nic złego, jeśli ludzie dowiedzą się, że jesteś gejem. Musiałem cię wywlekać przemocą z domu, żeby ci to udowodnić. Musiałem planować posiłki i czas wolny. Myślałem, że postępuję dobrze. Zakochałem się na studiach w twojej wrażliwości, a kiedy twój ojciec umarł i musiałeś odejść, przeraziłem się, że nie dasz sobie rady sam. Dużo czasu minęło, zanim pojąłem, że zrobiłem ci krzywdę. I sobie także. Usiłując dać ci szczęście, ubezwłasnowolniłem cię. Starając się dać ci szczęście, straciłem własne.

– Postaram się, powiedz mi tylko... – Fred urwał. Zrozumiał, że James mówił prawdę. To była straszna chwila olśnienia.

James przymknął oczy i wstał.

– Muszę już iść.

– Nie, proszę cię – szepnął Fred i chwycił go za rękę.

– Już dłużej nie mogę. Nie mogę ci mówić, jak masz żyć. Sam prawie zapomniałem. – Zawahał się. – Słuchaj, ten instruktor gotowania z Orion, Steve, ten, co przychodzi do sklepu i rozmawia z tobą o przepisach... powinieneś go lepiej poznać. On cię lubi.

Fred opuścił rękę z taką miną, jakby James uderzył go w brzuch.

James odszedł bez słowa, powoli, strasznie wysoki, chudy i tak sztywno powłóczący nogami, jakby szedł na szczudłach.

Fred patrzył za nim.

– Dawniej podsłuchiwałem kasjerki w pokoju wypoczynkowym – odezwał się wreszcie cicho, w pustkę. Evanelle nie była pewna, czy w ogóle pamięta o jej obecności. – Myślałem, że to takie niemądre podfruwajki, dla których najgorszym cierpieniem świata było, kiedy ktoś przestaje kochać. Zawsze chciały się dowiedzieć, dlaczego. Dlaczego ten chłopiec już mnie nie kocha? Mówiły to z takim bólem.

Wstał i odszedł bez słowa.

Sydney siedziała samotnie na patchworkowej narzucie własnoręcznej roboty babci Waverley. Bay zaprzyjaźniła się z paroma dziećmi, więc Sydney rozłożyła narzutę w pobliżu ich rodzin, żeby Bay mogła się bawić w fiołkowoniebieskim zmierzchu.

Emma siedziała na ogrodowym fotelu z poduszką, wśród osób, których Sydney nie znała. Huntera Johna nigdzie nie było widać. Emma od czasu do czasu zerkała na nią, ale nie robiła żadnych starań, żeby się z nią porozumieć. Dziwnie było znaleźć się blisko dawnych przyjaciół i zrozumieć, że stali się obcymi ludźmi. Sydney zawarła w salonie nowe znajomości, ale przyjaźń dojrzewa powoli. Jak każdy związek.

Przyglądała się, jak Bay biega po trawniku z zimnym ogniem, ale po chwili odwróciła głowę, bo ktoś zbliżył się do niej z prawej strony. Henry Hopkins podszedł do skraju jej narzuty i stanął. Wyrósł na przystojnego mężczyznę, miał bujną jasną czuprynę obciętą krótko i praktycznie i mocne muskularne ramiona. Ostatnim jej wspomnieniem w związku z nim było to, jak śmiała się z niego wraz z przyjaciółmi, kiedy się potknął i upadł na szkolnym korytarzu. Jako podrostek był kościsty i niezdarny, ale miał cichą godność, którą tak bardzo w nim ceniła, gdy byli mali. Potem dorośli, rozeszli się i nigdy nie zrozumiała, dlaczego. Wiedziała tylko, że zachowała się wobec niego ohydnie, kiedy wydawało się jej, że zdobyła wszystko, czego chce. Nie miała do niego pretensji, że nie chce z nią rozmawiać.

– Cześć – odezwał się.

– On mówi! – Nie mogła powstrzymać uśmiechu.

– Mogę się przysiąść?

– Czy mogę odmówić człowiekowi, który rozdaje lody za darmo? – odpowiedziała. Henry usiadł powoli obok.

– Przepraszam za to poprzednie – dodał. – Twój widok mnie zaskoczył.

– Myślałam, że jesteś na mnie zły.

Henry spojrzał na nią z autentycznym zdziwieniem.

– Niby o co?

– W liceum nie byłam dla ciebie zbyt miła. Przepraszam. W dzieciństwie tak się przyjaźniliśmy…

– Nigdy się na ciebie nie gniewałem. Do dziś nie mogę przejść koło drabinek, żeby o tobie nie pomyśleć.

– Aaa, tak. Wielu mężczyzn mi to mówi.

Roześmiał się. I ona się roześmiała. I wszystko było bardzo dobrze. Kiedy się uspokoili, spojrzał jej w oczy i powiedział:

– Więc wróciłaś.

– Wróciłam.

– Cieszę się.

Pokręciła głową. Ten dzień zaczynał zmierzać w nieprzewidzianym kierunku.

– Chyba ty pierwszy mi to powiedziałeś.

– No, wiesz. Na najlepsze rzeczy warto poczekać.

– Nie zostaniesz na fajerwerki? – spytał Tyler. Claire pakowała puste butelki. Stanął za nią, ale się nie odwróciła. Za bardzo się wstydziła. Gdyby się odwróciła, znowu by się stała tą skrępowaną kobietą, która nie potrafi znieść zainteresowania mężczyzny. Dopóki stała do niego plecami, była dawną Claire, tą opanowaną, którą dobrze znała, zanim pojawił się Tyler i wróciła Sydney.

Sydney i Bay na rozłożonej narzucie czekały, aż zrobi się ciemno i zacznie się pokaz fajerwerków. Claire zauważyła, że Henry Hopkins usiadł przy nich i starała się przyzwyczaić do tej myśli. Henry Hopkins lubił jej siostrę.

Dlaczego to ją niepokoiło? Dlaczego niepokoiło ją, że Fred pomaga Evanelle?

Zaczęła się rozsypywać, jak zamek z piasku. Czuła się straszliwie obnażona. Najgorszy moment na rozprawienie się z Tylerem.

– Już to widziałam – stwierdziła, nadal odwrócona. – Wiem, jak się kończy. Głośno.

– No nie, wszystko zepsułaś. Mogę ci pomóc?

Ustawiła pudełka i wzięła dwa. Po dwa następne zamierzała wrócić.

– Nie.

– Świetnie – powiedział, biorąc pozostałe pudła. – Więc ci pomogę.

Poszedł za nią przez trawnik do furgonetki, którą zaparkowała na ulicy. Czuła na karku jego spojrzenie. Nigdy nie zdawała sobie sprawy, jak bardzo uwrażliwiają krótkie włosy. Odsłaniały to, co dotąd miała ukryte, kark, linię pleców, zarys piersi.

– Czego ty się tak boisz? – spytał cicho.

– Nie rozumiem.

Otworzyła bagażnik furgonetki i wstawiła pudła. Tyler ustawił pudła obok.

– Boisz się mnie?

– Oczywiście, że nie – prychnęła.

– Boisz się miłości?

– Oho, jaka arogancja – warknęła, przypinając pudła pasami, żeby butelki nie stłukły się po drodze. – Odrzucam twoje zaloty, więc muszę bać się miłości.

– Boisz się pocałunku?

– Nikt normalny nie boi się pocałunku. – Zamknęła bagażnik i poszła na przód samochodu. Okazało się, że Tyler jest bliżej, niż się spodziewała. Za blisko.

– Nawet o tym nie myśl – syknęła i przywarła plecami do samochodu. Tyler zbliżył się jeszcze bardziej.

– To tylko całus – powiedział. Nie sądziła, że może się do niej tak zbliżyć, nie dotykając jej. – Nie ma się czego bać, prawda?

Oparł jedna rękę na furgonetce, koło jej ramienia, pochylił się do niej. Mogła oczywiście odejść. Wymknąć się i znowu odwrócić do niego plecami. Ale potem pochylił głowę i zobaczyła te cienkie jak pajęcze nitki zmarszczki wokół jego oczu. I chyba kiedyś przekłuł sobie ucho. Te rzeczy opowiadały o nim różne historie, bajeczne historie, wysnuwały wątek, kazały jej słuchać. Nie chciała tyle o nim wiedzieć, ale wystarczył malusieńki ciuteczek ciekawości – i wpadła.

Powoli jego wargi dotknęły jej ust i poczuła mrowienie, ciepłe, jak po cynamonowym olejku. Więc to wszystko? Nie było aż tak źle. Potem lekko przechylił głowę i nastąpiło to... tarcie. Pojawiło się znikąd, przeszyło jej ciało. Jej usta same się rozchyliły z zaskoczonym westchnieniem, no i sprawy naprawdę wymknęły się spod kontroli. Pocałunek się pogłębił, jego język wsunął się w jej usta i przed oczami stanął jej milion dzikich obrazów. Nie pochodziły od niej, to były jego wizje – nagość, splecione nogi, trzymanie się za ręce, jedzenie śniadania, wspólna starość. Co to za jakieś czary? Ale, Boże, jakie wspaniałe. Jej ręce nagle zaczęły wędrować, głaskały, przygarniały, przyciągały. On przygniatał ją do furgonetki, niemal unosząc ją w powietrze. Tego było za wiele, zaraz umrze, a jednak myśl, że mogłaby przestać, zerwać kontakt z tym mężczyzną, tym pięknym mężczyzną, rozdzierała jej serce.

Zaczęła się zastanawiać, jaki byłby jego pocałunek, gdyby ta jej nerwowość, ten niepokój rozwiały się. A może przez niego by się pogłębiły? Okazało się, że wchłonął jej zdenerwowanie jak gąbka, a potem zaczął promieniować ciepłem jak kamień kominka, ogrzewać ją. Co za objawienie.

Powoli dotarły do niej jakieś gwizdy. Odwróciła się i ujrzała nastolatków, który cmokali i szczerzyli do nich zęby.

Odprowadziła ich wzrokiem nad ramieniem Tylera. On sam się nie poruszał. Oddychał ciężko, przy każdym oddechu napierając na jej piersi, które nagle stały się tak wrażliwe, że prawie bolały.

– Puść mnie – odezwała się.

– Chyba nie mogę.

Odepchnęła go i wyśliznęła się pomiędzy nim a furgonetką. Osunął się na samochód, jakby zabrakło mu sił. Zrozumiała go, kiedy spróbowała podejść do drzwi i niemal się przewróciła. Była słaba, jakby nie jadła od wielu dni, jakby nie ruszała się od lat.

– A wszystko przez jeden pocałunek. A gdybyśmy się kochali, dochodziłabym do siebie przez tydzień.

Tak łatwo mu było mówić o przyszłości. Jego wizje były takie wyraziste. Ale nie mogła tego rozpocząć, bo wtedy by się skończyło. Takie historie zawsze się kończą. Nie może sobie pozwolić na taką przyjemność, bo przez resztę życia będzie za nią tęsknić i opłakiwać ją.

– Zostaw mnie, Tyler – powiedziała, odrywając się od samochodu. Jej pierś unosiła się gwałtownie i opadała. – To się nie powinno zdarzyć. I już się więcej nie zdarzy.

Wsiadła i ruszyła przed siebie jak burza, podskakując na krawężnikach, nie zatrzymując się na światłach.

ROZDZIAŁ 9

*P*rzed ponad wiekiem Waverleyowie byli ludźmi bogatymi i szanowanymi. Kiedy stracili pieniądze w wyniku wielu złych inwestycji, Clarkowie w cichości ducha nie posiadali się z radości. Byli bogatymi właścicielami ziemskimi, posiadaczami pól z najlepszą bawełną i najsłodszymi brzoskwiniami. Waverleyowie nie dorównywali im bogactwem, ale byli tajemniczym starym rodem z Charleston. Wybudowali w Bascom efekciarski dom i zawsze uważali się za lepszych, niż przyznaliby im to Clarkowie.

Kiedy Clarkowie dowiedzieli się o nędzy Waverleyów, ich kobiety odtańczyły potajemnie taniec w zagadkowym świetle księżyca. Potem, uważając to za akt dobroczynności, przyniosły Waverleyom zżarte przez mole wełniane szale i pozbawione smaku ciastka bez cukru. Tak naprawdę chciały tylko zobaczyć na własne oczy, jak bardzo zmatowiały posadzki, których nie froterują już służący, i jak pusto wyglądają pokoje, gdy zniknęła z nich większość sprzętów.

To cioteczna prapraprababka Emmy Clark, Reecey, zabrała z podwórka jabłka i tak się to wszystko zaczęło. Kobiety Waverleyów w połatanych sukniach z włosami ułożonych nieudolnie, bo bez pomocy pokojówek, chciały pokazać Clarkom swoje kwiaty, ponieważ tylko w pracy w ogrodzie odnosiły sukcesy. Reecey Clark zaczęła im zazdrościć, bo ogród Clarków zawsze prezentował się o wiele gorzej. W ogrodzie leżało wiele jabłek, lśniących i idealnych, więc ukradkiem zaczęła nimi napychać kieszenie i torebkę. Nawet wepchnęła parę do kieszeni żakietu. Po co Waverleyom tyle pięknych jabłek, których nawet nie jedzą? A przysięgłaby, że jabłonka chciała jej je dać, bo turlała jabłka prosto pod jej stopy.

Po powrocie do domu przekazała jabłka kucharce i kazała jej zrobić jabłkowe masełko. Od tej pory przez wiele tygodni kobiety z rodu Clarków zaczęły widywać tak wspaniałe i erotyczne obrazy, że wstawały coraz wcześniej, żeby wcześniej zjeść śniadanie. Okazało się, że najważniejsze wydarzenia w życiu kobiet Clarków zawsze miały związek z seksem, co nie powinno dziwić ich nieustannie wyczerpanych mężów, którzy wydawali i wybaczali zbyt wiele właśnie z tego powodu.

Ale potem, nagle, jabłkowe masełko się skończyło i skończyły się erotyczne śniadania. Zrobiono nowy zapas, ale to już nie było to. Reecey zrozumiała, że to muszą być tamte jabłka. Jabłka Waverleyów. Obudziła się w niej szalona zazdrość, ponieważ sądziła, że jabłonka daje erotyczne wizje wszystkim, którzy zjedzą jej owoce. Nic dziwnego, że Waverleyowie tak często bywali zadowoleni. To niesprawiedliwe. To zwyczajnie niesprawiedliwe, że oni mają taką jabłonkę, a Clarkowie nie.

Nie mogła powiedzieć rodzicom, co zrobiła. Gdyby się dowiedzieli, że coś ukradła, a tym bardziej rodzinie, która niedawno zubożała, byliby zdruzgotani. Więc raz wstała w środku nocy i zakradła się do domu Waverleyów. Udało się jej wspiąć na płot, ale zaczepiła spódnicą o szpikulce prętów i straciła równowagę. Przez resztę nocy wisiała do góry nogami na płocie, gdzie następnego dnia znaleźli ją Waverleyowie. Wezwali jej rodzinę i z pomocą Phineasa Younga, najsilniejszego mężczyzny w mieście, pomogli ją zdjąć. Zaraz potem została wysłana do surowej ciotki Edny z Asheville.

I tam, dwa miesiące później, przeżyła najwspanialszą namiętną noc ze stajennym. Dokładnie coś takiego zobaczyła, kiedy zjadła jabłkowe maselko. Uznała, że to była prorocza wizja. Zgodziłaby się nawet na towarzystwo niesympatycznej ciotki Edny, byle tylko utrzymać ten niewiarygodny romans. Ale parę tygodni później przyłapano ją w stajniach na gorącym uczynku i czym prędzej wydano za surowego starca. Nigdy więcej nie doznała szczęścia ani satysfakcji seksualnej.

Uznała, że to wszystko przez Waverleyów i na starość przyjeżdżała każdego lata do Bascom, tylko po to, żeby opowiadać dzieciom Clarków, jak samolubni byli Waverleyowie, którzy zachowali magiczne drzewo tylko dla siebie.

I ta uraza zapuściła korzenie w rodzinie Clarków i pozostała jeszcze długo po tym, gdy dawno zapomniano jej przyczyny.

Nazajutrz po święcie czwartego lipca Emma Clark Matteson usiłowała dopiąć swego celu za pomocą wypróbowanych metod Clarków. Kochała się z Hunterem Johnem, zrzuciwszy z łóżka poduszki i pościel. Gdyby radio nie było włączone, dzieci na pewno by usłyszały. Potem Hunter John był zmęczony i szczęśliwy, więc usiłowała go wypytać o Sydney. Chciała, żeby myślał, jak piękna i seksowna jest Emma w porównaniu z postarzałą Sydney w kraciastych szortach, które opisała mu ze szczegółami. Ale Hunter John w ogóle nie chciał rozmawiać o Sydney. Powiedział, że ona nie ma już nic wspólnego z ich życiem.

Wstał i poszedł wziąć prysznic, a Emma zagryzła wargę ze łzami w oczach. Była w rozpaczy, więc zrobiła pierwszą rzecz, jaka przyszła jej do głowy.

Zadzwoniła do matki i zaczęła płakać w słuchawkę.

– Zrobiłaś, co kazałam i nie pozwoliłaś Hunterowi Johnowi iść na obchody czwartego lipca. To dobrze – powiedziała Ariel. – Ale błędem było mówienie Hunterowi Johnowi o Sydney.

– Ale mówiłaś, że mam go skłonić, żeby nas porównywał – chlipnęła Emma, wtulając się w poduszkę. – Jak mogę to zrobić, nie mówiąc o niej?

– Kotku, nie bierzesz ze mnie przykładu. Kiedy Sydney podawała jedzenie, a ty byłaś gospodynią, Hunter John mógł ją porównać z tobą. I to wystarczy. Nie powtarzaj się, na miłość boską.

Emmie kręciło się w głowie. Nigdy nie powątpiewała w umiejętność matki manipulowania mężczyznami, ale to już było zbyt skomplikowane. Jak ona sobie poradzi? W pewnym momencie Hunter John zacznie coś podejrzewać.

– Nie pozwoliłaś mu się zbliżyć do Sydney od tamtego spotkania w „Białych Drzwiach", prawda? To był kolejny wielki błąd.

– Nie, mamo. Ale nie mogę go ciągle kontrolować. Kiedy mam mu ufać? Skąd mam wiedzieć?

– Mężczyźni to najmniej godne zaufania istoty na tym pięknym bożym świecie – pouczyła Ariel. – Tu wszystko jest w twoich rękach. Będziesz musiała się napracować, żeby go zatrzymać. Kup coś nowego i obcisłego, tylko dla niego. Zrób mu niespodziankę.

– Tak, mamo.

– Kobiety Clarków nie tracą swoich mężczyzn. To oni tracą dla nich głowy.

– Tak, mamo.

– Gdzie jest Bay? – spytała Sydney, wchodząc do kuchni w pierwszy poniedziałek po czwartym lipca. To był jej dzień wolny. – Myślałam, że ci pomaga.

– Pomagała, ale usłyszała samolot i wybiegła do ogrodu. Ciągle się to zdarza.

Sydney parsknęła śmiechem.

– Nie rozumiem tego. Nigdy dotąd nie ciekawiły jej samoloty.

Claire stała przy kuchennym blacie, robiąc babeczki z czekoladą dla Havershamów, mieszkających cztery domy dalej. Wyprawiali dla swojego wnuka piracki bal z okazji dziesiątych urodzin. Zamiast tortu zamówili sześć tuzinów babeczek z zapieczonymi w środku niespodziankami, na przykład monetami, amuletami lub dziecinnymi pierścionkami. Claire zrobiła też cukrowe pałeczki z anżeliki z ogrodu i właśnie zamierzała położyć mały krzyżyk z lukru na każdej babeczce, jak znak na mapie skarbów; następnie wetknie w nie malutkie karteczki na wykałaczkach, na których będą wierszowane podpowiedzi, co się znajduje w środku.

Sydney przyglądała się, jak Claire nakłada lukier.

– Na kiedy to zamówienie?

– Urodziny u Havershamów? Jutro.

– Chętnie urwę się z pracy, żeby ci pomóc.

Claire uśmiechnęła się, mile zaskoczona propozycją.

– Już o to zadbałam. Dzięki.

W tej samej chwili zjawiła się Bay. Sydney parsknęła śmiechem.

– Kochanie, nie musisz nosić codziennie tej broszki od Evanelle. Ona tego nie oczekuje.

Bay spojrzała na przypięte do bluzki świecidełko.

– Ale mogę jej potrzebować.

– Gotowa na wyprawę do szkoły?

– Poradzisz sobie beze mnie, ciociu? – spytała Bay.

– Bardzo mi dzisiaj pomogłaś. Dziękuję. Dalej już dam radę sama – odpowiedziała Claire. Będzie jej smutno, kiedy Bay na jesieni zacznie lekcje. Ale przecież będą jeszcze miały wspólne popołudnia, kiedy Bay wróci ze szkoły, a Sydney z pracy i będą wszystkie razem. Cieszyła się, że ma przy sobie Sydney i Bay. Chciała myśleć tylko o tym, nie martwiąc się, jak długo to potrwa.

Nie chciała przyznać, że nadal się zastanawia, jak to wszystko się skończy. Myślała o tym każdego dnia.

– Niedługo wrócimy – dodała Sydney.

– Dobrze – Claire nagle poczuła mrowienie. Spojrzała na swoje ręce; włoski na nich się zjeżyły. Cholera.

– Tyler zaraz podejdzie do drzwi. Powiedzcie mu, że nie chcę go widzieć.

Rozległo się pukanie. Sydney parsknęła śmiechem.

– Skąd wiedziałaś?

– Po prostu wiedziałam.

– Wiesz, Claire, jeśli będziesz chciała porozmawiać... Ciągle tak dużo tajemnic. Powiem ci o moich, jeśli ty powiesz o swoich.

– I wzajemnie.

Tyler i Bay usiedli razem na ganku na huśtawce. Tyler rozkołysał ją swoimi długimi nogami, a Bay śmiała się, bo to było takie w jego stylu. Tak łatwo zapominał o zmartwieniach, zawsze gotowy do zabawy. Ale mama Bay powiedziała, że jeśli będzie na czymś skupiony, nie wolno go niepokoić, że to tak, jakby się komuś zadało pytanie przy obiedzie, gdy ten ktoś ma pełną buzię.

Kołysali się, a Bay zaczęła myśleć o swoim śnie, tym z ogrodu. Nic nie będzie idealne, dopóki nie zdoła wszystkiego dokładnie odtworzyć. Ale nie potrafiła wymyślić, jak rzucić te iskierki słońca na swoją twarz i, choć zaniosła zeszyty do ogrodu i wystawiła je na działanie wiatru, jakoś nie mogła powtórzyć tego odgłosu łopotania papieru.

– Tyler – odezwała się.

– Tak?

– Co rzuca iskierki na twarz? Jakbyś leżał na dworze, w słońcu? Czasami widzę przelatujące samoloty, są błyszczące, a słońce się na nich iskrzy, ale kiedy kładę się w ogrodzie, a samolot przelatuje nade mną, wcale nie rzuca na mnie iskierek.

– Masz na myśli odbicie światła?

– Tak.

Zastanowił się przez chwilę.

– No, na przykład kiedy w lustrze odbije się słońce, powstają zajączki. Albo metalowe lub kryształowe dzwoneczki wietrzne na dworze. Kiedy wieje wiatr, mogą rzucać blaski. I woda w słońcu się iskrzy.

Bay pokiwała głową z przejęciem.

– Dobre pomysły! Dziękuję.

Uśmiechnął się.

– Bardzo proszę.

W tej samej chwili wyszła Sydney, a Tyler tak gwałtownie zatrzymał huśtawkę, że Bay musiała się przytrzymać łańcucha, żeby nie spaść. Jej mama i ciocia Claire już tak działały na ludzi.

– Cześć, Tyler – powiedziała Sydney, stając przed drzwiami z siatki. Obejrzała się niepewnie na dom. – Eee... Claire powiedziała, że nie chce cię widzieć.

Tyler wstał, czym znowu wprawił huśtawkę z Bay w ruch.

– Wiedziałem. Przestraszyłem ją.

– Co zrobiłeś? – spytała Sydney tonem, który Bay słyszała od niej tylko raz, gdy usiłowała obciąć sobie włosy.

Tyler spojrzał w ziemię.

– Pocałowałem ją.

Sydney roześmiała się nagle, ale zasłoniła usta ręką, bo Tyler gwałtownie podniósł głowę.

– Przepraszam. Tylko tyle? – Poklepała go po ramieniu. – Pozwól, że z nią pogadam, dobrze? Jeśli zapukasz, nie otworzy. Daj się jej przez chwilę pobawić w królową Elżbietę. Poczuje się od tego lepiej. – Sydney dała Bay znak, żeby zeskoczyła z huśtawki, i wspólnie zeszły po schodkach. – Pocałowałeś ją, tak?

– Ale jak!

Sydney objęła Bay.

– Nie wiedziałam, że ona to w sobie ma.

Tyler pomachał im ręką na pożegnanie.

– A ja wiedziałem.

– Czy Claire jest o coś zła? – spytała Bay, kiedy skręciły za róg. – Dziś rano zapomniała, gdzie się odkłada sztućce. Musiałam jej pokazać. – To ją trochę zmartwiło. Ciocia nie wie, gdzie jest miejsce przedmiotów? Gdyby tylko potrafiła odtworzyć ten sen! Wtedy wszystko byłoby dobrze.

– Nie jest zła, kochanie. Nie lubi, kiedy nie ma wpływu na sytuację. Niektórzy nie umieją się zakochiwać. Tak jak nie umieją pływać. Kiedy wskoczą do wody, wpadają w panikę. Dopiero potem opanowują sytuację.

– A ty? – Bay zerwała trawkę rosnącą w szczelinie chodnika i usiłowała na niej zagrać, tak jak jej nowy przyjaciel Dakota w dniu czwartego lipca.

– Czy wiem, jak się zakochać? – spytała Sydney. Bay przytaknęła. – Tak, chyba tak.

– Ja już się zakochałam.

– O, naprawdę?

– Tak, w naszym domu.

– Z każdym dniem bardziej upodabniasz się do Claire – powiedziała Sydney, gdy wreszcie stanęły przed podłużnym budynkiem z czerwonej cegły. – No, jesteśmy. Ciocia Claire i ja tu chodziłyśmy. Moja babcia nigdy nie lubiła wychodzić z domu, ale codziennie odprowadzała mnie do szkoły. Pamiętam to. To dobre miejsce.

Bay spojrzała na budynek. Wiedziała, gdzie będzie jej klasa, widziała ją przez drzwi i korytarz, trzecie drzwi po lewej. Wiedziała nawet, czym pachnie – kalką i płynem do wykładzin. Skinęła głową.

– To odpowiednie miejsce.

– Tak. Tak, rzeczywiście. Cieszysz się, że pójdziesz do szkoły?

– Będzie dobrze. Dakota będzie w mojej klasie.

– Jaka Dakota?

– Dakota to chłopiec, którego poznałam czwartego lipca.

– O! No, to dobrze, że już kogoś poznałaś. Właśnie tego życzę Claire. – Sydney ostatnio dużo mówiła o Claire, a czasami, gdy siostry były razem i światło padało pod odpowiednim kątem, Bay widziała, jak znowu zmieniają się w dziewczynki. Jakby przeżywały swoje życie od nowa.

– Ty też powinnaś kogoś poznać, mamusiu.

– O mnie się nie martw, skarbie. – Sydney objęła Bay i przytuliła ją mocno. Zapach wody kolońskiej Davida przypłynął do nich z wiatrem. Bay przez chwilę się bała, nie o siebie, lecz o matkę. Ojcu nigdy nie chodziło o Bay. – Jesteśmy już blisko centrum. Wejdźmy do sklepu Freda i kupmy jakieś drożdżówki – dodała Sydney ożywionym głosem, którym zawsze mówią dorośli, kiedy chcą odwrócić od czegoś uwagę dzieci. – A wiesz, co bym naprawdę zjadła? Cheetosy. Od dawna nie jadłam cheetosów. Tylko nie mów Claire. Będzie próbowała je zrobić w domu.

Bay nie oponowała. Drożdżówka to fajna sprawa. Fajniejsza niż jej ojciec.

Weszły do delikatesów Freda. Przy drzwiach Sydney wzięła koszyk. Właśnie mijały dział warzywny, kiedy rozległ się jakiś trzask. Nagle wszędzie potoczyły się pomarańcze, poturlały się do działu pieczywa, pod wózki klientów, a Bay niemal słyszała ich śmiech, jakby uradowała je ta niespodziewana wolność. Sprzedawca z działu i paru chłopców pakujących zakupy pojawili się nie wiadomo skąd, jakby od początku czekali, że to się zdarzy.

Sprawca całego zamieszania stał przed pustą skrzynką pomarańczy. Nie patrzył na swoje dzieło, tylko na Sydney.

Był to Henry Hopkins, pan od lodów, który potem siedział na ich pledzie na trawniku. Bay go polubiła. Był stały, jak

Claire. Godny zaufania. Nie odrywając oczu od Sydney, podszedł do niej.

– Cześć, Sydney. Cześć, Bay – powiedział.

Sydney wskazała pomarańcze.

– Wiesz, łatwo na nas zrobić wrażenie. Nie musiałeś się aż tak wysilać, żeby zwrócić naszą uwagę.

– Zdradzę ci męski sekret. Wszystkie nasze wygłupy są zawsze niezamierzone. Ale zwykle robimy je w dobrej wierze. – Henry pokręcił głową. – Mówię jak mój dziadek. Zaraz usłyszysz: „Nie wierz gębie, połóż na zębie".

Sydney parsknęła śmiechem.

– No właśnie, Bay i ja wybrałyśmy się na połów drożdżówek.

– To chyba jakiś dzień łasucha. Parę tygodni temu Evanelle przyniosła mojemu dziadkowi słoik wiśni maraschino. Wczoraj je zobaczył i powiedział: „Może zrobimy lody i zjemy deser bananowy?". Brakowało nam tylko sosu toffi. Więc wyszedłem wcześniej z pracy, żeby go kupić.

– Dla słodkości warto się najeździć – przyznała Sydney.

– Może do nas wpadniecie? Macie coś do roboty? Będzie masę deserów. I pokażę Bay okolicę. Zobaczy krowy.

W głowie Bay przejaśniło się nagle, jakby słońce wyjrzało zza chmur.

– Chodźmy zobaczyć krówki! – wrzasnęła entuzjastycznie, nie dając matce czasu do namysłu. – Krówki są super!

Sydney przyjrzała się jej podejrzliwie.

– Najpierw samoloty, teraz krowy. Od kiedy to jesteś taką krowią fanką?

– Nie lubisz krów? – zdziwiła się Bay.

– Jestem obojętna na ich urok. – Sydney odwróciła się do Henry'ego. – Przyszłyśmy piechotą. Nie mamy jak wrócić.

– Ja was podwiozę.

Bay zaczęła szarpać matkę za spódnicę. Czy nie widzi, czy nie dostrzega, jaka się robi spokojna w jego obecności, jak ich serca biją w jednym rytmie? Krew, pulsująca w żyłce na ich szyjach, poruszała nimi w tym samym tempie.

– Proszę, mamo!

Sydney przeniosła wzrok z Bay na Henry'ego.

– Chyba mnie przegłosowano.

– Świetnie! Do zobaczenia przy kasie – rzucił Henry i odszedł.

– Dobra, królowo nabiału, co jest? – spytała Sydney.

– Nie widzisz? – zdziwiła się rozgorączkowana Bay.

– Czego?

– On cię lubi. Tak jak Tyler lubi Claire.

– Może nie całkiem tak. To mój przyjaciel.

Bay zmarszczyła brwi. Będzie trudniej, niż myślała. Na ogół wszystko o wiele łatwiej odnajdywało swoje miejsce, kiedy Bay je wskazała. Naprawdę, musi wymyślić, jak dokładnie odtworzyć sen w prawdziwym życiu. Dopóki tego nie zrobi, nic nie będzie się dziać tak, jak należy. Nawet teraz mama nie potrafiła dostrzec, co jest dla niej idealne.

Spotkały się z Henrym, który zaprowadził je do swojej srebrnej ciężarówki. Miała ogromną szoferkę i Bay mogła usiąść z tyłu, co jej odpowiadało, bo było tam mnóstwo miejsca tylko dla niej.

Dzień okazał się absolutnie wspaniały. Henry i jego dziadek zachowywali się jak bracia, a Bay spodobało się, że tacy są w stosunku do siebie. Sydney także, Bay to widziała. Stary pan Hopkins, ledwie zobaczył Sydney, spytał ją o urodziny. Kiedy się dowiedział, że jest dokładnie pięć miesięcy i piętnaście dni starsza od Henry'ego, roześmiał się, klepnął wnuka po plecach i powiedział:

– No, to wszystko gra.

Im więcej Bay widziała i im więcej się dowiadywała o Henrym i jego dziadku, tym większą miała pewność. To było to miejsce. Miejsce, do którego pasowała jej matka.

Ale Sydney tego nie wiedziała.

Bay zrozumiała, że jej matka zawsze miała problem z oceną, dokąd zmierzać.

Ale na szczęście, to akurat było specjalnością Bay.

Późnym wieczorem Sydney zniosła Bay po schodkach. Była w doskonałym humorze.

Lester i Bay zajęli się stojącą pod kasztanem na podwórku elektryczną maszynką do lodów, a tymczasem Sydney i Henry wybrali się na spacer po polu, rozmawiając głównie o dawnych czasach, podstawówce i nauczycielach.

Po zmroku Henry odwiózł je do domu i Bay zasnęła na tylnym siedzeniu. Kiedy dojechali, Henry wyłączył silnik i jeszcze przez jakiś czas rozmawiali. Tym razem o nowych sprawach, dokąd zawsze chcieli pojechać, jak sobie wyobrażają przyszłość. Sydney nie mówiła Henry'emu, jak kradła, ani o Davidzie. Prawie tak, jakby tego w ogóle nie było. To uczucie się jej spodobało. Wyparcie to luksusowy towar, zwłaszcza gdy wspomnienie Davida unosi się w powietrzu, a jego ciężka woda kolońska nie pozwala zapomnieć. Ale przy Henrym mogłaby go wyrzucić z pamięci.

Gadała aż do zachrypnięcia.

Nawet się nie obejrzała, kiedy wybiła północ.

Weszła do domu z Bay w objęciach. Z mroku wyłoniła się Claire w koszuli nocnej.

– Gdzieś ty była?

– Spotkałam w sklepie Henry'ego Hopkinsa. Zaprosił nas do domu na deser lodowy – odpowiedziała beztrosko Sydney. Potem lepiej przyjrzała się Claire i nagle serce załomotało jej z przerażenia. Twarz siostry była skrzywiona, a jej dłonie zaciskały się kurczowo, jakby na wieść o czymś straszliwym. O Boże. David. David je odnalazł. Wciągnęła powietrze, usiłując poczuć jego zapach.

– Co? Co się stało? Coś złego?

– Nic złego. – Claire przez chwilę wykręcała palce, potem odwróciła się i poszła do kuchni. – Ale powinnaś mnie uprzedzić, zadzwonić.

Sydney poszła za nią, kurczowo ściskając Bay. Dogoniła siostrę dopiero za kuchnią, w oszklonej werandzie, gdzie Claire zaczęła wkładać chodaki do pracy w ogrodzie.

– I to już? – spytała bez tchu. – To wszystko?

– Martwiłam się. Myślałam…

– Co? Co myślałaś? – jęknęła Sydney przerażona, bo nigdy nie widziała Claire w takim stanie. To musiało być coś przerażającego.

– Myślałam, że odeszłaś – powiedziała Claire cicho.

Sydney nie potrafiła pojąć, co słyszy.

– Jesteś zdenerwowana, bo myślałaś, że odeszłyśmy? Na zawsze?

– W razie czego jestem w ogrodzie.

– Claire… przepraszam, że cię zmartwiłam. Powinnam zadzwonić. Źle postąpiłam. – Sydney niemal się dusiła, jakby niepokój Claire wyssał cały tlen z zamkniętej werandy. – Claire, przecież ci mówiłam. Nigdzie nie odejdziemy. Przepraszam.

– W porządku – powiedziała Claire i otworzyła drzwi. Na framudze został dymiący, wypalony odcisk jej dłoni.

Sydney odprowadziła wzrokiem siostrę, która przeszła przez ścieżkę i otworzyła furtkę ogrodu. Gdy zniknęła w mroku, Sydney wróciła do kuchni. Na stołach stały babeczki, każda zaznaczona krzyżykiem, z nadzianymi na wykałaczki malusieńkimi karteczkami z zagadkami. Sydney podeszła bliżej, żeby je odczytać.

Myślisz, że tu nic nie ma, lecz niech to cię nie gnębi. Kop,
a odnajdziesz talizman w głębi.
  Kto wie, co nam przeznaczone? Może serce złamane, może
z brylantem pierścionek.
  Nie masz pieniędzy, niestety? Kop tu, a znajdziesz monety.
  A na ciastkach, w których nie było nic, Claire zostawiła
bardzo wymowny wierszyk:
  Nie ma daru, nie ma czaru, nie ma zabawek i śmiesznych
sprawek. Skarbu nie szukaj, bo pusto tutaj.
  Przez chwilę zastanawiała się, potem poszła do spiżarni
i usiadła przy biurku Claire z Bay skuloną na jej kolanach.
  Sięgnęła po telefon.

ROZDZIAŁ 10

*J*ak każdy zakochany, Tyler Hughes zastanawiał się, co się z nim właściwie dzieje.

Claire miała w sobie tę energię, tę frustrację, która opuściła ją podczas pocałunku i wniknęła w niego. Za każdym razem, kiedy o tym myślał, musiał usiąść, pochylić się, a kiedy wreszcie wracał mu oddech, wypijał dwie szklanki wody, żeby ochłodzić emocje.

Ale to, od czego jemu się kręciło w głowie i zmieniało kolor każdego pomieszczenia, do którego wchodził, na żywą, fantastyczną czerwień, przerażało Claire do łez. Dlaczego czerpał tyle przyjemności z tego, co jej akurat sprawiało ból?

Robił to, co zawsze lubił – udawał romantyka i tracił poczucie rzeczywistości. Ale Claire była jak najbardziej rzeczywista. I przerażona. Co właściwie o niej wiedział? Kto wie cokolwiek o Claire Waverley?

W takich właśnie myślach tonął tego popołudnia, siedząc za biurkiem w Kingsly Hall przed wieczornymi zajęciami, kiedy na korytarzu zobaczył przechodzącą Annę Chapel, dziekan wydziału.

Zawołał do niej, więc zajrzała.

– Dobrze znasz Claire Waverley? – spytał.

– Claire? – Anna wzruszyła ramionami i oparła się o framugę. – Hm… Znam ją od pięciu lat. Dostarcza jedzenie na wszystkie nasze uczelniane przyjęcia.

– Ale tak osobiście... czy ją znasz?

Anna uśmiechnęła się ze zrozumieniem.

– Aaa. No, osobiście to nie bardzo. Jesteś tu od roku, więc pewnie zauważyłeś w tym mieście pewne... osobliwości.

Tyler pochylił się ku niej, zaciekawiony, do czego zmierza.

– Zauważyłem.

– Jak w każdym małym miasteczku, miejscowe legendy są tu bardzo ważne. Ursula Harris z wydziału angielskiego prowadzi na ich temat cały cykl wykładów. – Anna weszła do gabinetu i usiadła naprzeciwko Tylera. – Na przykład w zeszłym roku poszłam do kina, a dwie starsze panie usiadły za mną. Rozmawiały o jakimś Phineasie Youngu, że to najsilniejszy mężczyzna w miasteczku i że zburzył kamienny mur na tyłach ich posiadłości. Szukałam kogoś, kto by wykarczował pniaki z mojej działki, więc odwróciłam się i spytałam, czy nie dałyby mi jego numeru. Powiedziały, że stoi do niego cała kolejka i może nie dożyć mojej kolejności. Okazuje się, że najsilniejszy mężczyzna w miasteczku ma dziewięćdziesiąt jeden lat. Ale miejscowa legenda głosi, że w każdym pokoleniu Youngów zawsze jest jeden Phineas, który rodzi się z nadzwyczajną siłą, i do niego należy się zwracać o pomoc.

– Co to ma wspólnego z Claire?

– Miejscowi wierzą, że rośliny z ogrodu Waverleyów mają szczególną moc. Ponadto Waverleyowie posiadają pewną jabłonkę, o której tu krążą legendy. Ale to zwyczajny ogród i zwyczajna jabłonka. Claire jest tajemnicza, bo wszyscy jej przodkowie tacy byli. Naprawdę jest taka sama jak my. Pewnie bardziej inteligentna niż przeciętna osoba. W końcu zdołała obrócić tę lokalną legendę w lukratywny interes.

W słowach Anny było trochę prawdy, ale Tyler nie mógł zapomnieć, jak w ich komunie w Connecticut co roku siedemnastego stycznia padał śnieg. Nie było na to żadnego meteorologicznego uzasadnienia, ale legenda mówiła, że tego dnia zmarła piękna indiańska dziewica, córka zimy. Od tego czasu co roku niebo płakało nad nią zimnymi łzami. A kiedy był mały, wiedział z całą pewnością, że jeśli złapie się do słoika dokładnie dwadzieścia świetlików i wypuści wszystkie przed pójściem do łóżka, nie będzie się miało koszmarów. Niektórych spraw nie można wyjaśnić. Inne tak. Czasami wyjaśnienie przypada nam do gustu. Czasami nie. Wtedy nazywa się je mitem.

– Mam wrażenie, że nie o to chciałeś mnie spytać – dodała Anna.

– Nie całkiem – przyznał z uśmiechem.

– No, więc wiem, że nie jest mężatką. I wiem, że ma przyrodnią siostrę.

– Przyrodnią siostrę? – zainteresował się Tyler.

– Z tego, co wiem, mają innych ojców. Ich matka była niespokojnym duchem. Wyjechała z miasta, urodziła dzieci, przywiozła je tutaj i znowu wyjechała. Rozumiem, że interesujesz się Claire?

– Tak.

– No, to powodzenia – rzuciła Anna i wstała. – Ale nie narozrabiaj. Nie chcę szukać innego dostawcy tylko dlatego, że złamiesz jej serce.

Tego wieczora, gdy Tyler wrócił do domu, usiadł na kanapie w szortach i koszuli, usiłując się skupić na szkicach studentów, ale myślami ciągle wracał do Claire. Anna jej nie znała. Nikt jej tak naprawdę nie znał. Sydney była chyba jedyną przewodniczką po świecie kobiety, która nie opuszczała jego myśli od chwili, kiedy rozmawiał z nią po raz pierwszy.

Sydney obiecała, że porozmawia z Claire, więc czekał na wiadomość.

A może rano powinien do niej zadzwonić i porozmawiać o Claire.

Albo jutro wpaść do salonu „Białe Drzwi".

Zadzwonił telefon. Tyler rzucił się do stolika, gdzie postawił przenośny aparat.

– Halo?

– Tyler, tu Sydney.

– Ufff! – odetchnął, rzucając się na kanapę. – Miałem nadzieję, że zadzwonisz.

– Chodzi o Claire – powiedziała Sydney cicho. – Jest w ogrodzie. Furtka otwarta. Może zechcesz przyjść.

– Ona mnie nie chce widzieć. – Zawahał się. – Prawda?

– Ale moim zdaniem może cię potrzebować. Nigdy nie widziałam jej w takim stanie.

– W jakim?

– Jest jak żywy przewód elektryczny. Dosłownie osmala przedmioty.

Przypomniał sobie to uczucie.

– Zaraz będę.

Przeszedł przez podwórko i obszedł dom Waverleyów od strony ogrodu. Tak jak powiedziała Sydney, furtka była otwarta. Pchnął ją.

Natychmiast powitała go woń ciepłej mięty i rozmarynu, jakby wszedł do kuchni, gdzie na piecu warzą się napary.

Lampki przy ścieżce wyglądały jak małe światła na autostradzie. Rzucały żółtawą poświatę. Jabłonka była ciemną sylwetą w głębi ogrodu. Lekko drżała, jak śpiący kot, którego futerko jeży się przez sen. Claire była na grządce ziół; na jej widok zatrzymał się jak wryty. Krótkie włosy miała ściągnięte białą opaską. Klęczała w długiej białej koszuli nocnej z ramiączkami i falbanką na dole. Jej piersi kołysały się przy każdym ruchu małej gracy. Nagle musiał się pochylić i oprzeć ręce o kolana, oddychać głęboko.

Sydney miała rację. Był beznadziejny.

Kiedy w końcu poczuł, że może się wyprostować bez ryzyka omdlenia, powoli podszedł do Claire, nie chcąc jej przestraszyć. Był już prawie przy niej, kiedy w końcu przestała gracować ziemię. Niektóre listki roślin pociemniały, jakby spalone. Jeszcze więcej omdlewało, jak po kontakcie z czymś gorącym. Claire odwróciła głowę i spojrzała na niego. Oczy miała czerwone.

Dobry Boże, płakała?

Łzy go zawsze rozbrajały. Wiedziały o tym wszystkie jego studentki. Wystarczyła jedna łza smarkuli, która miała za dużo zajęć i nie zdążyła przygotować dla niego pracy, a on już proponował drugi termin i przysięgał, że będzie ją bronić przed innymi profesorami.

Na jego widok skrzywiła się i odwróciła.

– Idź sobie, Tyler.

– Co się stało?

– Nic się nie stało – warknęła, znowu wbijając grację w ziemię.

– Proszę cię, nie płacz.

– A co cię to obchodzi? To nie ma nic wspólnego z tobą.

– Chcę, żeby miało.

– Uderzyłam się w kciuk. Boli. Auć.

– Sydney by do mnie nie zadzwoniła, gdyby chodziło tylko o rozbity palec.

To przeważyło szalę. To była ta ostatnia kropla. Claire poderwała głowę.

– Zadzwoniła do ciebie?

– Powiedziała, że jesteś zdenerwowana.

Początkowo jakby zmagała się z tymi słowami, ale dość szybko odsunęła je od siebie.

– Zadzwoniła, coś podobnego! Będzie miała spokojniejsze sumienie, jeśli tu będziesz, kiedy odejdzie? Ty też odejdziesz. Sydney tego nie wie? Nie, nie wie, bo zawsze to ona odchodzi. Nikt nie odchodzi od niej!

– Sydney odchodzi? – spytał osłupiały Tyler. – Ja odchodzę?

Wargi Claire drżały.

– Wszyscy odchodzicie. Moja matka, babka, Sydney. Nawet Evanelle znalazła sobie kogoś innego.

– Przede wszystkim, nigdzie nie odchodzę. Po drugie, dokąd odchodzi Sydney?

Claire znowu się odwróciła.

– Nie wiem. Boję się, że odejdzie.

Ona lubi to, co nie odejdzie. Tak mu kiedyś powiedziała Sydney. Ta kobieta zbyt wiele razy została porzucona, żeby teraz pozwolić się komuś zbliżyć. To objawienie powaliło go na kolana. Dosłownie. Nogi się pod nim ugięły. Tak wiele jej zachowań stało się teraz zrozumiałych. Mieszkał obok Waverleyów na tyle długo, żeby wiedzieć, iż miejscowa legenda może mieć w sobie ziarno prawdy, ale co do jednego Anna miała rację: Claire była taka sama jak wszyscy. Cierpiała tak jak wszyscy.

– Och, Claire.

Teraz oboje klęczeli, tuż obok siebie.

– Nie patrz tak na mnie.

– Nic na to nie poradzę – powiedział i dotknął jej włosów. Myślał, że się cofnie, ale ku jego zaskoczeniu lekko wtuliła się w jego dłoń, z zamkniętymi oczami, bezbronna.

Pochylił się ku niej, uniósł drugą rękę, objął jej głowę. Ich kolana się zetknęły, a Claire oparła mu głowę na ramieniu. Miała takie miękkie włosy... Przeczesał je palcami, dotknął jej ramion. Jej skóra była miękka. Pogładził plecy, usiłując dać jej trochę ulgi, choć nie wiedział, czego właściwie potrzebuje.

Po chwili Claire odsunęła się i spojrzała na niego. Oczy miała nadal mokre od łez; kciukami wytarł jej policzki. Uniosła ręce do jego twarzy, dotykając go tak, jak przed chwilą on jej dotykał. Palcami obwiodła kontur jego warg, a gdy się pochyliła, żeby go pocałować, mógł się tylko przyglądać, jakby opuścił własne ciało. Potem pocałunek się skończył, on wrócił do własnego ciała i pomyślał: nie! Podążył za nią, odnalazł wargami jej usta. I tak mijały minuty, serca biły coraz mocniej, ręce błądziły po ciele. W pewnej chwili musiał sobie przypomnieć, że tu chodzi o nią, nie o niego, o jej ból, nie o jego przyjemność. Ale jej to chyba nie przeszkadza, pomyślał z grymasem, gdy ukąsiła jego dolną wargę.

– Każ mi przestać – szepnął.

– Nie przestawaj – odpowiedziała równie cicho, muskając pocałunkami jego kark. – Zrób to lepiej.

Zaczęła rozpinać mu guziki koszuli, dygoczącymi, niezdarnymi palcami. W końcu rozchyliła ją i dotknęła jego piersi, pleców. Przytuliła się do niego, położyła policzek na jego sercu. Od tego dotyku drgnął i syknął, prawie z bólu, choć to było tak wspaniałe – ta energia, ta rozżarzona gorycz, wnikająca przez jego skórę. Ale było jej za dużo, nie mógł jej całej wchłonąć.

Pewnie mnie to zabije, pomyślał jak pijany, ale jaka to wspaniała śmierć!

Zrzucił koszulę, ale ona nie chciała się od niego oderwać. W końcu ją odsunął, żeby móc znowu pocałować. Popchnęła go; upadł na ziemię, ale nie przerwali pocałunku. Leżał na jakichś ziołach, może tymianku, miażdżąc je swoim ciężarem; wokół nich buchnął zielny zapach. Był mu jakoś znajomy, nie wiadomo skąd.

W końcu Claire cofnęła się, żeby nabrać oddechu. Siedziała na nim okrakiem, oparta rękami o jego pierś, przeszywając go erotycznym pulsowaniem. Po jej policzkach nadal płynęły łzy.

– Boże, nie płacz. Proszę. Zrobię wszystko.

– Wszystko?

– Tak.

– Czy jutro nie będziesz tego pamiętał? Czy jutro wszystko zapomnisz?

Zawahał się.

– Prosisz mnie o to?

– Tak.

– Więc tak.

Zdjęła koszulę przez głowę i nagle znowu nie mógł złapać tchu. Dotknął jej piersi; krzyknęła od spazmu, który spowodował ten dotyk.

Natychmiast cofnął ręce. Znowu poczuł się jak nastolatek.

– Nie wiem, co robić – szepnął.

Wtuliła się w niego.

– Nie odchodź.

Objął ją i zmienili pozycje. Teraz to ona przetoczyła się na szałwię. I znowu ten zapach był jakiś znajomy. Tyler pocałował ją gwałtownie, a ona chwyciła go za włosy i oplotła nogami. Nie mógł się z nią kochać, nie teraz. Nie myślała trzeźwo, nie będzie chciała jutrzejszych konsekwencji. Dlatego chciała, żeby zapomniał.

– Nie, nie przestawaj – rzuciła, kiedy przerwał pocałunek.

– Nie przestaję – powiedział i zaczął całować jej kark, wsuwając kciuki pod zwykłą białą bieliznę. Kiedy ją zsuwał, mięśnie jego brzucha zaczęły nerwowo dygotać. Pocałował jej piersi, objął ustami sutek. Czuł, jakby już to kiedyś robili, ale przecież nigdy z nią nie był.

Wreszcie sobie przypomniał.

To ten sen.

To wszystko mu się już śniło.

Wiedział dokładnie, co się wydarzy, znał każdy zapach, każdy smak.

Wszystko wokół niej krzyczało o przeznaczeniu. I wszystko, co go pchnęło do Bascom w pogoni za niziszczonym marzeniem, zaprowadziło go w to miejsce.

W ten sen, który się spełnił.

Następnego ranka Claire poczuła podmuch powietrza i głuche łupnięcie, dobiegające z ziemi pod jej uchem.

Otworzyła oczy. Jakieś dziesięć centymetrów od jej twarzy leżało jabłuszko. Znowu pacnięcie i obok niego przyturlało się drugie.

Znowu zasnęła na dworze. Zdarzało się jej to tyle razy, że już się nawet nad tym nie zastanawiała. Usiadła, wytrząsnęła ziemię z włosów i odruchowo sięgnęła po narzędzia.

Ale coś tu było nie tak. Przede wszystkim ziemia, o którą się oparła, była ciepła i miękka. A powietrze wydawało się trochę chłodniejsze. Całkiem jakby...

Spojrzała na siebie i jęknęła.

Była naga!

A tą ciepłą miękką ziemią był Tyler!

Wszystko do niej wróciło, każda upokarzająca, oczyszczająca, erotyczna rzecz, którą jej zrobił. Ale potem uświadomiła sobie, że siedzi naga i gapi się na niego jak idiotka. Zasłoniła piersi i rozejrzała się za koszulą nocną. Tyler na niej leżał. Szarpnęła nią, a wtedy usiadł.

Włożyła koszulę, z ulgą choć na chwilę kryjąc w niej twarz. O Boże. Gdzie jej majtki? Dostrzegła je koło stóp i porwała z ziemi.

– Nic nie mów – rzuciła. – Obiecałeś, że o wszystkim zapomnisz. Ani słowa na ten temat!

Potarł zaspane oczy, wciąż z uśmiechem.

– Dobrze.

Spojrzała na niego. Miał we włosach ziemię i tymianek. Był w szortach, ale pierś miał nagą. Całe jego ciało pokryło się czerwonymi plamami, oparzeniami po jej dotyku, a jednak wcale mu to nie przeszkadzało. Ani wtedy, ani teraz. Jak mógł zrobić to, co wczoraj, bez żadnej przyjemności, tylko dla niej?

Odwróciła się i ruszyła ścieżką, ale zatrzymała się, kiedy rzucił za nią:

– Bardzo proszę.

Z jakiegoś powodu to jej poprawiło samopoczucie. A to głupek. Spodziewał się, że mu podziękuje? Odwróciła się.

– Słucham?

Wskazał ziemię obok siebie.

– Napisałaś to. Tutaj.

Z zaciekawieniem podeszła i spojrzała. Na ziemi widniało „dziękuję", wypukłe litery, jakby wypisano je od spodu.

Warknęła i chwyciła jabłko. Rzuciła je w drzewo ze wszystkich sił.

– Ja tego nie napisałam! – wrzasnęła i uciekła. Kiedy wybiegła z ogrodu, zaczęły padać grube krople deszczu. Ledwie dotarła do domu, niebo otworzyło się i na ziemię lunęła ulewa.

Tego dnia Fred wracał do domu wieczorem w deszczu, myśląc o Jamesie. Zawsze pozwalał sobie myśleć o nim wyłącznie w samotności. Bał się, że ktoś go zobaczy i domyśli się wszystkiego.

Fred od zawsze wiedział, że jest gejem, ale kiedy na pierwszym roku studiów w Chapel Hill poznał Jamesa, w końcu zrozumiał, dlaczego. Bo życie z Jamesem było mu pisane. Matka Freda umarła w łóżku, kiedy miał piętnaście lat; ojciec zmarł przy kuchennym stole, gdy Fred był na studiach. Dlatego Fred musiał zrezygnować z nauki, zostawić Jamesa, wrócić do domu i przejąć sklep. Uważał, że to ostatni cios ojca, oderwać go od związku, który dawał mu radość bez lęku, co pomyślą sobie ludzie.

Ale w trzy tygodnie po rozpaczliwym pożegnaniu na uczelni ku zdumieniu Freda James pojawił się w Bascom.

Po jakimś czasie, kiedy stało się to możliwe, James podjął studia na Orion. Zrobił dyplom z finansów i dostał pracę w Hickory. W miarę upływu lat namawiał Freda, żeby pozbył się wszystkiego, co mu przypominało ojca, okrutnie skąpiącego mu aprobaty. To James mówił:

– Chodźmy coś zjeść. Chodźmy do kina. Niech ludzie tylko spróbują coś powiedzieć!

I to, co kiedyś było młodzieńczym szaleństwem – dwaj dwudziestojednolatkowie, którzy rzucili studia i zamieszkali razem – zmieniło się w trzydziestoletni związek. Dla Freda te lata przemknęły jak strony książki, kiedy się ją szybko kartkuje, a koniec nie był taki, jakiego się spodziewał. Żałował, że nie wczytał się w książkę uważniej.

Żałował, że nie zwrócił większej uwagi na jej autora.

Jechał do Evanelle. Zapomniał parasola, więc musiał pobiec na ganek w deszczu. Zatrzymał się przy drzwiach, zdjął mokrą kurtkę i buty. Nie chciał zabłocić jej ślicznych posadzek.

W środku nigdzie nie było widać Evanelle, więc zawołał ją.

– Jestem na górze – odezwała się. Poszedł w ślad za jej głosem na strych.

Evanelle usiłowała zmieść trociny po dzisiejszym remoncie, ale równie dobrze mogłaby usiłować pozamiatać malutkie ptaszki, które zrywały się całą chmarą przy pierwszym dotknięciu szczotki. Evanelle miała na twarzy białą maskę, ponieważ przy każdym ruchu miotły ptaszkopyłki wzbijały się w powietrze i całe pomieszczenie robiło się beżowe i zadymione.

– Proszę cię, nie rób tego. Nie przemęczaj się! – zawołał Fred, odbierając jej miotłę. Kiedy ktoś zostaje porzucony, wątpi w swoją zdolność do zatrzymania przy sobie ludzi, nawet przyjaciół. Chciał, żeby Evanelle była tak samo szczęśliwa jak on tutaj, chciał dla niej zrobić wszystko, co w jego mocy. Nie zniósłby, gdyby i ona odeszła. – Robotnicy wszystko posprzątają, kiedy skończą.

Evanelle nadal była w masce, ale wokół niej pojawiły się zmarszczki od uśmiechu.

– Ależ tu będzie ładnie, co?

– Już jest. I będzie świetnie – powiedział. A szczególnie, kiedy tu przeniesie swoje rzeczy. Ale to by znaczyło, że musi wrócić do swojego domu, czego unikał.

– Co się stało? – spytała Evanelle, przesuwając maskę na czubek głowy, gdzie wyglądała jak mycka.

– Dziś poprosiłem, żeby zostawiono pod moim domem pudła. W końcu muszę tam iść i się spakować. Zastanawiałem się, czy nie wynająć domu. Co sądzisz? – spytał, gotowy przyjąć jej propozycję.

Skinęła głową.

– Myślę, że to świetny pomysł. Wiesz, że możesz tu mieszkać, jak długo zechcesz. Uwielbiam cię.

Roześmiał się ze wzruszeniem, nagle czując napływające łzy.

– Uwielbiasz głupca ze złamanym sercem?

– Głupcy to najlepsi ludzie, jakich znam. Najsilniejsi.

– Nie wiem, czy jestem silny.

– Zaufaj mi. Nawet Phineas Young by się zdziwił. Mam iść z tobą do domu?

Skinął głową. Nie potrafił wyrazić słowami, jak bardzo tego pragnie.

Fred przyszedł do domu po raz pierwszy, odkąd James zabrał z niego swoje rzeczy. Rozejrzał się po salonie. Dziwnie było się tu znaleźć i nie chciał być tu długo. Ten budynek bez Jamesa nie był domem, tylko miejscem, gdzie zebrały się złe wspomnia o ojcu Freda.

Evanelle weszła za nim do salonu; twarde podłogi trzeszczały pod jej stopami.

– No, no – powiedziała. – O wiele tu ładniej niż ostatnio, kiedy tu byłam. To znaczy po śmierci twojej matki, niech Bóg ją ma w swojej opiece. Bardzo lubiła te obrazy Jezusa. – Rozejrzała się i potarła miękką skórę fotela. – Kupiłeś parę ładnych mebelków.

– Przepraszam, że nigdy cię nie zapraszałem. Od tego był James.

– Nie przejmuj się. Mnie się nie zaprasza. To tradycja.

– To błąd – sprostował. – Jesteś dobrym człowiekiem.

– Teraz nie mam już na to wpływu. Wszystko zaczęło się w 1953 roku. Usiłowałam z tym walczyć, ale wiesz, kiedy muszę coś komuś dać, to muszę. Jeśli tego nie zrobię, zaczynam wariować.

– Co się stało?

– Musiałam dać Luannie Clark prezerwatywy. A w latach pięćdziesiątych w Bascom tego nie sprzedawano. Pojechałam po nie aż do Raleigh. Mąż mnie zawiózł i ciągle powtarzał, że to zły pomysł. Ale byłam bezradna.

Fred zaczął się śmiać.

– Nawet w latach pięćdziesiątych podarowanie komuś gumek nie było chyba taką zbrodnią, co?

– Nie chodziło o dar, tylko o obdarowanego. Powiedziałam Luannie, że muszę jej coś dać w kościele następnego dnia. Usiłowałam to załatwić dyskretnie. Była akurat w towarzystwie przyjaciółek i powiedziała, bardzo zadzierając nosa: „No, to dawaj". Jakby się jej należało. Wiesz, że Clarkowie i Waverleyowie nigdy za sobą nie przepadali. No więc je dałam, na oczach przyjaciółek. A, nie powiedziałam najważniejszego. Mąż Luanny stracił na wojnie swoją męskość. I kiedy rok później Luanna zaszła w ciążę, zrobiło się piekło. Powinna użyć tych prezerwatyw. Potem wszyscy już na mnie dziwnie patrzyli, kiedy do nich podchodziłam, jakbym zamierzała zdradzić ich sekrety. Takich ludzi nie zaprasza się na obiad. Nie przeszkadzało mi to specjalnie, dopóki nie umarł mój mąż.

Ta stara kobieta była dla niego wzorem i bohaterką, nie miał co do tego wątpliwości. Jest się tym, kim się jest, czy się to nam podoba, czy nie, więc dlaczego się z tym nie pogodzić? Podszedł do niej i podał jej ramię.

– Będę zaszczycony, jeśli pozwolisz mi przyrządzić dla siebie kolację. Wstęp tylko za zaproszeniami.

Roześmiała się i przyjęła jego ramię.

– Mój ty ideale.

Rozdział 11

Jeśli nas będziesz potrzebować, razem z Bay i Henrym będę nad Zalewem Lunsforda. Jego gospodyni zostanie z dziadkiem, ale tylko do piątej, więc do tej godziny wrócimy. Nie później niż o piątej – powtórzyła dobitnie Sydney, jakby w obawie, że informacja nie dotrze do Claire. – Wrócimy.

Claire zamknęła wieko piknikowego kosza, uniosła rączki i przekazała go Sydney. Musiała poważnie wystraszyć siostrę tym swoim wyskokiem tydzień temu. Ale może jeśli będzie udawać, że wszystko jest w porządku, tak się naprawdę stanie. Sydney i Henry przez ten tydzień spędzili ze sobą mnóstwo czasu, na ogół przy kolacjach z Bay. W niedzielę poszli do kina. Claire usiłowała sobie wytłumaczyć, że to dobrze. Mogła wykorzystać ten czas na pielenie i podlewanie ogrodu, i na nadrobienie papierkowej roboty, wszystkich tych rutynowych, bezpiecznych zajęć. Tego jej było potrzeba. To były stałe elementy jej życia.

– Poradzicie sobie? – spytała, wychodząc za siostrą z kuchni.

– Oczywiście. Dlaczego mielibyśmy sobie nie poradzić?

– To dość daleko i będziecie całkiem sami.

Sydney roześmiała się i postawiła kosz przy drzwiach wejściowych.

– Będziemy mieli szczęście, jeśli uda nam się znaleźć miejsce na kocyk. Nad zalewem w lecie są zawsze tłumy.

– Nawet w poniedziałek?

– Nawet w poniedziałek.

– Och – zawstydziła się Claire. – Nie wiedziałam. Nigdy tam nie byłam.

– Więc chodź z nami! – zawołała Sydney, tak jak przez cały ten tydzień, kiedy tylko wychodziła z domu.

– Co? Nie.

– Tak! – Sydney chwyciła ją za dłonie. – Proszę! Przestań mi odmawiać. Będzie fajnie. Przesiedziałaś w tym domu prawie całe życie i nigdy nie byłaś nad zalewem. Wszyscy muszą w pewnym momencie jechać nad zalew. Chodź z nami. Proszę.

– Raczej nie.

– Bardzo chcę, żebyś pojechała – powiedziała Sydney, ściskając z nadzieją ręce Claire.

Claire poczuła znajomy – a może wyuczony – niepokój. Tak zawsze reagowała babka na samą myśl o jakiejś rozrywce – jakby chciała się zwinąć w kłębek jak gąsienica i przeczekać niebezpieczeństwo. Praca to co innego. Podczas pracy Claire nie musiała się udzielać towarzysko – przekazywała komunikaty. Mówiła to, co trzeba było powiedzieć, albo w ogóle milczała. Niestety, takie zachowanie jest nie do zaakceptowania w życiu towarzyskim. Wydawałaby się niegrzeczna i wyniosła, choć tylko w szczerym i rozpaczliwym wysiłku starałaby się nie powiedzieć lub nie zrobić czegoś głupiego.

– Na pewno wolicie być sami.

– Nie, nie wolimy – oznajmiła Sydney z nagłą powagą. – Jesteśmy tylko przyjaciółmi. Zawsze tak było. I to w nim lubię. To wszystko dla Bay. Spakowałaś kosz, przynajmniej zjedz coś z niego. Szybko, idź się przebrać.

Claire nie mogła uwierzyć, że w ogóle bierze to pod uwagę. Spojrzała na swoje białe rybaczki i koszulę bez rękawów.

– W co?

– W szorty. Albo kostium kąpielowy, jeśli będziesz pływać.

– Nie umiem.

Sydney uśmiechnęła się, jakby to wiedziała.

– Chcesz, żebym cię nauczyła?

– Nigdy! – rzuciła Claire i zreflektowała się. – Chciałam powiedzieć, dziękuję. Nie przepadam za dużymi zbiornikami wodnymi. Bay umie pływać?

Sydney weszła do salonu, gdzie zostawiła dwa koce i torbę plażową z ręcznikami. Zaniosła je na korytarz i postawiła obok kosza.

– Tak, poszła na kurs w Seattle.

Claire natychmiast nastawiła uszu.

– W Seattle?

Sydney wzięła głęboki oddech i skinęła głową. Ten skrawek informacji nie wyrwał się jej przypadkowo. Powiedziała to umyślnie. To był pierwszy krok.

– W Seattle. Tam urodziła się Bay.

Dotychczas mówiła o Nowym Jorku, Boise i Seattle. Były to miasta leżące o wiele dalej na północ niż te, do których zawędrowała ich matka. Lorelei wyjechała z Bascom na zachód kraju. Claire urodziła się w Shawnee w Oklahomie. Może Sydney i Bay przeżyły coś złego i Sydney nie chciała jej o tym opowiedzieć, ale dobro Bay zawsze było dla Sydney najważniejsze. Zapisała Bay na kurs pływania. Już tylko z tego powodu była lepszą matką niż Lorelei.

Z dworu dobiegło trąbienie klaksonu.

– Chodź, Bay! – krzyknęła Sydney.

Bay zbiegła po schodach. Pod żółtą plażową sukienką miała czerwony kostium kąpielowy.

– Wreszcie! – zawołała, mknąc do drzwi.

– Dobrze, nie przebieraj się. – Sydney wyjęła z torby różowy płócienny kapelusz i włożyła go siostrze na głowę. – Idealnie. Chodźmy.

Wyciągnęła Claire z domu. Henry kurtuazyjnie ucieszył się, że Claire będzie im towarzyszyć. Sydney twierdziła, że są tylko przyjaciółmi, ale Claire podejrzewała, że Henry jest innego zdania. Kiedy czasami spoglądał na jej siostrę, cały robił się aż przezroczysty, jakby się w niej zatracił.

Wpadł, biedaczek.

Claire i Bay wspięły się na tylne siedzenie w szoferce i czekały, kiedy Sydney zajmie miejsce z przodu. Nagle usłyszały jej głos:

– Cześć, Tyler!

Claire natychmiast odwróciła się; Tyler wysiadał z jeepa stojącego przed domem. Był w szortach i kolorowej hawajskiej koszuli. Zobaczyła go po raz pierwszy od tej nocy w ogrodzie i nagle okazało się, że nie może oddychać. Jak ludzie się zachowują po czymś takim? Jak, do cholery, potrafią normalnie żyć po takiej bliskości? To było tak, jakby zdradziła komuś tajemnicę i natychmiast tego pożałowała. Na samą myśl, że mogłaby z nim teraz porozmawiać, oblała się rumieńcem piekącym jak chili.

– Jedziemy na piknik nad zalew, chcesz się przyłączyć? – spytała Sydney.

– Sydney, co robisz? – wysyczała Claire. Henry spojrzał z zaciekawieniem we wsteczne lusterko. Trochę się zawstydziła, bo on wspaniałomyślnie zgodził się na jej obecność, a jej na to nie było stać.

– Uczę cię pływać – odpowiedziała Sydney znacząco.

– Mam wieczorem zajęcia! – odkrzyknął Tyler.

– Wrócimy na czas.

– No to wchodzę w to – odpowiedział Tyler i ruszył do nich.

Claire omal się nie zabiła, gwałtownie przeciskając się obok Bay, tak by Tyler musiał usiąść koło dziewczynki, małego buforu między nimi. Poczuła się jak idiotka, gdy Tyler zajrzał do środka i zobaczył ją.

– Claire! – zawołał. – Nie wiedziałem, że też jedziesz.

Kiedy w końcu zdołała mu spojrzeć w oczy, nie znalazła w nich żadnych ukrytych znaczeń, żadnego wymownego znaku, że Tyler myśli o jej sekrecie. Był po prostu sobą. Czy powinna odetchnąć, czy jeszcze bardziej się zmartwić?

– To co to za zalew? – spytał Tyler, ledwie ruszyli.

Claire usiłowała odgadnąć, co odpowiedziałaby osoba normalna. Nie umiała rzucić od niechcenia, że nigdy tam nie była. Nie mogła nawet powiedzieć, że jeszcze nigdy nie była na pikniku, chyba że jako dostawca żywności. Ale akurat on nie powinien się dziwić, że Claire nie wie, co robi. Odkąd go poznała, sama sobie zaprzeczała – podejdź, odejdź, wiem dużo, wiem tak mało, poradzę sobie, załamię się od byle czego.

– Nigdy tam nie byłam – przyznała w końcu. – Spytaj Sydney, to nasz przewodnik.

Sydney odwróciła się do nich.

– To popularne miejsce do pływania. W lecie bywa tam wielu nastolatków i rodziny z dziećmi. A wieczorami robi się tam coś w rodzaju alei kochanków.

– A ty skąd o tym wiesz? – spytał Tyler.

Sydney uśmiechnęła się szelmowsko i poruszyła brwiami.

– Jeździłaś tam w nocy? – spytała Claire. – Babcia wiedziała?

– No myślę. Powiedziała, że kiedy była nastolatką, sama tam ciągle jeździła.

– Mnie nigdy tego nie mówiła.

– Pewnie się martwiła, że szczęka ci opadnie.

Claire zamknęła gwałtownie usta.

– Nie sądzę, żeby robiła takie rzeczy.

– Wszyscy robią takie rzeczy przynajmniej raz w życiu – wzruszyła ramionami Sydney. – Kiedyś była młoda, wiesz?

Claire spojrzała ukradkiem na Tylera. Uśmiechał się. On też był kiedyś młody.

Zawsze była ciekawa, jakie to uczucie.

*

Zalew Lunsfordów znajdował się na terenie, który liczył dziewięćdziesiąt akrów gęstego lasu, przechodzącym z jednego leniwego pokolenia Lunsfordów na drugie. Przeganianie ludzi znad zalewu było zbyt kłopotliwe, a koszty utrzymania zbyt wysokie, gdyby postanowili zmienić okolicę w letnisko. Zresztą była to południowa prowincja, więc pewnie przodkowie przewróciliby się w grobach, gdyby sprzedali rodzinne ziemie lub – gorzej – przekazali je państwu. Więc postawili znak „Zakaz wstępu", który wszyscy lekceważyli, i na tym się skończyło.

Od żwirowanego parkingu do zalewu prowadziła mniej więcej kilometrowa ścieżka. Tyler szedł za Claire przez całą drogę, a ona bardzo wyraźnie czuła swoje ciało, to, co Tyler o nim wiedział, to, czego oprócz niego nie wiedział nikt. Wydawało się jej, że czuje na sobie jego spojrzenie, ale kiedy się oglądała, zawsze patrzył gdzie indziej. Może czuła je, bo chciała. Może tak właśnie ludzie zachowują się po intymnych chwilach. Kiedy zdradzisz komuś tajemnicę, żenującą czy nie, coś zaczyna was łączyć. Ta osoba znaczy dla ciebie więcej tylko dlatego, że wie.

W końcu ścieżka się skończyła i buchnął hałas. Zalew był właściwie leśnym jeziorem z naturalną plażą z jednej i wysoką ścianą południowych żółtych sosen z drugiej strony. Z tych sosen dzieci skakały do wody. Rzeczywiście, było tłoczno, zgodnie z zapowiedzią Sydney, ale znaleźli puste miejsce i rozłożyli koce.

Claire zrobiła naleśniki z awokado i kurczakiem oraz babeczki z brzoskwiniami, a Sydney spakowała cheetosy i colę. Rozsiedli się, zaczęli jeść i rozmawiać, a zaskakująco wiele osób zatrzymywało się, żeby się z nimi przywitać. Głównie były to klientki Sydney, które przyszły jej powiedzieć, że dzięki nowej fryzurze nabrały pewności siebie, że mężowie poświęcają im więcej uwagi, a mechanicy nie potrafią żądać od nich wygórowanych sum za naprawę samochodu. Claire omal nie pękła z niewypowiedzianej dumy.

Bay skończyła jeść i natychmiast oznajmiła, że idzie pływać, więc Henry i Sydney poszli za nią nad wodę.

Claire i Tyler zostali sami.

– No dobrze, przygotuj się. Opowiem ci historię – powiedział Tyler, kładąc się z rękami pod głową.

Claire siedziała na osobnym kocu, ale na tyle blisko, że mogła na niego spojrzeć. Uświadomiła sobie, że ona też zna jego sekret. Wiedziała, jak wyglądał, kiedy pod nią leżał.

– Dlaczego myślisz, że chcę ją usłyszeć?

– Albo jej wysłuchasz, albo będziesz ze mną rozmawiać. Podejrzewam, że wybierasz historię.

– Słuchaj, Tyler, ja tylko...

– Więc opowiadam. Kiedy byłem nastolatkiem, wyprawy na basen były wielkim wydarzeniem, zwłaszcza dla dzieci z komuny, bo mieszkaliśmy z siedemnaście kilometrów za miastem, w kompletnej głuszy. Znałem jedną dziewczynę ze szkoły, nazywała się Gina Paretti. Kiedy zaczęła dojrzewać, chłopcy oszaleli. Wystarczyło, że przeszła korytarzem, a odbierało nam mowę. Nie potrafiliśmy się odezwać całymi dniami. W lecie Gina przesiadywała nad basenem, więc jako szesnastolatek chodziłem tam, kiedy tylko mogłem, tylko po to, żeby pogapić się na nią w bikini. Lato się już kończyło, kiedy postanowiłem zaryzykować. Dłużej nie mogłem tego wytrzymać. Od miesięcy o niej śniłem. Nie mogłem jeść. Nie mogłem spać. Musiałem z nią porozmawiać. Wskoczyłem do wody, zrobiłem przed nią parę basenów, wielki atleta, a potem wyszedłem na brzeg i ruszyłem do niej. Stanąłem, dumny, kapiąc na nią wodą i zasłaniając słońce, bo byłem jeszcze bardzo młody i uważałem, że dokuczanie dziewczynie to powszechnie uznany sygnał, że mi się podoba. W końcu otworzyła oczy... i wrzasnęła. Okazało się, że kiedy wychodziłem z wody, spodenki baaaardzo mi się osunęły. I stałem przed nią w całej okazałości. Mało brakowało, aby mnie aresztowali. Claire nie spodziewała się takiego zakończenia i parsknęła śmiechem. Dobrze było się śmiać – dziwnie, ale miło.

– To musiało być straszne.

– Nie bardzo. Trzy dni potem zaprosiła mnie na randkę. Teraz sobie uświadamiam, że dziewczyny, które były tego dnia na basenie, od tego czasu zaczęły mnie darzyć sympatią – oznajmił z dumnym uśmiechem.

– Nie kłamiesz?

Zrobił do niej oko.

– A to ważne?

Znowu się roześmiała.

– Dziękuję.

– Wystarczy słowo, a chętnie ci opowiem o innych moich upokorzeniach.

– Może to było upokorzenie, ale to się zdarza. Byłeś normalnym chłopcem. Spędzałeś wakacje na basenie. Pewnie nawet byłeś w alejce kochanków. Dogadałbyś się z Sydney.

– A ty nie byłaś normalną nastolatką?

– Nie – powiedziała po prostu. To nie mogło go zaskoczyć. – Henry też był taki. Od małego pogodziliśmy się z naszą spuścizną.

Tyler oparł się na łokciach i spojrzał na brzeg wody, gdzie Henry i Sydney obserwowali Bay. Ktoś na plaży zawołał do Sydney, a ta powiedziała coś do Henry'ego, który skinął głową. Wówczas odeszła porozmawiać z grupką kobiet.

– Nie przeszkadza ci, że twoja siostra z nim chodzi?

– Ona z nim nie chodzi. Ale dlaczego miałoby mi to przeszkadzać? – powiedziała to niemal wrogo, nie chcąc, żeby się zorientował, jak bardzo jej trudno, gdy Sydney spędza tak wiele czasu z Henrym. Ta noc w ogrodzie była chwilą słabości. Już się nie powtórzy.

– Pewnie nie chcę, żebyś się rozczarowała. To trudne, interesować się kimś, kto nie interesuje się tobą.

– Ach... – zrozumiała Claire. – Henry mnie nie interesuje.

– A to dobrze – powiedział Tyler, wstał i zrzucił buty. – Idę popływać.

– Jesteś w ubraniu.

– Kocham wiele twoich cech – powiedział, zdejmując koszulę przez głowę – ale za dużo myślisz.

Pobiegł do wody i zanurkował. Zaraz. Co on powiedział? Że ją kocha? Naprawdę? Czy to się tylko tak mówi? Szkoda, że nie znała się na tych gierkach. Może wtedy potrafiłaby brać w nich udział. Może potrafiłaby coś zrobić z tymi uczuciami do Tylera, które na przemian koiły ją i bolały, jednocześnie przykre i przyjemne.

Henry nadal pilnował Bay, więc Sydney wróciła na koc i usiadła obok Claire.

– To był Tyler?

– Tak – powiedziała Claire, obserwując jego głowę, wyłaniającą się z wody. Potrząsnął nią, jego ciemne włosy roztrzepały się i przywarły do twarzy jak mokre sznurki. Bay śmiała się do niego, więc podpłynął i opryskał ją. Ona też na niego chlapnęła. Henry zawołał do nich z brzegu. Oboje znieruchomieli, spojrzeli na siebie i jednocześnie ochlapali Henry'ego. Ten, po krótkim wahaniu, zrzucił buty, ściągnął przez głowę koszulę i wskoczył do wody.

– No, no – mruknęła Sydney. – Nabiał dobrze wpływa na ciało.

– Jestem, jaka jestem nie bez powodu – wybuchnęła nagle Claire, ponieważ musiała to komuś wyjaśnić.

Sydney wzięła puszkę coli i odwróciła się ku niej z zaciekawieniem.

– Nie miałyśmy domu, mama i ja, przez pierwsze sześć lat mojego życia. Spałyśmy w samochodach i przytułkach dla bezdomnych. Mama ciągle kradła i sypiała z wieloma facetami. Nie wiedziałaś o tym, prawda? – Sydney zamarła w colą uniesioną do ust. Powoli pokręciła głową i opuściła puszkę. – Czasami mam wrażenie, że idealizowałaś jej życie przed przybyciem do Bascom. Nie wiem, czy w ogóle zamierzała zostać, ale kiedy tu przyjechałyśmy, zrozumiałam, że ja stąd nigdy nie wyjadę. Dom i babcia Waverley były stałymi elementami życia, a w dzieciństwie tylko o tym marzyłam. Ale potem ty się urodziłaś i zaczęłam być o ciebie strasznie zazdrosna. Otrzymałaś poczucie bezpieczeństwa w chwili przyjścia na świat. To moja wina, że w dzieciństwie tak się nam nie układało. Robiłam to świadomie, bo ty byłaś stąd, a ja nie. Przykro mi. Przykro mi, że źle mi idzie bycie siostrą. Przykro mi, że źle mi idzie bycie z Tylerem. Wiem, że chcesz, żebym z nim była, ale nie mam na to wpływu. Nie mam wpływu na to, że myślę, jakie to wszystko ulotne, a ja się boję wszystkiego, co może ulecieć. Boję się, że ludzie mnie zostawią.

– W życiu ważne są doświadczenia – odezwała się Sydney. – Nie możesz się wszystkiego kurczowo trzymać.

Claire pokręciła głową.

– Dla mnie jest chyba za późno.

– Nieprawda. – Sydney uderzyła dłonią w koc. – Jak mama mogła w ogóle pomyśleć, że takie życie jest dobre dla dziecka? To niewybaczalne. Wstydzę się, że jej zazdrościłam, a czasami myślę, że okazałam się taka jak ona, ale ja cię nie zostawię. Nigdy. Spójrz na mnie, Claire. Nigdzie nie odejdę.

– Czasami się zastanawiam, dlaczego to zrobiła. Była inteligentna. Evanelle mówiła, że na studiach szło jej świetnie. A potem zrezygnowała. Coś się musiało wydarzyć.

– Cokolwiek się stało, nie miała prawa schrzanić nam życia. Ale my to przewalczymy. Nie pozwolimy jej wygrać. Dobrze?

Łatwiej powiedzieć, niż zrobić, więc Claire powiedziała:

– Dobrze. – A potem zaczęła się zastanawiać, jak niby zamierza przewalczyć coś, co doskonaliła przez wiele lat.

Przez jakiś czas patrzyły na wodę. Bay znudziła się chlapaniem, wróciła na plażę i ruszyła ku Claire i Sydney. Henry i Tyler dalej na siebie chlapali, przy czym każdy usiłował zrobić większą fontannę.

– Patrz na nich – odezwała się Sydney. – Chłopcy. Po prostu chłopcy.

– Ale mili – odezwała się Claire.

Sydney objęła ją ramieniem.

– Faktycznie.

W chwili, gdy Sydney i Claire bawiły się nad zalewem, Emma Clark Mattson kończyła przygotowania do spędzenia upojnych chwil z mężem.

Biurko Huntera Johna w pracy nie było tak wygodne jak to w domu. Ciemna boazeria na ścianach i brzydkie metalowe biurko pamiętały czasy ojca Huntera Johna. Emma roześmiała się na samą myśl, że Lillian, matka Huntera Johna, mogłaby przyjść do fabryki i tak powitać Johna Seniora.

Lillian z całą pewnością kazałaby wymienić ten rupieć, gdyby taka myśl powstała jej w głowie. Ten metal cholernie ziębił w gołą pupę.

Recepcjonistka powiedziała, że Hunter John robi obchód fabryki i lada chwila wróci. Idealnie. Dzięki temu Emma miała czas się rozebrać i ułożyć na biurku, ubrana jedynie w pończochy, podwiązki i różową aksamitkę na szyi.

Jeszcze nigdy nie zaskoczyła go w ten sposób w biurze. No, przynosiła mu obiad i trochę się przy tym pieścili, ale jeszcze nigdy nie kochali się w pracy. Poza tym zrobili to prawie wszędzie. Musiała się ciężko napracować, żeby mu się nie znudziło, żeby nadal myślał tylko o niej i nie myślał o Sydney – albo o tym, że jego życie nie potoczyło się tak, jak by sobie tego życzył. Nigdy się nie znudzi uszczęśliwianiem swojego męża. W końcu lubiła seks. Nie, kochała go. Tylko trudno było czasem się na nim skupić, kiedy nie wiedziała, czy Hunterowi Johnowi naprawdę o to chodzi. Chciała, żeby ją kochał. A jeśli jednak nie zdoła, nie chciała o tym wiedzieć. Może nie posiadać jego serca. Była ciekawa, czy jej matka też poszła na taką ugodę. I czy miłość w ogóle ma dla niej znaczenie.

Usłyszała głos Huntera Johna i szerzej rozchyliła nogi.

Do gabinetu wszedł jego ojciec.

– Uuuu – ha! – wyrwało mu się.

Emma pisnęła i zsunęła się z biurka.

– Co się stało? – Hunter John wszedł do gabinetu. Emma uciekła pod biurko i skuliła się w kłębuszek.

– Zostawię cię na jakiś czas sam na sam z żoną – powiedział John Senior.

– Z żoną? Ale gdzie…?

– Pod biurkiem. Natomiast jej ubranie jest na krześle. Wiesz, synu, nie tak miałeś kierować moją fabryką.

Drzwi się zamknęły. Potem Emma usłyszała kroki Huntera Johna, który ukląkł i zajrzał pod biurko.

– Emma, do cholery, co ty wyprawiasz?

– Chciałam ci zrobić niespodziankę.

– Nigdy tu po to nie przychodziłaś. Dlaczego akurat teraz? Dlaczego akurat w dniu, kiedy mój ojciec postanowił pojawić się bez uprzedzenia i sprawdzić, czy dobrze kieruję fabryką? Widział cię gołą! Coś takiego!

Wyczołgała się spod biurka. Zdanie ojca było dla Huntera Johna wszystkim. A ona właśnie postawiła ich wszystkich w krępującej sytuacji. Jak to się dzieje, że tak nagle pojawiło się tyle problemów?

Jeszcze przed chwilą wszystko układało się świetnie – a przynajmniej na to wyglądało – aż tu nagle wróciła Sydney. Dlaczego musiała przyjechać?

– Przepraszam – powiedziała, zaczynając się ubierać.

– Co w ciebie wstąpiło? Nie dajesz mi spokoju. Nie chcesz ze mną wychodzić. Dzwonisz szesnaście razy dziennie. I nagle wyskakujesz z tym…!

Wciągnęła suknię przez głowę i wsunęła stopy w szpilki.

– Muszę wiedzieć… – urwała. – Czy mnie kochasz.

– Co musisz wiedzieć?

– Czy ze mną zostaniesz.

Hunter John pokręcił głową.

– O co ci chodzi?

– Martwiłam się. Od powrotu Sydney…

– Chyba żartujesz. Musisz żartować. To wszystko z powodu Sydney? Wracaj do domu. – Otworzył drzwi, nie oglądając się już na nią. – Muszę dogonić ojca i jakoś mu to wytłumaczyć.

– Wiesz, czego się dziś dowiedziałam od Elizy Beaufort? – spytała wesoło Emma przy kolacji. – Sydney i Claire Waverley pojechały na podwójną randkę nad Zalewem Lunsforda. Co ta Sydney sobie wyobraża? Nikt w naszym wieku tam nie jeździ. I Claire! Wyobrażasz sobie Claire nad zalewem?

Hunter John nie podniósł głowy znad deseru. Był jego ulubiony tort czekoladowy z masą śmietankową. Emma zamówiła go specjalnie dla niego.

Zamiast odpowiedzieć, wytarł usta i odłożył serwetkę.

– Chodźcie, chłopcy – powiedział, wstając. – Pokopiemy piłkę.

Josh i Payton natychmiast się poderwali. Uwielbiali grać z tatą, a Hunter John zawsze znajdował dla nich czas.

– Pójdę z wami – powiedziała Emma. – Poczekajcie, dobrze?

Pobiegła na górę i przebrała się w czerwone bikini, które tak bardzo lubił jej mąż. Ale kiedy wróciła, okazało się, że nie zaczekali. Basen znajdował się tuż za salonem, więc wyszła i spojrzała z tarasu na trawnik w dole. Hunter John i chłopcy grali na podwórku, z włosami już ciemnymi od potu. Było wpół do ósmej wieczorem, ale słońce ciągłe przypiekało. Lato niechętnie rezygnuje z rozsiewania wokół siebie blasku. Emma to rozumiała. Lubiła lato. Chłopcy byli w domu, a dzień trwał tak długo, że mogła robić różne rzeczy z mężem, kiedy wracał z pracy.

Nie było sensu moczyć włosów, skoro Hunter John nie będzie jej podziwiać, więc włożyła sarong i zaczęła dopingować chłopców okrzykami z tarasu. Już się nie mogła doczekać sezonu futbolowego. Będą chodzić na szkolne mecze i siadać przed telewizorem w niedzielne popołudnia i poniedziałkowe wieczory. To była ich rodzinna tradycja, coś, czego Sydney nigdy nie robiła z Hunterem Johnem. Sydney chodziła na mecze, kiedy grał Hunter John, ale ta gra jej nigdy naprawdę nie interesowała. A Emma ją uwielbiała. Uwielbiała, ponieważ Hunter John ją kochał. Ale zrezygnował ze sportu, tak jak nie pojechał zobaczyć Notre Dame. Zrezygnował z jej powodu.

Kiedy słońce osunęło się ku zachodowi, Emma wyniosła na dwór dzbanek lemoniady. Wkrótce chłopcy i Hunter John znaleźli się przy basenie.

– Lemonia... – zaczęła, ale chłopcy, nie czekając, wskoczyli do basenu, żeby się ochłodzić. Pokręciła pobłażliwie głową. Hunter John szedł w jej stronę. Z uśmiechem podała mu szklankę.

– Lemonia...

Minął ją bez słowa i zniknął w domu. Nie odzywał się do niej od czasu incydentu w biurze.

Nie chciała, żeby chłopcy się zorientowali, że coś jest nie tak, więc pozwoliła się im trochę popluskać, a potem przyniosła ręczniki i kazała im wyjść. Wygoniła ich do pokoi, żeby się przebrali i pooglądali telewizję, a potem poszła na poszukiwanie męża.

Był w saunie, więc usiadła na marmurowym blacie umywalki naprzeciwko i zaczekała, aż wyjdzie.

A kiedy drzwi się otworzyły, zaparło jej dech. Nadal tak na nią działał. Był taki piękny. Umył włosy i widać było, jak bardzo się przerzedziły, ale to nie miało dla niej znaczenia. Tak bardzo go kochała.

– Musimy porozmawiać – powiedziała. – Muszę wiedzieć, dlaczego nigdy nie poruszasz tematu Sydney.

Podniósł głowę zaskoczony; nie spodziewał się jej. Chwycił ręcznik i energicznie zaczął wycierać włosy.

– Moim zdaniem ważniejszym pytaniem jest, dlaczego masz na jej punkcie taką obsesję? Zauważyłaś, że Sydney nie ma nic wspólnego z naszym życiem? Czyżby umknęło twojej uwadze, że nic nam nie zrobiła?

– Dużo zrobiła tylko przez to, że tu wróciła – powiedziała, a on skamieniał. Twarz miał zasłoniętą ręcznikiem. – Nie chcesz o niej mówić. Skąd mam wiedzieć, czy nie dlatego, że nadal coś do niej czujesz? Skąd mam wiedzieć, że po jednym spojrzeniu na nią nie przypomnisz sobie tych wszystkich swoich planów, które miałeś, zanim zaszłam w ciążę? Skąd mam wiedzieć, czy po powrocie postąpiłbyś tak samo? Sypiałbyś ze mną? Ożeniłbyś się ze mną?

Hunter John zsunął ręcznik z głowy. Podszedł do niej z zaciętą twarzą; serce jej zabiło ze strachu, bo był taki zły, i z nadzieją, bo tak na nią cholernie działał.

– Skąd masz wiedzieć? – powtórzył z niedowierzaniem, głosem niskim i wibrującym. – Skąd masz wiedzieć?

– Podróżowała. A ty zawsze o tym marzyłeś.

– Co ty sobie wyobrażałaś przez te dziesięć lat? Ten seks, nowe cycki, seksowne ciuchy, świetne obiady i mecze… to wszystko dlatego, że twoim zdaniem nie chciałem tu być? Czy cokolwiek zrobiłaś z miłości? Czy może przez cały ten czas tylko konkurowałaś z Sydney?

– Nie wiem. Ty mi to powiedz.

– To była zła odpowiedź – rzucił i wyszedł.

– Claire, nie śpisz? – spytała tej nocy Sydney, stając na progu sypialni siostry.

Nie zdziwiła się, gdy Claire odpowiedziała:

– Nie.

W dzieciństwie Claire nigdy wiele nie sypiała. Miała zwyczaj przebywać w ogrodzie tak długo, aż babcia zawołała ją do domu. A bywało, że kiedy wszyscy spali, Claire sprzątała dom albo piekła chleb. To było pierwsze i jedyne miejsce, gdzie czuła się naprawdę bezpieczna i teraz Sydney już wiedziała, że Claire albo usiłowała zyskać prawo własności do tego domu, albo chociaż zapracować na prawo do mieszkania. Teraz Sydney z bólem przypominała sobie, jak uważała siostrę za zapóźnioną i dziwną, jak nie rozumiała, co czuje Claire.

Weszła do sypialni siostry, pokoju w wieżyczce, który niegdyś zajmowała ich babcia. Babcia Waverley powiesiła na ścianach patchworki, ale Claire zastąpiła je czarno-białymi zdjęciami w ramkach i paroma starymi litografiami. Ściany były pomalowane na pastelowy żółty kolor, a podłogi pokrywały różnobarwne dywaniki. Spojrzenie Sydney powędrowało tam, gdzie Claire z całą pewnością spędzała większość czasu – ku wygodnej ławeczce przy oknie. Na podłodze obok piętrzyły się stosy książek.

Sydney podeszła do łóżka i objęła słupek baldachimu.

– Muszę ci o czymś powiedzieć.

Claire usiadła.

– O tych dziesięciu latach.

– Dobrze – powiedziała Claire cicho.

Na plaży była taka chwila, kiedy Sydney mogła to wszystko powiedzieć, ale jakoś nie potrafiła. Wtedy tego nie wiedziała, ale czekała na noc, ponieważ takie rzeczy należy opowiadać w ciemności. Nie miała już najmniejszych wątpliwości, że Claire ją zrozumie. I była jej winna tę informację. David nie zniknął.

– Najpierw pojechałam do Nowego Jorku, to już wiesz. Ale potem było Chicago. I San Francisco, Vegas... i Seattle. Znałam wielu mężczyzn. I kradłam. Często. Nazywałam się Cindy Watkins. Tę tożsamość także ukradłam.

– Tak jak mama.

– Myślisz, że robiła to dla zabawy? Bo to było zabawne, ale i męczące. Potem pojawiła się Bay. – Sydney usiadła w stopach łóżka, tylko po to, żeby poczuć jej bliskość, żeby mogła jej dotknąć, jeśli za bardzo się wystraszy. – Ojciec Bay mieszka w Seattle. Tam go poznałam. David Leoni. – Przełknęła ślinę, przerażona, że wypowiedziała to nazwisko na głos. – Leoni to prawdziwe nazwisko Bay, ale nie moje. Nie wzięliśmy ślubu. Kiedy go poznałam, David był straszny, ale już bywałam z przerażającymi facetami i myślałam, że dam sobie radę. Przygotowywałam się, żeby go porzucić – tak jak zawsze, kiedy zaczynało się robić zbyt gorąco – ale nagle okazało się, że jestem w ciąży. Nie rozumiałam, że kiedy kobieta ma dziecko, staje się bezbronna. David zaczął mnie bić i stawał się coraz bardziej okrutny. Kiedy Bay skończyła rok, zostawiłam go. Zabrałam Bay do Boise, poszłam na kurs w szkole piękności, dostałam pracę. Wszystko wspaniale się układało. A potem David nas znalazł. Wybił mi ząb i na parę tygodni przestałam widzieć na lewe oko, kiedy się za mnie zabrał. Na co bym się przydała Bay, gdybym umarła? Więc wróciłam z nim, a on odbierał mi coraz więcej wolności i coraz bardziej mnie prześladował, aż w końcu mój świat skurczył się i została w nim tylko Bay, David i jego gniew. Czasami wydawało mi się, że to kara za to, jak żyłam, zanim go poznałam. Ale potem w parku, do którego David pozwalał mi chodzić z Bay trzy razy w tygodniu, poznałam kobietę. Tylko na mnie spojrzała i już wiedziała, co się dzieje. To ona zdobyła dla mnie samochód i pomogła mi uciec. David nie zna nawet mojego prawdziwego nazwiska i myśli, że jestem z Nowego Jorku, więc zrozumiałam, że muszę przyjechać tutaj, bo tylko tutaj mnie nie znajdzie.

Im dłużej mówiła Sydney, tym bardziej prostowała się Claire. Było ciemno, ale jej surowe spojrzenie kładło się na Sydney jak ciężar.

– Chciałam, żebyś wiedziała, że wiem, jak się czułaś, kiedy tu przyjechałaś z mamą. Wszystko, co mam, wydawało mi się naturalne. Dopiero musiałam zrozumieć, że tylko tutaj czułam się bezpieczna. I chcę tego bezpieczeństwa dla Bay. Chcę wymazać z jej pamięci wszystko, co widziała, wszystko, o czym się dowiedziała przeze mnie. Myślisz, że to możliwe?

Claire zawahała się i to była właśnie odpowiedź, na którą czekała Sydney. Nie, to niemożliwe. Claire nigdy nie zapomniała.

– No, więc to jest moja tajemnica – westchnęła Sydney. – Nie wydaje się taka wielka, jak myślałam.

– Tajemnice nigdy nie są wielkie. Czujesz to? – rzuciła nagle Claire. – Ten zapach już tu był. Jak woda kolońska.

– To on – szepnęła Sydney, jakby bała się, że David ją usłyszy. – Przywlokłam za sobą to wspomnienie.

– Szybko, do łóżka – rozkazała Claire, odchylając kołdrę. Sydney wślizgnęła się pod nią, a Claire ją otuliła. Noc była parna i wszystkie okna na piętrze były otwarte, ale Sydney nagle zmarzła. Przytuliła się do siostry, a Claire ją objęła.

– Już dobrze – szepnęła, opierając policzek o jej głowę. – Wszystko będzie dobrze.

– Mamusiu…

Sydney odwróciła się szybko. W progu stała Bay.

– Szybko, skarbie, wchodź do nas do łóżka – powiedziała, odchylając kołdrę, tak jak przed chwilą Claire.

Przywarły do siebie, a myśl o Dawidzie wypłynęła przez okno.

Następny ranek wstał jasny i słodki jak landrynka. Claire otworzyła oczy i spojrzała w sufit, ten sam sufit, w który po przebudzeniu jej babka patrzyła każdego dnia swojego życia.

Odwróciła głowę i ujrzała mocno śpiące, wtulone w siebie Sydney i Bay. Sydney przeżyła i zrobiła więcej, niż Claire sobie wyobrażała. Tak ogromne doświadczenie, tak wielka zmiana zniszczyłyby Claire.

A może, choć tak nadzwyczajne, to właśnie było życie? Każdy musi przeżyć swoje.

Znowu spojrzała w sufit.

Nawet babcia.

Sydney powiedziała, że babcia Waverley bywała nad Zalewem Lunsforda. Sama myśl o tym była szokująca. Claire sądziła, że babcia była tam ze swoim przyszłym mężem. Ale potem zaczęła się zastanawiać nad tymi starymi zdjęciami babki sprzed czasów małżeństwa, kiedy była ładną młodą kobietą o radosnym uśmiechu i nieustannie rozwianych włosach, jakby w ślad za nią płynął wietrzyk miłości. Na zdjęciach była uwieczniona z kilkoma różnymi chłopcami. Wszyscy wpatrywali się w nią z takim samym uwielbieniem. Na odwrocie zdjęć babcia zapisała: „W ogrodzie z Tomem" i „Powrót do domu z Josiahem". Było też zdjęcie z krótkim zapiskiem: „Karl".

Babcia miała swoje życie, życie, o którym Claire nie wiedziała i nawet go sobie nie wyobrażała. Bardzo starała się dowiedzieć wszystkiego o babci Waverley, żeby stać się taka jak ona. Ale babcia musiała dostrzec w Sydney bratnią duszę, była tak samo wesoła i lubiana. Dała Claire mądrość dojrzałego wieku, ale dla Sydney zachowała tajemnice młodości.

A Claire nie miała nawet jednej fotografii, na którą ktoś mógłby kiedyś spojrzeć i pomyśleć: „Ten chłopak ją kochał".

Wstała i zrobiła śniadanie dla Sydney i Bay. Poranek był śliczny, pełen świergotów i dobrych przeczuć, bez żadnych brzydkich woni w powietrzu. Sydney wyszła do pracy tylnymi drzwiami, wołając przez ramię: „Ależ naspadało jabłek!".

Więc Claire wzięła ze spiżarki pudło i razem z Bay zebrała jabłka, którymi jabłonka rzucała w ich tylne drzwi.

– Dlaczego ona to robi? – spytała Bay, kiedy szły do furtki ogrodu w jasnym, falującym blasku poranka.

– To drzewo mogłoby pilnować własnych spraw – mruknęła Claire, otwierając furtkę. – Byłyśmy wczoraj razem, a ono chciało się dołączyć.

Jabłonka napuszyła liście, ledwie weszły do ogrodu.

– Pewnie jest samotna.

Claire pokręciła głową i poszła do szopy po łopatę.

– Jest złośliwa i samolubna. Nie zapominaj o tym. Chce opowiadać ludziom o tym, czego nie powinni wiedzieć.

Zaczęła kopać pod płotem. Bay stała pod drzewem i śmiała się, bo zaczęło ją obsypywać zielonymi listeczkami.

– Patrz, Claire, pada!

Claire nigdy nie widziała jabłonki w tak czułym nastroju. Bay była na tyle niewinna, że nie dostrzegała złowrogiej aury, jaką roztaczało drzewo.

– Dobrze, że nie lubisz jabłek.

– Nie znoszę. Ale lubię jabłonkę.

Claire uporała się z jabłkami i razem z Bay wróciła do domu.

– No tak – odezwała się z jak największą obojętnością. – A Tyler ma dziś zajęcia, tak jak wczoraj?

– Nie. Ma zajęcia w poniedziałki i środy wieczorem. Bo co?

– Tak pytam. Wiesz, co dziś zrobimy? Poglądamy stare

fotografie! – zapowiedziała Claire z entuzjazmem. – Chcę ci pokazać, jak wyglądała nasza prababka. Była piękną damą.

– A masz zdjęcia mamy twojej i mamusi?

– Nie, niestety. – Claire przypomniała sobie, co kiedyś powiedziała Sydney, że zostawiła te zdjęcia. W Seattle? Sydney wystraszyła się, kiedy sobie o tym przypomniała. Claire zapisała w pamięci, żeby ją o to spytać.

Czy przesadziła z tą sukienką? Claire przyjrzała się sobie w lustrze w sypialni. Wygląda, jakby się za bardzo starała? Dotąd jeszcze nigdy się jej to nie przydarzyło, więc nie miała pojęcia, jak to jest. Tę samą białą sukienkę miała na sobie, kiedy po raz pierwszy spotkała Tylera – Evanelle powiedziała, że Claire wygląda w niej jak Sophia Loren. Dotknęła nagiego karku. Wtedy miała dłuższe włosy.

Czy to głupota? Miała trzydzieści cztery lata. Nie była szesnastolatką, choć tak się czuła. Chyba po raz pierwszy w życiu.

Kiedy tego wieczora zeszła na dół, jej obcasy nienaturalnie głośno stukały o drewniane stopnie. Była już prawie na parterze, ale nagle się zatrzymała. Usłyszała głosy. Sydney i Bay siedziały w salonie. Będzie musiała przejść obok nich. No i co z tego? To zupełnie normalne.

Wyprostowała się i zeszła po pozostałych stopniach. Sydney i Bay malowały sobie paznokcie u stóp. Claire była tak przejęta, że nawet ich nie upomniała, żeby nie pobrudziły lakierem mebli i podłogi.

Nie podniosły głów, więc odchrząknęła.

– Idę do Tylera – odezwała się w progu. – To może potrwać.

– Dobrze – mruknęła Sydney, nie podnosząc głowy znad stóp Bay.

– Dobrze wyglądam?

– Zawsze dobrze... – Sydney wreszcie podniosła głowę i zobaczyła, co ma na sobie Claire, jak ułożyła włosy, jak się umalowała i że nie trzyma żadnego naczynia. – Ooooo – dodała z uśmiechem. – Bay, nie opuszczaj nóg, zaraz wracam.

Podreptała na korytarz na piętach, żeby nie naruszyć świeżego lakieru na paznokciach.

– A to ci niespodzianka.

– Co mam robić? – spytała rozpaczliwie Claire.

Sydney przeczesała palcami jej włosy i założyła parę pasemek za ucho.

– Już dawno nie uwodziłam żadnego mężczyzny. Skoro o tym mowa, chyba w ogóle nigdy nie uwiodłam tak naprawdę żadnego mężczyzny. Hm. Ale mówimy tu o Tylerze, przez którego mój pokój jest fioletowy od tych północnych galopów wokół domu i rozmyślań o tobie. Nietrudno to zrobić. On tam już jest, czeka na ciebie.

– Nie znam się na tymczasowości.

– Nie musisz. Myśl, że to na zawsze. Może tak będzie, może nie.

Claire zaczerpnęła gwałtownie tchu, jak przed zastrzykiem.

– To będzie boleć.

– Miłość zawsze boli. Wiem, że to wiesz. Nie wiesz jeszcze, że jest tego warta.

– Dobrze – jęknęła Claire. – To idę.

Sydney otworzyła przed nią drzwi, ale Claire stała nieruchomo, wpatrzona w gęstniejący mrok.

– No – odezwała się Sydney po jakimś czasie. – Proponuję iść pieszo, bo lewitacja najwyraźniej ci się zepsuła.

Claire ruszyła jak na ścięcie. Rzadko wkładała buty na wysokich obcasach, ale dziś się na nie zdecydowała – sandałki na szpilkach, w których nie zdołałaby przebrnąć przez podwórko, więc musiała ruszyć chodnikiem.

Kiedy stanęła pod jego drzwiami, powitało ją ciepłe światło i cicha muzyka, ulatująca z otwartych okien. Tyler słuchał czegoś klasycznego i lirycznego. Widziała go, jak odpoczywa, może przy kieliszku wina. A jeśli nie ma wina? Powinna je przynieść.

Obejrzała się na dom. Jeśli tam wróci, nie starczy jej odwagi, żeby przyjść jeszcze raz. Wygładziła sukienkę i zapukała do drzwi.

Nic.

Zmarszczyła brwi i odwróciła się, by sprawdzić, czy naprawdę widziała jego jeepa na ulicy. Poczuła, że drzwi za jej plecami się otwierają. Trąciły rąbek jej sukienki. Odwróciła się gwałtownie.

– Cześć, Tyler.

Tyler stał bez ruchu, jakby skamieniał z wrażenia. Jeśli wszystko zostawi w jej rękach, to oboje będą mieć problemy. Podziel to sobie na etapy, pomyślała, jak w przepisie. Wziąć jednego mężczyznę i jedną kobietę, włożyć do miski...

Rany, ależ jej nie szło.

– Mogę wejść? – palnęła.

Tyler zawahał się i obejrzał.

– Eee... tak. Oczywiście – powiedział i ustąpił jej z drogi. Minęła go, niemal go muskając, żeby poczuł trzaskanie prądu. Chyba się jej nie spodziewał, bo od razu spytał:

– Co się stało?

– Nic takiego – powiedziała i dopiero wtedy ją zobaczyła.

W pokoju na podłodze siedziała po turecku kobieta, drobna i rudowłosa, a na stoliku obok stały dwie butelki piwa. Albo coś znaczyła dla Tylera, albo bardzo tego chciała. Zdjęła buty, których nigdzie nie było widać, i siedziała pochylona, tak by powiewny dekolt jej koszuli lekko odstawał. Miała na sobie brzoskwiniowy stanik. Wszystko wskazywało na to, że w ten wieczór aż dwie kobiety wzięły Tylera na cel.

Jak mogła być tak głupia? Naprawdę myślała, że on na nią czeka?

– Och. Masz towarzystwo. – Zaczęła się wycofywać i wpadła na niego. Odwróciła się gwałtownie. – Nie wiedziałam. Bardzo przepraszam.

– Nie ma za co. Rachel jest dawną znajomą. Wpadła do mnie w drodze z Florydy do Bostonu. Zamieszka u mnie parę dni. Rachel, to Claire, moja sąsiadka. Ma firmę cateringową i specjalizuje się w jadalnych kwiatach. Jest niesamowita. – Tyler wziął ją za ramię i usiłował pociągnąć w głąb pokoju. Po paru sekundach musiał puścić jej rękę. Potrząsnął nią, jakby go parzyła. Spojrzał jej w oczy z nowym zrozumieniem.

– Przepraszam. Naprawdę muszę już iść. Nie chciałam ci przeszkadzać.

– Wcale nie... – zaczął Tyler, ale jej już nie było.

– Claire? – zawołała Sydney. Zanim zdążyła wyjść z salonu, Claire była już w połowie schodów. – Claire!

Claire odwróciła się w furią.

– Rachel.

– Co? – nie zrozumiała Sydney.

– Był z jakąś Rachel! – syknęła Claire. – Coś ich łączy. Więź. Zostanie u niego. Przyglądała mi się jak rywalce. Już to widziałam. Kobiety ciągle tak patrzą na ciebie.

Sydney spojrzała na nią z przerażeniem i urazą, co było nawet – kiedy Claire ochłonęła na tyle, żeby to przemyśleć – bardzo miłe. Siostra wściekła się z powodu jej krzywdy.

– Ma tam inną babę?

Claire pomyślała o tych zdjęciach babki z szeregiem zakochanych chłopców.

– Nie potrzebuję zdjęcia z mężczyzną wpatrzonym we mnie, jakby mnie kochał. Niczego mi nie trzeba. Prawda?

– Naprawdę mam odpowiedzieć?

Claire przyłożyła rękę do czoła. Wrzała. To było nie do zniesienia.

– Nie umiem tego robić. Chyba po prostu będę wychodzić do ogrodu, a on od czasu do czasu wpadnie, i potem nie będziemy o tym mówić, ale jabłonka mu podziękuje, tak jak ostatnio.

– Nie nadążam. Claire opuściła ręce.

– Czuję się jak idiotka.

– I to jest, droga siostro, etap pierwszy.

– Może mi to zapiszesz? Bo mój przepis jest do niczego – warknęła Claire i zaczęła wchodzić po schodach. – Wezmę kąpiel.

– Już jedną dziś wzięłaś.

– Czuć mnie desperacją.

Sydney zachichotała.

– Nic ci nie będzie.

Claire przebrała się w stary bawełniany szlafrok. Właśnie szukała kapci, kiedy drzwi jej sypialni się otworzyły.

Mogła tylko patrzeć jak skamieniała, gdy Tyler złowieszczo zamknął za sobą drzwi. Chwyciła kurczowo poły swojego szlafroka, co było kolejnym idiotyzmem, zważywszy, po co poszła do jego domu.

– Dlaczego się przebrałaś? Uwielbiam tę sukienkę. Ale szlafroczek też uwielbiam. – Przesunął wzrokiem po jej sylwetce. – Po co do mnie przyszłaś?

– Zapomnij o tym. Pokręcił głową.

– Zapominanie mi nie wychodzi. Pamiętam wszystko, co dotyczy ciebie. Nie mam na to wpływu.

Mierzyli się wzrokiem. Weź jednego mężczyznę i jedną głupią babę i włóż ich do miski. To się nie uda.

– Znowu za dużo myślisz – odezwał się Tyler. – Więc to jest twoja sypialnia. Zastanawiałem się, który pokój jest twój. Powinienem się domyślić, że ten w wieżyczce. – Obszedł go, a ona musiała się opanować, żeby pozostać na miejscu, nie wyrwać mu fotografii, którą podniósł z biurka, nie wrzasnąć, żeby nie dotykał książek przy oknie, że są ułożone w specjalnym porządku. Zamierzała mu udostępnić swoje ciało, ale nie pokój. Może gdyby się przygotowała, miała czas schować buty pod łóżko, zabrać z nocnej szafki ten brudny kubek po kawie.

– Rachel na ciebie nie czeka? – wyrwało się jej, kiedy Tyler zajrzał do jej otwartej szafy.

Odwrócił się do niej. Stała pod przeciwległą ścianą, w kącie, gdzie rzuciła buty.

– Rachel jest tylko przyjaciółką.

– Coś was łączyło.

– Kiedy po raz pierwszy przyjechałem na Florydę, byliśmy parą. Trwało to jakiś rok. Nie udało nam się wspólne życie, ale zostaliśmy przyjaciółmi.

– Jak to możliwe? Po tym wszystkim, co przeszedłeś?

– Nie wiem. Ale tak jest. – Podszedł do niej. Przysięgłaby, że krzesła i dywany odsuwają mu się z drogi, żeby szło mu się wygodniej. – Chciałaś porozmawiać? Chciałaś mnie zaprosić na kolację albo do kina?

Dosłownie zapędził ją w kąt. Zbliżył się do niej, znowu nie dotykając – dobry był w tej sztuczce – jakby po to, żeby go poczuła, jak bezcielesne wyobrażenie.

– Jeśli będę to musiała powiedzieć, umrę – wyszeptała. – Na miejscu. Padnę trupem ze wstydu.

– Ogród?

Kiwnęła głową.

Położył jej ręce na ramionach, palce wsunął pod kołnierzyk.

210

– Niełatwo zapomnieć, co?

– Tak.

Szlafrok zsunął się z jej ramion i pewnie by spadł na ziemię, gdyby kurczowo nie trzymała jego brzegów.

– Masz rozpaloną skórę – szepnął. – Kiedy czuję, jak płoniesz, mogłabyś mnie przewrócić jednym palcem.

Pocałował ją i wyciągnął z kąta. Poprowadził do łóżka. Weź jednego mężczyznę, jedną głupią kobietę, włóż do miski i zamieszaj. W głowie się jej kręciło, myśli wirowały. Wydawało się jej, że spada, a potem naprawdę upadła. Potknęła się o łóżko i runęła na wznak. Jej szlafrok się rozchylił i Tyler dopadł jej, przerwał pocałunek tylko na tyle, żeby zdjąć koszulę, by ich nagie ciała się zetknęły.

Wiedział. Pamiętał, jak bardzo potrzebowała tego dotyku, jak potrzebowała kogoś, kto wchłonie to, czego miała za dużo.

– Nie możemy tu tego zrobić – szepnęła. – Sydney i Bay są na dole.

Pocałował ją żarłocznie.

– Daj mi dziesięć minut, a pozbędę się Rachel.

– Nie możesz.

– Ale ona tu będzie trzy dni. – Spojrzeli na siebie, a on w końcu nabrał powietrza i osunął się obok niej. Będzie musiała zawiązać szlafrok, bo jak to tak, ma leżeć taka rozchełstana? Ale on ją powstrzymał, objął jedną jej pierś. Poczuła się bezpieczna, ukojona. Mój.

– Oczekiwanie też może być miłe – powiedział. – Całe trzy dni oczekiwania.

– Całe trzy dni – powtórzyła.

– Dlaczego zmieniłaś zdanie? – spytał i jego usta znalazły się tam, gdzie przed chwilą była ręka.

Chwyciła go za włosy, zacisnęła powieki. Jak mogła tak pragnąć czegoś, czego nawet nie rozumiała.

– Powinnam dopuścić do siebie ludzi. Jeśli odejdą, to odejdą. Jeśli się załamię, to się załamię. To się zdarza wszystkim. Prawda?

Podniósł głowę i spojrzał jej w oczy.

– Myślisz, że odejdę?

– To nie może trwać.

– Dlaczego tak sądzisz?

– Nie znam nikogo, kto by to miał na zawsze.

– Ja nieustannie myślę o przyszłości. Przez całe życie snułem marzenia, jaka będzie. Teraz, po raz pierwszy w życiu, w końcu to marzenie się spełnia. – Pocałował ją jeszcze raz, a potem chwycił koszulę i wstał. – Będę ci dawał po jednym dniu, Claire. Ale pamiętaj, już cię wyprzedziłem o tysiące dni.

To była pierwsza noc Freda na strychu. Evanelle słyszała jego kroki. To było miłe: wiedzieć, że ktoś jest w pobliżu, słyszeć odgłosy jego życia, jakby w ścianach zamieszkały myszy. Z duchami jest tak, że nie wydają żadnych dźwięków. Tak długo mieszkała z bezszelestnym duchem swego męża, że to jedno wiedziała na pewno.

Zastanawiała się, czy nie zachowała się paskudnie, zachęcając Freda do zamieszkania z nią. Przecież nie zaczyna nowego życia. Może kiedy osoba ukochana umiera, to co innego, niż kiedy nas zwyczajnie opuszcza. A może jest dokładnie tak samo. Uczucie jest pewnie identyczne.

I nagle poderwała się z miejsca.

Cholera.

Musiała coś komuś dać. Skupiła się. Fredowi. Musi coś dać Fredowi.

Włączyła lampkę przy łóżku i sięgnęła po szlafrok. Wyszła na korytarz, stanęła, nie wiedząc, dokąd ma się skierować. Dwie pozostałe sypialnie na dole były obecnie pełne schludnych katalogów i ładnych drewnianych półek na jej skarby.

W lewo.

Druga sypialnia.

Włączyła światło, podeszła do katalogów i otworzyła szufladę oznaczoną literą D. Znalazła w niej durszlak, druzę i nasiona dalii, pięknie usystematyzowane według odmian. Pod fiszką duperele" znajdował się przypisek Freda: „Patrz także: NARZĘDZIA". Tego kłopotu nie musiał sobie zadawać. Jeśli potrzebowała narzędzia, szukała w narzędziach. Ale Fred ciągle jeszcze nie pojął, jak to działa. Zresztą, cholerka, ona też nie.

W „duperelach" znalazła to, czego jej było potrzeba. Był to gadżecik, jeszcze fabrycznie opakowany, kuchenny nożyk służący podobno do wycinania pestki z mango.

Nie miała pojęcia, jak Fred na to zareaguje. Początkowo wprowadził się, bo miał nadzieję, że dostanie od niej coś, co mu pomoże z Jamesem. Czy się rozczarował, bo nie przyniosła mu tego upragnionego przedmiotu? A teraz, w końcu, miała mu coś dać – i to nie miało nic wspólnego z Jamesem. I może dobrze. Może Fred uzna to za znak, że dobrze postąpił, że powinien żyć na własny rachunek.

A może tylko pomyśli, że musi częściej jadać mango.

Z góry dobiegł świergot komórki. Fred powiedział, że nie chce korzystać z jej telefonu, na wypadek, gdyby musiała zadzwonić do kogoś z wieścią, że już nadciąga z potrzebnym przedmiotem. To jej sprawiło przyjemność. Uważał ją za superbohaterkę.

Zapukała do jego drzwi i ruszyła po schodach. Kiedy stanęła na ostatnim, zobaczyła Freda w skórzanym fotelu przed szafką, w której znajdował się jego telewizor. Na skórzanej otomanie przed nim leżało pismo o antykach. W pokoju nadal pachniało świeżą farbą.

– Tak, tak – mówił Fred do telefonu. Zobaczył ją i gestem zaprosił do środka. – Rób, co możesz. Dzięki za telefon.

Rozłączył się.

– Przerwałam ci?

– Nie. Sprawy zawodowe. Opóźniona dostawa. – Odłożył telefon i wstał. – Co cię sprowadza? Wszystko w porządku? Nie możesz zasnąć? Mam ci coś przyrządzić?

– Nie, u mnie wszystko gra. – Podała mu paczuszkę. – Musiałam ci to dać.

Rozdział 12

Czasami Henry żałował, że nie umie fruwać, ponieważ nie potrafił chodzić tak szybko, jak by chciał. Parę razy w tygodniu wstawał w nocy, cicho, żeby nie obudzić dziadka, i biegał. W noc swoich dwudziestych pierwszych urodzin pobiegł aż pod Appalachy, kierując się na Asheville. Przekroczenie tej granicy wieku nagle dało mu nową dawkę energii i musiał ją jakoś spożytkować, żeby nie wybuchnąć. Powrót do domu zajął mu sześć godzin. Tego ranka dziadek czekał na niego na ganku, a Henry powiedział, że lunatykował. Dziadek by nie zrozumiał. Czasami Henry nie mógł się już doczekać starości, żeby stać się takim jak dziadek, ale innym razem jego ciało aż tętniło młodością, a on nie wiedział, co z nią zrobić.

Tamtego dnia nie powiedział Claire, że także nie był nigdy nad zalewem. Nigdy nie robił tego wszystkiego, co zwykle robią nastolatki. Był zbyt zajęty w mleczarni i randkami ze starszymi kobietami, które wiedziały, czego chcą. Przy Sydney czuł się młodo, ale także trochę mdło, jakby się za bardzo objadł. Nigdy nie udawało mu się biegać tak długo, żeby to uczucie znikło.

Tego wieczora zatrzymał się na skraju pola. Stopy miał przemoczone, a kostki podrapane cierniami dzikich róż, których chaszcze kwitły na poboczu szosy. Autostradą zbliżały się ku niemu światła samochodu. Przykucnął w trawie i przeczekał, aż pojazd go minie. Nie chciał się nikomu pokazywać o drugiej rano w samych bokserkach.

Nie podniósł się nawet wtedy, gdy warkot samochodu dawno ucichł. Spojrzał na księżyc, który wyglądał jak ogromna dziura w niebie, przez którą lało się światło z drugiej strony. Zaciągał się głęboko wonią mokrej trawy, rozgrzanych róż i czarnego asfaltu, jeszcze oddającego letni skwar, w którym lekko topił się na brzegach i pachniał ogniem.

Henry wyobrażał sobie, jak by to było, gdyby pocałował Sydney, wsunął palce w jej włosy. Zawsze pachniała tajemniczą kobiecością, tak jak salon, w którym pracowała. Lubił ten zapach. Od zawsze. Kobiety to zadziwiające istoty. Recepcjonistka Amber z salonu była ładna i też tak pachniała. I także się nim interesowała. Sydney prawie go namawiała na randkę z Amber, kiedy spotykali się w „Białych Drzwiach". Prawie. Sydney nie czuła do niego namiętności, ale może trochę była o niego zazdrosna? Zastanawiał się, czy nadzieja, że Sydney nauczy się go kochać, jest żałosna. Sam czuł takie pożądanie, że wystarczyłoby dla nich obojga.

Wstał i wrócił biegiem do domu; bladofioletowe światło ciągnęło się za nim jak ogon komety.

Lester obserwował z okna sypialni biegnącego wnuka. Wszyscy Hopkinsowie tacy byli. Lester też. Przekonanie, że starość oznacza brak namiętności, to nieporozumienie. Wszyscy czuli namiętność. Wszyscy biegali po tym samym polu. Dawno temu, zanim Lester poznał swoją żonę, drzewa zajmowały się od niego ogniem, kiedy przy nich stanął. Życzył Henry'emu, żeby przeżył to, co on ze swoją ukochaną Almą. A bieganie po nocy, kiedy się płonie, stanowi pierwszy etap tej drogi. W końcu, jeśli Sydney jest tą właściwą, Henry przestanie biegać donikąd i zacznie biegać do niej.

Claire przekonała się, że miło jest czekać na pewne rzeczy – na Boże Narodzenie, na wyrośnięcie chleba, na dotarcie do celu długiej podróży. Ale w innych przypadkach przestaje być miło. Na przykład kiedy czeka się na odjazd pewnych gości.

Co rano, tuż przed świtem, Tyler spotykał się z nią w ogrodzie. Pieścili się i całowali, a on robił jej takie rzeczy, że kiedy o nich pomyślała w środku dnia, oblewała się rumieńcem. Ale potem, zanim niebo na wschodzie poróżowiało, odchodził z obietnicą: „Jeszcze tylko trzy dni". „Już tylko dwa dni". „Jeden".

Claire zaprosiła Rachel i Tylera na obiad w przeddzień wyjazdu Rachel, niby z grzeczności – przecież na Południu tradycja nakazuje robić wszystko pod pozorem dobrego wychowania – ale tak naprawdę chciała spędzić z Tylerem trochę czasu, a mogła to zrobić tylko w obecności Rachel.

Nakryła stół na ganku i podała sałatkę z indyka z kwiatami cukinii. Wiedziała, że Tyler jest nieczuły na jej potrawy, ale Rachel mogła nie być, a kwiaty cukinii pomagają zrozumieć. Rachel musiała zrozumieć, że Tyler należy do Claire. To bardzo proste.

Bay usiadła przy stole, a Claire właśnie wyjęła chleb, kiedy Tyler i Rachel stanęli na schodach.

– Ależ to piękne – powiedziała Rachel. Siadając, zmierzyła Claire bacznym spojrzeniem. Pewnie była bardzo miła. Tyler ją lubił, a to o czymś świadczyło. Ale widać było, że nie całkiem o nim zapomniała, a ta jej nagła wizyta budziła podejrzenia. Za tym wszystkim kryła się długa historia.

Której Claire absolutnie nie chciała poznać.

– Cieszę się, że się poznacie przed twoim wyjazdem – zwrócił się Tyler do Rachel.

– Wiesz, mogę zmienić plany – odpowiedziała, a Claire omal nie rzuciła w nią dzbankiem z wodą.

– Spróbuj kwiatów cukinii – powiedziała słabym głosem.

Przyjęcie okazało się katastrofą. Namiętność, niecierpliwość i uraza ścierały się nad stołem jak trzy wichry z trzech różnych stron. Masło się roztapiało. Chleb samoistnie zmieniał się w grzanki. Szklanki z wodą się przewracały.

– Ale tu dziwnie – odezwała się Bay ze swego miejsca, gdzie usiłowała się pożywiać. W końcu, zrezygnowana, wzięła garść czipsów ze słodkich ziemniaków i wyszła do ogrodu, gdzie nic, włącznie z jabłonką, nie wydawało się jej dziwne. Dziwność to kwestia osobistych preferencji.

– Chyba powinniśmy już iść – odezwał się w końcu Tyler, a Rachel natychmiast wstała.

– Dziękuję za poczęstunek – powiedziała. Nie dodała: „On wychodzi ze mną i nie zostaje z tobą", ale Claire i tak to usłyszała.

Kiedy Sydney wróciła wieczorem z pracy, Claire stała pod prysznicem, a woda w kontakcie z jej rozpaloną skórą zmieniała się w tak gęste kłęby pary, że wszystko w okolicy spowiła wilgotna mgła. Claire usłyszała otwieranie drzwi łazienki i omal nie wyskoczyła ze skóry, kiedy z kłębów pary wyłoniła się ręka Sydney i zakręciła wodę.

Claire wyjrzała zza zasłonki.

– Dlaczego to zrobiłaś?

– Bo w całej dzielnicy nic nie widać na wyciągnięcie ręki. Weszłam do domu Harriet Jackson, bo myślałam, że to nasz.

– Nieprawda.

– Nie do końca.

Claire zamrugała, bo woda dostała się jej do oczu.

– Zaprosiłam na obiad Rachel i Tylera – przyznała się.

– Odbiło ci? Chcesz, żeby odjechała i nie wracała?

– Oczywiście.

– To przestań jej przypominać, że Tyler chce ciebie, nie jej.

– Jutro rano wyjedzie.

– Chciałabyś. – Sydney wyszła z łazienki z rękami wyciągniętymi przed siebie jak niewidoma. – Nie wchodź znowu pod prysznic. Dziewczyna nie dojrzy drogi wyjazdowej.

Tej nocy Claire nie mogła spać. Wczesnym rankiem zakradła się do pokoju Sydney i uklękła przy oknie wychodzącym na dom Tylera. Została w nim aż do świtu, kiedy zobaczyła, jak Tyler odprowadza Rachel do samochodu, niosąc jej walizkę. Pocałował ją w policzek i Rachel odjechała. Tyler został na chodniku. Obejrzał się na dom Waverleyów. Robił tak przez całe lato, obserwował dom, chciał się dostać do jej życia. Pora go wpuścić. Albo będzie żyć, albo umrze. Tyler zostanie albo odejdzie. Przeżyła trzydzieści cztery lata, dusząc wszystkie uczucia w zamknięciu, a teraz postanowiła je wypuścić, jak motyle z pudełka. Nie wybuchły jak confetti, szczęśliwe z odzyskania wolności, lecz odfrunęły, spokojnie, stopniowo, tak że mogła je odprowadzić wzrokiem. Dobre wspomnienia o matce i babci zostały, wierne motyle, zbyt stare, żeby się oddalać. I dobrze. Zatrzyma je.

Wstała i miała już wyjść, kiedy Sydney odezwała się:

– Wyjechała wreszcie?

– Myślałam, że śpisz. Kto wyjechał?

– Rachel, ciemna babo.

– Tak.

– Idziesz tam?

– Tak.

– Dzięki Ci, Boże. Nie mogłam spać przez całą noc.

Claire uśmiechnęła się.

– Przykro mi.

– Nieprawda – mruknęła Sydney i nakryła głowę poduszką. – Idź w diabły, bądź szczęśliwa i daj mi spać.

– Dziękuję ci, Sydney – szepnęła Claire, pewna, że siostra jej nie usłyszy.

Ale nie widziała, jak uśmiechnięta Sydney wyjrzała spod poduszki.

Claire zeszła w koszuli na dół, wyszła na dwór. Tyler nie spuszczał z niej spojrzenia, kiedy szła przez podwórko. Wyszedł jej na spotkanie i wziął ją za rękę, wplótł palce między palce jej dłoni.

Stali i patrzyli na siebie, prowadząc rozmowę bez słów.

Jesteś pewna?

Tak. Chcesz tego?

Bardziej niż czegokolwiek.

Razem poszli do jego domu i dali początek nowym wspomnieniom, z których jedno, szczególne, miało się urodzić dziewięć miesięcy później jako Mariah Waverley Hughes.

Parę dni później Sydney i Henry szli po południu przez trawnik w centrum miasta. Henry czekał na Sydney po pracy, żeby pójść z nią na kawę, co stawało się niemal ich codziennym rytuałem. Ich spacery trwały tylko dwadzieścia minut, ponieważ Sydney musiała wracać do Bay, a Henry do dziadka, ale codziennie około piątej zaczynała się cieszyć na spotkanie z nim, nieświadomie sprawdzała godzinę i wyglądała go w recepcji. Kiedy tylko się pojawiał z dwiema mrożonymi kawami, wołała do niego:

– Henry, ratujesz mi życie!

Jest rzeczą powszechnie wiadomą, że na samotnych mężczyzn kobiety w salonach piękności rzucają się jak dzikie bestie. Wszystkie dziewczyny lubiły Henry'ego i flirtowały z nim, kiedy czekał na Sydney. Ale kiedy powiedziała koleżankom, że tylko się przyjaźni z Henrym, wszystkie spojrzały na nią zawiedzione, jakby wiedziały o czymś, a ona nie.

– To co, przyjdziesz z dziadkiem na kolację Claire? – spytała Sydney po drodze. Claire nigdy dotąd nie zapraszała nikogo. Tak jak babka pod koniec życia, nie lubiła gości. Ale teraz miała Tylera, a miłość ją odmieniła. Claire mniej przypominała babkę, a bardziej siebie.

– Zapiszę to w kalendarzu. Na pewno przyjdziemy – obiecał Henry. – Fajnie, że tak ci się dobrze układa z Claire. Obie się bardzo zmieniłyście. Pamiętasz ten halloweenowy bal na początku liceum?

Sydney zastanowiła się przez chwilę.

– Boże – jęknęła i osunęła się na kamienną ławeczkę, obiegającą pierścieniem fontannę. – Całkiem o tym zapomniałam.

Któregoś roku Sydney przebrała się na Halloween za Claire. Wtedy wydawało się jej to bardzo zabawne. Kupiła tanią czarną perukę, wbiła w nią grzebienie, włożyła upaćkane gliną dżinsy i stare ogrodowe buty Claire. Claire zasłynęła w okolicy, ponieważ nie wiedząc o tym, chodziła po mieście z twarzą usmarowaną mąką. Czasami dziewczyny ze sklepu spożywczego stroiły sobie z niej żarty, więc Sydney upudrowała się mąką. Idealnym dopełnieniem kostiumu był fartuszek z napisem „Pocałuj kucharkę", z którego wszyscy się śmiali na balu, ponieważ całe miasto wiedziało, że nikt nigdy by nie pocałował tej wariatki Claire, która miała wtedy dopiero dwadzieścia parę lat, ale już była komicznie zdziwaczała.

– Wtedy chciałaś się z niej pośmiać – powiedział Henry, siadając obok niej. – Teraz widzę, że ubierasz się jak ona, ale tym razem naprawdę chcesz ją naśladować.

Sydney spojrzała na swoją koszulę bez rękawów, którą wyjęła z szafy Claire

– Fakt. Choć bardzo pomaga mi to, że przyjeżdżając, nie zabrałam ze sobą masy ciuchów.

– Wyjechałaś w pośpiechu?

– Tak – powiedziała krótko, nie wdając się w wyjaśnienia. Wolała, żeby ta sytuacja pozostała bez zmian, tak jak wtedy, gdy byli dziećmi. Wtedy David nie istniał. I nie czuła żadnej presji, Henry chciał tylko przyjaźni, co było dla niej wielką ulgą. – Więc byłeś na tym balu?

Skinął głową i pociągnął łyk.

– Poszedłem z Sheilą Baumgarten. Była o rok starsza.

– Często chodziłeś na randki? Nie pamiętam, żebym cię widywała w randkowych miejscach.

Wzruszył ramionami.

– Czasami. W klasie maturalnej i rok później chodziłem z dziewczyną z uniwersytetu Karoliny Zachodniej.

– Studentka? – trąciła go żartobliwie łokciem. – Zdaje się, że lubisz starsze kobiety.

– Dziadek wierzy z całego serca, że Hopkinsowie zawsze żenią się ze starszymi kobietami. Robię to, żeby go uszczęśliwić, choć pewnie jest w tym i ziarno prawdy.

Sydney parsknęła śmiechem.

– Więc dlatego twój dziadek spytał, ile mam lat, kiedy przyjechałyśmy do was na lody

– Dlatego – przyznał Henry. – Zawsze mnie umawia z kobietami. Ale zawsze muszą być starsze ode mnie.

Sydney odwlekała tę chwilę jak najdłużej, ponieważ tak bardzo ceniła sobie czas spędzany z Henrym, ale była szczerze przekonana, że robi mu przysługę, mówiąc:

– Wiesz… Amber, nasza recepcjonistka, ma prawie czterdzieści lat. Podobasz się jej. Pozwól, że was umówię.

Henry spojrzał na kubek kawy, ale nie odpowiedział. Miała nadzieję, że go nie zawstydziła. Nigdy nie uważała go za nieśmiałego.

Kiedy tak siedział ze spuszczoną głową, w słońcu, pomiędzy krótkimi włosami widziała jego skórę głowy. Różowiła się od promieni. Pogłaskała go po głowie czule, jak chłopca. Tak go widziała, jako przyjacielskiego, pełnego godności małego chłopca, którego kiedyś znała. Jej pierwszego w życiu przyjaciela.

– Powinieneś nosić bejsbolówkę. Spieczesz sobie głowę.

Podniósł wzrok i spojrzał na nią dziwnie, prawie ze smutkiem.

– Pamiętasz swoją pierwszą miłość?

– O, tak. Hunter John Matteson. Pierwszy chłopiec, jaki mnie zaprosił na randkę – powiedziała niewesoło. – A kto był twoją?

– Ty.

Roześmiała się, sądząc, że to żart.

– Ja?

– W pierwszym dniu szóstej klasy. Zdzieliło mnie jak kamieniem. Potem nie potrafiłem się do ciebie odezwać. Zawsze tego będę żałować. Potem zobaczyłem cię czwartego lipca i znowu się powtórzyło. Ale tym razem postanowiłem, że to mi nie przeszkodzi się z tobą przyjaźnić.

Sens tych słów docierał do niej bardzo powoli.

– Co ty mówisz, Henry?

– Mówię, że nie chcę się spotykać z twoją koleżanką Amber.

Sytuacja zmieniła się w ułamku chwili. Sydney nie siedziała już koło małego Henry'ego.

Siedziała obok zakochanego w niej mężczyzny.

Tego popołudnia, po nieudanej próbie poprawy nastroju metodą zakupów, Emma weszła do swojego salonu. W mieście spotkała Evanelle Franklin, która jej powiedziała, że przez cały dzień jej szuka, bo musi jej dać dwie dwudziestopięciocentówki.

I – co jest dowodem na to, jak strasznie denny był ten dzień – przyjęcie dwóch pieniążków od starej wariatki było jego najmilszą chwilą.

Popełniła poważny błąd, spotykając się przy obiedzie z matką, żeby jej pokazać, co kupiła. Matka nie była zadowolona z ilości zakupionej bielizny i natychmiast wysłała ją po coś seksownego dla Huntera Johna. Co zresztą nie na wiele by się jej przydało. Nie kochała się z Hunterem Johnem od ponad tygodnia.

Nagle upuściła reklamówki. Na kanapie siedział Hunter John, przerzucając strony wielkiej książki. Zdjął marynarkę i krawat, które włożył tego dnia do pracy, a rękawy koszuli podwinął.

– Hunter John, coś takiego! – zawołała wesoło i z uśmiechem, choć jednocześnie strach ścisnął jej żołądek. – Co tu robisz o tej porze?

– Wziąłem wolne popołudnie. Czekałem na ciebie.

– Gdzie chłopcy? – spytała w nadziei, że go zaciągnie do sypialni. Zerknęła w dół, gotowa chwycić różową paczuszkę, tę z przezroczystym czarnym stanikiem i stringami z malutkimi czerwonymi kokardkami.

– Niania zabrała ich do kina i na obiad. Chciałem porozmawiać.

– Och... – zawiodła się. Zacisnęła nerwowo ręce. Rozmowa. Dyskusja. Rozwiązywanie problemów. Nie. Wskazała książkę, którą trzymał. – Co przeglądasz?

– Nasz album z klasy maturalnej – powiedział. Jej serce przestało bić. Co mogłoby się wydarzyć, gdyby nie... W jego domowym gabinecie wisiały stare zdjęcia z meczów i puchary. Nawet kazała oprawić w ramki jego starą bluzę. Wspominał te czasy z dumą, bo wtedy wszystko było możliwe.

A ona mu te czasy odebrała.

Zostawiła torby i torebki na podłodze, podeszła i usiadła obok niego, ostrożnie, delikatnie, bojąc się, że spłoszy go, jeśli będzie się zbyt gwałtownie poruszać. Album skurczył się do dwustronicowej prezentacji zdjęć. Niemal na wszystkich była Sydney, Emma i Hunter John. Byli w Amfiteatrze, krytym kopułą miejscu piknikowym za stołówką, gdzie czasami ukradkiem palili papierosy. Byli na ławce starszych w auli, ekskluzywnym miejscu zarezerwowanym dla najpopularniejszych osób w szkole. Stroili miny do obiektywu koło szafek w szatni. Świętowali mecz szkolny w roku, kiedy Hunter John strzelił decydującego gola.

– Kochałem Sydney – powiedział Hunter John, a Emma poczuła dziwną satysfakcję. A może tylko uznała, że oddano jej sprawiedliwość. Hunter John przyznał, że Sydney stanowi problem. Ale on mówił dalej: – Na tyle, na ile może kochać nastolatek. Wtedy wydawało mi się, że to miłość. Patrzę na te zdjęcia i na wszystkich gapię się na nią. Ale potem przenoszę wzrok na ciebie i ty też się na nią gapisz, na każdym ujęciu. Ja już dawno o niej zapomniałem. Ale ty nie, prawda? Czy przez te dziesięć lat Sydney była trzecią osobą w naszym małżeństwie, a ja o tym nie wiedziałem?

Emma zapatrzyła się na fotografie, walcząc ze łzami. Nie dodawały jej urody. Nos jej puchł, a tusz spływał jak czarne strugi.

– Nie wiem. Wiem tylko, że zawsze się zastanawiałam, czy gdybyś musiał znowu wybierać, zrobiłbyś to jeszcze raz? Wybrałbyś mnie?

– Więc to o to chodziło przez cały czas? Tak bardzo się starałaś – seks, idealny dom – bo myślałaś, że nie chcę tu być?

– Starałam się, bo cię kocham! – krzyknęła z rozpaczą. – Ale odebrałam ci szansę! Zmusiłam, żebyś został w domu, zamiast wyjechać na studia. Urodziły ci się dzieci, a chciałeś spędzić rok w Europie. Zawsze wiedziałam, że zniszczyłam ci życie, bo tak nienawidziłam Sydney, bo nie mogłam znieść, że kochasz ją, a nie mnie. Nie mogłam tego znieść tak bardzo, że musiałam cię uwieść. I zniszczyłam wszystkie twoje plany. Od tego dnia usiłowałam ci to wynagrodzić.

– O Boże. Nie odebrałaś mi żadnej szansy. Wybrałem ciebie.

– Kiedy znowu zobaczyłeś Sydney, nie pomyślałeś, jak by to mogło być? Nie porównywałeś jej ze mną? Czy ani przez chwilę nie pomyślałeś, jak wyglądałoby twoje życie, gdyby mnie nie było?

– Nie – powiedział tonem, w którym dźwięczało szczere zdumienie. – Od dziesięciu lat nie poświęciłem jej ani jednej myśli. I prawie o niej nie myślałem od czasu, gdy wróciła. To ty bez przerwy o niej mówisz. To ty myślisz, że jej powrót coś zmienił. Ale ja się nie zmieniłem.

– Och... – Odwróciła głowę i delikatnie wytarła oczy, w których już się zbierały zdradzieckie łzy.

Hunter John ujął jej brodę i zmusił, żeby na niego spojrzała.

– Nie zmieniłbym w moim życiu ani jednej rzeczy. Jest mi z tobą wspaniale. Jesteś moją radością i cudem, każdego dnia. Dzięki tobie się śmieję, dzięki tobie się zastanawiam, dzięki tobie czuję pożądanie. Czasami stawiasz mnie w cholernie trudnej sytuacji, ale uwielbiam budzić się obok ciebie, wracać do domu do ciebie i chłopców. Jestem najszczęśliwszym mężczyzną na świecie. Kocham cię, nie przypuszczałem, że można kogoś tak kochać.

– Sydney...

– Nie! – rzucił ostro i opuścił dłoń. – Nie. Nie zaczynaj od nowa. Co takiego zrobiłem, że mnie podejrzewasz? Całymi dniami zachodzę w głowę, jak mogłem temu zapobiec, ale wiesz, co sobie uświadomiłem? Tu nie chodzi o sprawy między mną i tobą. Tu chodzi o ciebie i Sydney. Podejrzewam także, że być może o ciebie i twoją matkę. Kocham cię. Nie kocham Sydney. Chcę żyć z tobą. Nie chcę żyć z Sydney. Nie jesteśmy już tacy jak kiedyś. – Zamknął album, jakby zamykał dziecinne marzenia o przyszłości gwiazdy futbolu i podróży stopem przez Francję. – Przynajmniej ja.

Położyła mu rękę na nodze, wysoko, bo była, jaka była i nie mogła nic na to poradzić.

– Nie chcę być taka jak kiedyś. Naprawdę.

Przyjrzał się jej przenikliwie.

– Ona tu chyba zostanie.

– Też tak myślę.

– W mieście. Nie w naszym życiu.

– Och.

Pokręcił głową.

– Spróbuj, Emmo. Tylko tyle

Rozdział 13

Fred siedział przy biurku w swoim gabinecie, gapiąc się na nożyk do mango.

Co to ma znaczyć?

James lubił mango. Czy to ma znaczyć, że Fred ma do niego zadzwonić i... zaprosić na owocową ucztę? Dlaczego nie można jaśniej? Dlaczego nie dostał tego nożyka wcześniej?

Co, do cholery, ma zrobić z nożykiem do mango? Jak ma za jego pomocą odzyskać Jamesa? Łamał sobie nad tym głowę od wielu dni, czekając na jakiś znak, jakąś podpowiedź.

Ktoś zapukał do drzwi. Do gabinetu zajrzała Shelly, jego zastępczyni.

– Fred, ktoś chce z tobą porozmawiać.

– Zaraz przyjdę. – Zdjął marynarkę z krzesła i włożył ją.

Wychodząc zobaczył Shelly rozmawiającą z jakimś mężczyzną przy półkach z winem. Wskazała mu Freda i odeszła. Tym mężczyzną był Steve Marcus, instruktor kulinarny z Orion College. Parę razy zdarzyło im się miło porozmawiać o jedzeniu i przepisach. Fred dopiero po chwili wahania ruszył z miejsca. James powiedział mu na pożegnanie, że powinien się umówić ze Stevem. To nie ma z tamtym nic wspólnego, wyjaśnił sobie, ale i tak robił każdy krok z największą niechęcią. Nie chciał się umówić ze Stevem.

Steve wyciągnął rękę.

– Fred, miło cię widzieć.

Fred uścisnął ją.

– W czym mogę pomóc?

To jeszcze nie oznacza związku.

– Chciałem cię zaprosić na darmowe warsztaty, które sponsoruje uniwersytet – powiedział życzliwie Steve. Był krępy i dobrotliwy. Na prawej ręce nosił masywny pierścień uniwersyteckiego bractwa. Fred zawsze z przyjemnością patrzył na jego paznokcie, zadbane i lśniące. – Będzie fajny kurs, jak można ułatwić sobie gotowanie za pomocą gadżetów i różnych sztuczek. Będziesz jego wspaniałą atrakcją, bo znasz się na produktach i wiesz, jak je zdobyć.

To już była przesada. To za szybko! Fred poczuł się, jakby ktoś usiłował go zbudzić zbyt wcześnie.

– Nie wiem... mam plany...

– Kurs jest jutro wieczorem. Jesteś zajęty?

– Jutro? No...

– Proszę wszystkich, żeby przygotowali swoje sztuczki i gadżety, których używają, a o których większość osób nie ma pojęcia. Ale nie naciskam. Jutro o szóstej, jeśli dasz radę. – Sięgnął do tylnej kieszeni i wyjął portfel. – Tu masz moją wizytówkę, na wypadek, gdybyś miał jakieś pytania.

Fred ujął kartonik. Był ciepły od ciała Steve'a.

– Zastanowię się.

– Świetnie. To na razie.

Fred wrócił do gabinetu i opadł na krzesło. Przygotować sztuczki i gadżety, o których większość osób nie ma pojęcia.

Na przykład nożyk do mango.

Czekał tak długo, aż Evanelle coś mu da. Coś, co wszystko naprawi! Fred chwycił telefon. Zadzwoni do Jamesa. To on sprawi, że ten przedmiot znowu ich ze sobą zetknie. Choćby nie wiadomo co.

Wykręcił numer komórki Jamesa. Po dziesiątym sygnale zaczął się martwić. Potem powiedział sobie: po dwudziestym będę wiedział, że ten nożyk nie był dla niego.

Po trzydziestym.

Czterdziestym.

Pięćdziesiątym.

Bay obserwowała spod jabłonki przygotowania do przyjęcia. Wszystko szło świetnie, więc nie mogła się zorientować, dlaczego się tak niepokoi. Może dlatego, że na skraju ogrodu zaczęły wyrastać malutkie kolczaste pnącza, tak małe i dobrze ukryte, że nawet Claire, która wiedziała o wszystkim, co się działo w ogrodzie, jeszcze ich nie dostrzegła. A może dostrzegła i postanowiła nie zwracać na nie uwagi. Claire była przecież szczęśliwa, a w szczęściu zapominamy, że na świecie zdarzają się straszne rzeczy. Bay nie czuła aż takiego szczęścia. Na razie nic nie było idealne. A jednak Tyler przestał nocami krążyć po swoim podwórku i strzelać tymi fioletowymi iskrami, podobnymi do zimnych ogni. A Bay i Sydney nie czuły zapachu wody kolońskiej już od ponad tygodnia i z tego powodu Sydney uśmiechała się coraz częściej. Nawet zaczęła częściej mówić o Henrym, prawie w każdej rozmowie. Bay powinna się z tego cieszyć. Nawet zapisała się do szkoły i za dwa tygodnie miała zacząć chodzić do zerówki. Może to jest przyczyną jej niepokoju. Wiedziała, że matka zarejestrowała ją pod fałszywym nazwiskiem. To zły początek.

A może po prostu chodzi o to, że Bay nadal nie wymyśliła, jak urzeczywistnić ten sen, który się jej przyśnił. Nic nie działało. Nie mogła znaleźć niczego, co rzucało światełka na jej twarz, a mama nie pozwalała jej już wynosić kryształów z domu, żeby z nimi eksperymentować. I w żaden sposób nie udawało się jej odtworzyć tego łopotu papieru na wietrze. Od wielu dni nie było nawet silniejszego podmuchu – aż do tego popołudnia, kiedy ledwie Sydney i Claire rozpostarły kremowy obrus na stole w ogrodzie, nagle, nie wiadomo skąd, pojawił się wicher. Obrus wyrwał się z rąk sióstr i pofrunął w ogród, jakby jakieś dziecko zarzuciło go sobie na głowę i uciekło. Obie roześmiały się i ruszyły za nim w pogoń.

Sydney i Claire były szczęśliwe. Rankiem wrzucały do owsianki płatki róż i stawały obok siebie przy zlewie, szepcząc i chichocząc przy zmywaniu. Może tylko to się liczy. Bay nie powinna się tak zamartwiać.

Wielkie chmury, białe i szare jak cyrkowe słonie, zaczęły ociężale wędrować po niebie. Bay obserwowała je, leżąc na wznak pod jabłonką.

– Hej, jabłonko – szepnęła. – Co się wydarzy?

Drzewo zatrzęsło liśćmi i na ziemię obok dziewczynki upadło jabłko. Nie zwróciła na nie uwagi.

Doszła do wniosku, że będzie musiała poczekać, aż samo się okaże.

– Przepraszam panią – odezwał się mężczyzna po drugiej stronie dystrybutorów benzyny.

Pojawił się przed Emmą niespodziewanie, w aureoli ogromnych błyskawic. Emma zajrzała w jego ciemne oczy.

Stała obok kabrioletu matki i nalewała do niego benzynę, podczas gdy siedząca za kierownicą Ariel sprawdzała we wstecznym lusterku stan makijażu. Na dźwięk głosu mężczyzny Ariel odwróciła się. Natychmiast rozpromieniła się w uśmiechu i wysiadła.

– Witam – powiedziała, stając koło Emmy. Znowu były na zakupach. Emma i Hunter John jechali na weekend do Hilton Head, tylko we dwójkę, a potem, przed rozpoczęciem szkoły, chcieli jeszcze zabrać chłopców do Disney Worldu. Ariel uparła się kupić Emmie nowe bikini, coś, co by się spodobało Hunterowi Johnowi, a Emma się zgodziła, bo tak było łatwiej.

Ale cokolwiek mówiła teraz Ariel, Emma czuła się bezpiecznie w swoim małżeństwie. Nie miała pretensji do matki za złe rady. Ariel nigdy nie zawiodła się na swojej uwodzicielskiej mocy. Uważała, że kobiety Clarków muszą nieustannie udowadniać, na co je stać, nawet wobec obcych. Oto przykład: zobaczyła mężczyznę rozmawiającego z jej córką i musiała wysiąść i pochylić się w przód, żeby jej biust wylał się ze stanika i wszyscy zrozumieli, że jeszcze nie straciła pazura.

Mężczyzna był przystojny i trochę otyły. Uśmiech miał oślepiający. Był dobry w swoim fachu, jakikolwiek on był, to się widziało. Miał tę pewność siebie.

– Witam panie. Mam nadzieję, że się nie narzucam. Szukam kogoś. Może mi pomożecie?

– Na pewno spróbujemy – zapewniła go Ariel.

– Czy mówi wam coś nazwisko Cindy Watkins?

– Watkins – powtórzyła Ariel i pokręciła głową. – Nie, niestety.

– To jest Bascom w Karolinie Północnej, prawda?

– Troszkę się pan od niego oddalił, ale tak. Tą autostradą. O, tą.

Mężczyzna sięgnął do kieszeni bardzo ładnie skrojonej marynarki i wyjął mały stosik fotografii. Wręczył Ariel pierwszą z wierzchu.

– Czy ta kobieta wydaje się pani znajoma?

Emma, nadal nalewająca benzynę, zajrzała matce przez ramię. Czarno-białe zdjęcie przedstawiało kobietę stojącą chyba przed Alamo. Trzymała znak świadczący, że ma zdecydowanie dość Karoliny Północnej. Sądząc po kroju jej ubrań, zdjęcie zrobiono ponad trzydzieści lat temu.

– Nie, przykro mi – powiedziała Ariel i już oddawała zdjęcie nieznajomemu, kiedy nagle spojrzała jeszcze raz. – Zaraz. To może być Lorelei Waverley.

Emma przyjrzała się zdjęciu uważniej. Tak, to mogła być ona.

– Ale to bardzo stare zdjęcie – dodała Ariel. – Ona już nie żyje.

– Czy nie wiecie, dlaczego ta kobieta – podał jej zdjęcie, bardziej aktualne – posiadała fotografie Lorelei Waverley?

Emma nie mogła uwierzyć własnym oczom. Było to zdjęcie Sydney, stojącej obok tego mężczyzny. Sydney była w bardzo obcisłej i skąpej sukience wieczorowej, a on władczo ogarniał ją ramieniem. To zdjęcie zrobiono, kiedy Sydney wyjechała z domu. Nie była szczęśliwa. Nie wyglądała na osobę, która przeżywa dzikie przygody. Wyglądała, jakby była gotowa zrobić wszystko, byle tylko uciec.

Ariel zmarszczyła brwi.

– To Sydney Waverley – powiedziała sucho i oddała mu zdjęcia ze wstrętem.

– Sydney? – powtórzył mężczyzna.

– Lorelei była jej matką. I latawicą. Tak między nami, Sydney jest dokładnie taka, jak ona.

– Sydney – powtórzył, jakby wypróbowując to imię. – Więc jest stąd?

– Dorastała tutaj i zaskoczyła nas wszystkich, bo wróciła. Usiłowała odebrać męża mojej córce.

Emma obejrzała się na matkę.

– Nieprawda, mamo.

– Ta osoba to Sydney Waverley? – Mężczyzna pokazał jej zdjęcie. – Na pewno? Ma dziecko? Małą dziewczynkę?

– Tak. Bay – oznajmiła Ariel.

– Mamo – rzuciła Emma ostrzegawczo. Takich rzeczy nie mówi się obcym.

Mężczyzna natychmiast się wycofał, wyczuwając niepokój Emmy. Oooo, dobry był, naprawdę.

– Dziękuję za pomoc. Życzę wspaniałego dnia. – Wsiadł do drogiego jeepa i odjechał. Niebo nad nim pociemniało, jakby z jego powodu.

Emma zmarszczyła brwi. Miała jakieś dziwnie wrażenie. Skończyła nalewać benzynę i odwiesiła wąż na dystrybutor.

Nie miała dla Sydney żadnych ciepłych uczuć, to pewne. Ale coś się jej nie zgadzało.

– Ja zapłacę za benzynę – powiedziała w nadziei, że będzie mogła wziąć z samochodu torebkę, w której spoczywała jej komórka.

Ale Ariel już wyjęła kartę kredytową.

– Nie bądź niemądra, ja płacę.

– Nie, naprawdę, ja.

– Masz – Ariel wcisnęła jej w dłoń kartę i wróciła za kierownicę. – Przestań się kłócić i idź zapłacić.

Emma weszła na stację benzynową i podała sprzedawcy kartę. Nie mogła przestać myśleć o tym nieznajomym. Czekając, aż karta zostanie zaakceptowana, włożyła ręce do kieszeni wiatrówki i coś poczuła. Dwie małe monetki. Miała na sobie kurtkę, w której dopadła ją Evanelle.

– Przepraszam – powiedziała – macie automat telefoniczny?

Wiatr wiał przez całe popołudnie. Sydney i Claire musiały przywiązać końce obrusu do nóg stołu i nie mogły zapalić świec, bo wiatr je ciągle zdmuchiwał. Zamiast nich Claire przyniosła przejrzyste woreczki, zielone, malinowe i bursztynowe, i narzuciła na elektryczne lampiony ze spiżarni, przez co zaczęły wyglądać jak świecące podarki porozrzucane na stole i drzewie. Jabłonka nie była nimi zachwycona i nieustannie zrzucała je z siebie, kiedy nikt nie patrzył, więc Bay otrzymała zadanie utrzymywania drzewa w ryzach.

Ptaki i latające owady nigdy nie dokuczały w ogrodzie – zajmowały się wiciokrzewem – więc kolacja na dworze była naprawdę świetnym pomysłem. Sydney zaczęła się zastanawiać, dlaczego nikt z rodziny tego nie robił, potem przypomniała sobie o jabłonce i zrozumiała. Tak bardzo starała się wejść do rodziny, a nikt jej nie chciał.

Pomyślała o poprzedniej nocy, kiedy nie mogła zasnąć i zajrzała do Bay. Claire była u Tylera i chyba po raz pierwszy w życiu Sydney miała spędzić noc sama w domu, odpowiedzialna za wszystko.

Bay spała spokojnie. Sydney pochyliła się, żeby ją pocałować, a kiedy się wyprostowała, zauważyła dwa różowe jabłuszka w fałdach kołdry, którą Bay w nocy zepchnęła w nogi. Sydney podniosła je i podeszła do otwartego okna. Na podłodze leżały jeszcze trzy jabłuszka. Także je podniosła.

Wyjrzała przez okno; w ogrodzie coś się ruszało. Drzewo wyciągało gałęzie ku stołowi, który Tyler pomógł im tego dnia przynieść do ogrodu. Jedna gałąź była już owinięta wokół stołowej nogi i jabłonka usiłowała przyciągnąć mebel do siebie.

– Pssst – syknęła Sydney w mrok. – Przestań!

Stół znieruchomiał, a drzewo natychmiast cofnęło gałęzie. Znieruchomiało w ułamku chwili, jakby mówiąc „No co, nic nie robiłem!".

Evanelle zjawiła się pierwsza na uroczystości, którą Sydney czule nazywała Celebracją Defloracji Claire.

Claire kazała jej przysiąc, że nie wypowie tej nazwy w towarzystwie.

– Cześć, Evanelle. Gdzie Fred? – spytała Sydney, kiedy Evanelle wmaszerowała do kuchni.

– Nie mógł przyjść. Ma randkę. – Evanelle postawiła swoją ogromną torbę na stole. – I miota się z tego powodu jak wściekły szerszeń.

Claire podniosła głowę znad sagana na kuchni, w którym sprawdzała miękkość gotującej się kukurydzy.

– Fred z kimś chodzi?

– Powiedzmy. Instruktor kulinarny z Orion zaprosił go na swoje zajęcia. Fred uważa, że to randka.

– Dlaczego jest wściekły?

– Bo dałam mu coś, co zaprowadziło go do instruktora, zamiast do Jamesa, choć na to liczył. Więc oczywiście Fred sądzi, że musi spędzić resztę życia z tym nauczycielem. Czasami mnie wkurza. Wkrótce będzie musiał pojąć, że to on podejmuje decyzje. Ja tylko daję ludziom różne takie... Co z nimi zrobią, to już nie moja sprawa. Wiesz, nawet spytał, czy nie mogłabym wykraść dla niego jabłka z twojej jabłonki, jakby ono mogło za niego podjąć decyzję.

Claire zadrżała lekko, choć stała w chmurze pary z sagana.

– Nigdy nie wiadomo, co to drzewo ci powie.

– To prawda. Nie wiemy, co pokazało twojej matce przed śmiercią.

W kuchni zapadła zupełna cisza. Woda przestała wrzeć. Zegar przestał tykać. Sydney i Claire instynktownie przysunęły się do siebie.

– Jak to? – spytała Claire.

– Boże. – Evanelle przyłożyła dłonie do policzków – O, Boże. Obiecałam waszej babce, że nigdy wam nie powiem.

– Mama zjadła jabłko? – spytała Sydney z niedowierzaniem. – Jedno z naszych jabłek?

Evanelle spojrzała w sufit.

– Przepraszam cię, Mary. Ale czy to je może skrzywdzić? Spójrz na nie. Nieźle sobie radzą – powiedziała, jakby przywykła do rozmów z duchami, które nie odpowiadają. Przysunęła sobie krzesło i usiadła z westchnieniem. – Kiedy wasza babka dostała wiadomość, że Lorelei zginęła w tym wielkim karambolu, wszystko zrozumiała. Powiedziała mi to, kiedy choroba przykuła ją do łóżka, jakieś dwa miesiące przed śmiercią. O ile możemy się domyślać, Lorelei zjadła jabłko, kiedy miała jakieś dziesięć lat. Od tej chwili wiedziała chyba, jak umrze, i wszystkie szaleństwa, które potem popełniła, miały służyć odwróceniu losu, osiągnięciu czegoś donioślejszego. Domyśliłyśmy się, że przyjechała tu z waszego powodu, że na

235

jakiś czas zaakceptowała swój los, ponieważ trzeba się było o was zatroszczyć. Mary powiedziała, że w nocy, kiedy Lorelei znowu znikła, znalazła ją w ogrodzie, po raz pierwszy od czasów dzieciństwa. Może zjadła wtedy następne jabłko. Wszystko układało się dobrze; może Lorelei miała nadzieję, że los się odmienił. Ale tak nie było. Lorelei zostawiła was, żebyście były bezpieczne. Miała umrzeć w tej katastrofie sama. Drzewo zawsze lubiło waszą matkę. Chyba wiedziało, że jego jabłka pokażą jej coś złego. Nigdy nie rzucało w nią jabłkami, choć w resztę rodziny i owszem. Zawsze usiłuje nam o czymś powiedzieć. Ale Lorelei musiała przynieść do ogrodu drabinę, żeby zerwać jabłko. Mary pamiętała, że po odejściu Lorelei znalazła drabinę poza garażem. Dziewczynki, wszystko dobrze?

– Bardzo dobrze – wymamrotała Claire, ale Sydney nadal była oszołomiona. Matka nie wybrała swojego losu. Nie wybrała sposobu życia. Ale Sydney, naśladując ją, z własnej woli zdecydowała się na to wszystko.

– No, to wyjdę sobie na dwór – powiedziała Evanelle.

– Uważaj. Jabłonka jest dziś nie w humorze. Ciągle próbuje przesunąć stół. Nawet Bay jej nie rozumie – ostrzegła Claire. – Boimy się, że wystraszy Tylera i Henry'ego.

– Jeśli ci chłopcy mają z wami żyć, lepiej powiedzcie im o wszystkim. Pierwsze, co powiedziałam mojemu mężowi, kiedy miałam sześć lat, to: „Muszę dawać ludziom rzeczy. Taka jestem". To go tak zaintrygowało, że tamtej nocy przyszedł pod moje okno. – Emma zabrała swoją wielką torbę i wyszła.

– Myślisz, że ma rację? – odezwała się Sydney. – O mamie, rozumiesz.

– To ma sens. Pamiętasz, że kiedy babcia dowiedziała się o śmierci mamy, usiłowała podpalić jabłonkę?

Sydney skinęła głową.

– Nie do wiary. Wyjechałam, bo chciałam być jak ona,

a ona wyjechała, bo zobaczyła, jak umrze. Jak mogłam jej aż tak nie zrozumieć?

– Jesteś z Waverleyów. My albo wiemy za mało, albo za dużo. Nie ma środka.

Claire najwyraźniej wyzbyła się bólu, ale Sydney gwałtownie pokręciła głową.

– Nienawidzę tego drzewa!

– Nie mamy tu nic do gadania. Jesteśmy na siebie skazani.

Sydney spojrzała na nią z rozpaczą. Claire najwyraźniej nie chciała brać udziału w dramacie.

– Od tej defloracji stałaś się stoiczką.

– Przestań w końcu to powtarzać! Jakbym była zeschniętą rośliną. – Claire podeszła do kuchni z półmiskiem i zaczęła nakładać na niego kukurydzę. – A Evanelle ma rację. Chyba powinnyśmy powiedzieć Tylerowi i Henry'emu.

– Henry już wie. To jeden z plusów kogoś, kto cię zna od zawsze, akceptuje ciebie i całe twoje życie. On już wie, że jesteśmy dziwne.

– Nie jesteśmy!

– Henry coś mi niedawno powiedział – dodała Sydney, podchodząc do Claire. Starła niewidoczną plamę na blacie koło kuchni. – Coś, czego nie wiedziałam. Dużo nad tym myślałam.

– Powiedział, że cię kocha? – spytała Claire, zerkając na nią z ukosa.

– Skąd wiedziałaś?

Claire tylko się uśmiechnęła.

– Lubię jego towarzystwo – powiedziała Sydney, jakby rozmyślała na głos. – Powinnam go pocałować. Ciekawe, co się stanie.

– A Pandora powiedziała: „Ciekawe, co jest w tej puszce?"– odezwał się Tyler, wchodząc do kuchni. Stanął za Claire i pocałował ją w kark. Sydney odwróciła głowę z uśmiechem.

Henry zadzwonił i uprzedził, że się spóźni, więc Tyler, Evanelle i Bay już siedzieli, a Sydney i Claire wynosiły ostatnie dania, kiedy w końcu zapukał do drzwi.

Sydney odstawiła plastry pomidorów i mozzarelli i podeszła do drzwi. Claire wyszła do ogrodu z chlebem kukurydzianym z czarnymi jagodami.

– W samą porę! – zawołała Sydney, otwierając drzwi. Henry zachowywał się jak zawsze. I ona też. Więc co się zmieniło? Może nic. Może ta miłość była tu cały czas, a ona jej nie widziała, ponieważ Henry jest dobrym człowiekiem, a ona nie wierzyła, że może mieć takie szczęście.

– Przepraszam, że nie zdążyłem wcześniej – powiedział, wchodząc.

– Szkoda, że twój dziadek nie mógł przyjść.

– To było bardzo dziwne – powiedział Henry, idąc za nią do kuchni. – Już mieliśmy wyjechać, kiedy Fred przywiózł Evanelle. Powiedziała, że musi dać coś dziadkowi. To była książka, którą strasznie chciał przeczytać. Postanowił zostać z nią w domu. Noga mu dokucza i chyba znalazł dobrą wymówkę. Musiałem zaczekać na Yvonne.

– Evanelle nie wspominała, że do was zajrzała.

– Spieszyła się. Powiedziała, że Fred musi zaliczyć jakiś wykład i spadać. No więc – zatarł ręce – w końcu zobaczę tę słynną jabłonkę Waverleyów.

– Musisz wiedzieć dwie rzeczy. Pierwsza: nie jedz jabłek. Druga: kryj się.

– Słucham?

– Zobaczysz. – Uśmiechnęła się. – Ładnie wyglądasz.

– A ty wyglądasz pięknie. – Sydney kupiła z myślą o tym przyjęciu nową spódnicę, różową, z migoczącym srebrnym haftem, i trochę się napuszyła z dumy i szczęścia. – Wiesz, że siedziałem za tobą w ósmej klasie na historii Karoliny Północnej? Dotykałem twoich włosów tak, żebyś nie zauważyła.

Sydney poczuła coś dziwnego w klatce piersiowej. Bez zastanowienia zrobiła dwa kroki i pocałowała go. Pod ciężarem jej ciała osunął się na lodówkę. Osunęła się razem z nim, a kolorowe papierowe serwetki, które Claire trzymała na lodówce, zsunęły się i poszybowały wokół nich z szelestem, jak confetti, jakby dom zawołał: „Hura!".

Kiedy się rozłączyli, Henry wyglądał jak ogłuszony. Bardzo powoli, łagodnie oparł ręce na jej ramionach. Poczuła na nich gęsią skórkę.

Czy to... czy naprawdę czuła...

Znowu go pocałowała, żeby się upewnić.

I poczuła to, tym razem mocniej, a serce zaczęło jej bić szybciej. Henry dotknął jej włosów. Całowała wielu mężczyzn, ale od dawna nie całowała takiego, który by ją kochał. Zapomniała. Zapomniała, że miłość może wszystko.

Kiedy znowu się cofnęła, Henry spytał bez tchu:

– Za co to było?

– Chciałam się upewnić.

– Co do czego?

Uśmiechnęła się.

– Powiem ci później.

– Wiesz, to znaczy, że teraz w życiu nie umówię się z Amber z salonu.

Roześmiała się, wzięła półmisek z sałatką caprese w jedną rękę, drugą chwyciła dłoń Henry'ego i wyprowadziła go do ogrodu.

Ledwie wyszli, zadzwonił telefon. Sydney nie słyszała sygnału ani włączającej się automatycznej sekretarki.

Sydney? Tu Emma. Chciałam... Chciałam ci powiedzieć, że ktoś szuka ciebie i twojej córki. Nie wygląda... to znaczy, ma w sobie coś takiego... – Przez chwilę zapadła cisza. – Po prostu uważaj.

*

Jedli i śmiali się do późnego wieczora. Henry i Sydney dotykali się pod stołem nogami, a ona nie miała ochoty się odsunąć, nawet żeby przynieść butelkę piwa albo wiśniowego piwa imbirowego ze stojącej przy stole aluminiowej beczułki z lodem. Dopóki go dotykała, nie zmieni zdania, nie zacznie mówić, że Henry zasługuje na kogoś lepszego, albo że ona nie zasługuje na kogoś tak dobrego.

Kiedy wszyscy skończyli jeść, Claire uniosła kieliszek.

– Wszyscy wznoszą toast. Za jedzenie i kwiaty! – powiedziała.

– Za miłość i śmiech – powiedział Tyler.

– Za stare i nowe – powiedział Henry.

– Za to, co dalej – powiedziała Evanelle.

– Za jabłonkę! – powiedziała Bay.

– Za... – Sydney urwała, bo znowu poczuła ten zapach.

Nie, nie, nie. Nie tutaj. Nie teraz. Dlaczego myśli o Davidzie przyszły do niej akurat teraz?

Jabłonka zadygotała i coś, co tylko Tyler i Henry wzięli za ptaka, śmignęło nad ich głowami.

Rozległo się głuche łupnięcie jabłka zderzającego się z czymś w pobliżu furtki ogrodu.

– Kurwa – rzucił męski głos i wszyscy z wyjątkiem Sydney odwrócili się.

Sydney poczuła, że jej kości pękają. Siniaki wystąpiły na jej skórę jak wysypka. Luka między dwoma zębami z tyłu zaczęła boleć.

– Kto tam? – zawołała wesoło Claire, ponieważ to był jej dom. Nie sądziła, że może ją tu spotkać coś aż tak złego.

– Ćśśśś – syknęła wściekle Sydney. – Bay, schowaj się za jabłonką. Biegiem. Już!

Bay, która doskonale wiedziała, kto się zjawił, zerwała się z krzesła i śmignęła jak strzała.

– Sydney, co się dzieje? – spytała Claire. Sydney wstała i powoli się odwróciła.

– To David.

Claire natychmiast się podniosła. Tyler i Henry spojrzeli na siebie. Czuli strach, który bił od Sydney i Claire. Wstali jednocześnie.

– Jaki David? – spytal Henry.

– Ojciec Bay – odpowiedziała Claire. Sydney omal się nie rozpłakała z ulgi, że nie ona musiała to powiedzieć.

Z cienia wiciokrzewu przy furtce wreszcie wyłonił się David.

– Widzisz go? – spytała Sydney. – On tu naprawdę jest?

– Jest – szepnęła Claire.

– Urządziłaś imprezę i nie zaprosiłaś mnie? – odezwał się David. Żwir pod jego podeszwami strzelał przeraźliwie głośno, nie tak normalnie, ale jak pękające papierowe kubki. David był masywnym, pewnym siebie mężczyzną. Nie rekompensował sobie gniewem żadnych fizycznych niedostatków ani kompleksów. Jego gniew pojawiał się bez powodu. Na przykład jeśli Sydney nie włożyła tego, czego sobie życzył, choć nigdy jej nie mówił, co ma nosić. To dlatego nie przywiozła ze sobą wielu ubrań. Niewiele z nich kupiła sobie sama.

Sydney usiłowała sobie wmówić, że może nie jest aż tak źle, może David się o nią martwił albo chciał się spotkać z córką. Ale nie mogła się oszukiwać. Nie zamierzała do niego wrócić. A on przyjechał po nią. Wobec tego zostawało jej tylko jedno.

Musiała chronić Bay, Claire i resztę. Wróciła i tym samym naraziła ich na niebezpieczeństwo, którego się nie spodziewała. A może to wszystko przez ten dzień przed dziesięcioma laty, kiedy wyjechała – może to wszystko przez cały łańcuch wypadków. Nieważne. Tak czy siak, to wszystko przez nią.

– Nic się nie stało. David i ja oddalimy się i porozmawiamy – powiedziała głośno. Szeptem rzuciła do Claire: – Zaopiekuj się Bay.

– Nie, nie – odparł David. Kiedy się zbliżył, ciało Sydney drgnęło, jakby porażone prądem. Do oczu napłynęły jej łzy. Boże. Miał broń. Skąd ją wziął? – Nie przeszkadzajcie sobie. – To nie ma nic wspólnego z nimi. Pójdę z tobą. Przecież wiesz.

– Co tu się dzieje, do diabła? – odezwał się Tyler, który właśnie zauważył broń. Roześmiał się z niedowierzaniem. – Odłóż to, stary.

David wycelował broń w niego.

– To z nim się rżniesz, Cindy?

Sydney zorientowała się dopiero w ostatniej chwili, co zamierza Henry. Tacy jak on są niewinni. Nie mają pojęcia, z czym ich zetknął los.

– Nie! – krzyknęła Sydney, gdy Henry skoczył na Davida. Strzał rozdarł ciszę jak piorun. Henry nagle znieruchomiał. Na jego koszuli nad prawym ramieniem zaczęła się rozpościerać czerwona plama.

Henry osunął się na kolana. Po paru chwilach padł na plecy i spojrzał w niebo, gwałtownie mrugając, jakby walczył z ogarniającym go snem. Evanelle, lekka i mała jak listek, przypłynęła do niego, niedostrzeżona przez Davida.

– No fajnie – powiedział David. – To już wiemy, z którym się rżniesz. Wszystko wygląda wręcz cudownie. – Jednym kopniakiem przewrócił stół. Szczęknęły tłuczone talerze, lód posypał się z grzechotem na cykorię. Tyler musiał szarpnięciem odsunąć Claire, żeby nie przygniotły jej spadające szczątki.

– Jak mnie znalazłeś? – spytała Sydney, żeby spojrzał na nią, nie na Claire. Jeśli dalej będzie się tak zachowywać, Tyler zacznie działać i też zarobi kulkę. Zerknęła na Henry'ego. Evanelle wyjęła z torby niebieską szydełkową serwetkę i przyciskała ją do jego ramienia. Wszędzie była krew.

– Dzięki nim, głupia suko. – David pokazał jej plik zdjęć. Jej błąd. Jeden z wielu. Zasłużyła sobie na to, ale nie Henry.

Ani Claire. Może powinna uciekać, dać innym czas, żeby wezwali pomoc. Albo chwycić kawał ostrej skorupy z rozbitych talerzy i rzucić się na Davida. Myślała, że tutaj zyska więcej sił, ale nadal potrafił ją zastraszyć i ubezwłasnowolnić. Kiedyś nie miała odwagi mu się przeciwstawić i teraz także nie wiedziała, jak ma to zrobić.

David spokojnie przejrzał zdjęcia.

– Szczególnie to mi bardzo pomogło. Koniec z Bascom! Karolina Północna jest do dupy! – Pokazał jej zdjęcie matki w Alamo. Drzewo drgnęło, jakby rozpoznało Lorelei. David rzucił zdjęciami w Sydney, która zaczęła się wycofywać, jak najdalej od niego, stołu i wszystkich, których kochała.

– Dociera do ciebie, jak przez ciebie wyglądam? Przywiozłem do domu Toma z Los Angeles. Wyobraź sobie moje zdziwienie, kiedy nie zastałem Bay ani ciebie. – Końce palców ścierpły jej ze strachu. Tom był jego kumplem ze studiów i partnerem biznesowym z Los Angeles. Ośmieszenie w jego oczach sprawiło, że David zaczął jej szukać z pistoletem. Nie znosił wychodzić na idiotę. Wiedziała o tym. Miała tę świadomość zapisaną w każdym centymetrze ciała.

– Przestań się cofać, Cindy. Wiem, co zrobisz. Nie chcesz, żebym zauważył… – odwrócił się i spojrzał na Claire – …ją. A ty to kto?

– Claire – powiedziała jej siostra z furią. – Siostra Sydney.

– Sydney – roześmiał się, kręcąc głową. – Jeszcze nie przywykłem. Siostra, co? Wyższa, bardziej krzepka. Wydaje się, że nie tak łatwo cię złamać. Nie jesteś taka ładna, ale masz większe cyce. I pewnie jesteś tak samo głupia, bo gdybyś miała trochę rozumu, nie przyjęłabyś pod swój dach mojej własności.

Tyler stanął przed Claire, a David nigdy nie rezygnował z okazji walki. Zrobił krok w jego stronę.

– Nie! – rzuciła Sydney.

David odwrócił się wściekle.

– I co mi zrobisz? Pozwolisz mi na wszystko. I wiesz, dlaczego. – Uśmiechnął się paskudnie. – Gdzie Bay? Widziałem ją. Wyjdź, kociątko. Tatuś przyjechał! Chodź uściskać tatusia.

– Nie wychodź! – krzyknęła Sydney.

– Nie podważaj mojego autorytetu w oczach dziecka! – David ruszył ku niej, ale w tej samej chwili do jego stóp potoczyło się jabłko. David odwrócił się w stronę ukrytej w cieniu jabłonki. – Czy moje maleństwo chowa się za drzewem? Chce, żeby tatuś zjadł jabłko?

Sydney, Claire i Evanelle wpatrzyły się w niego, bojąc się choćby drgnąć. David podniósł jabłko.

Tyler zrobił ruch, żeby wykorzystać nieuwagę Davida, ale Claire chwyciła go za rękę.

– Nie, czekaj – szepnęła.

David podniósł idealne różowe jabłuszko do ust. Soczyste chrupnięcie odbiło się echem w ogrodzie. Kwiaty wzdrygnęły się i cofnęły jakby ze strachu.

David żuł przez chwilę. Potem nagle nienaturalnie znieruchomiał.

Poruszył oczami, jakby coś zobaczył, film, wyświetlany wyłącznie dla niego. Jednocześnie wypuścił z ręki jabłko i broń.

Parę razy zamrugał. Spojrzał na Sydney. Odwrócił się i zmierzył wzrokiem wszystkich obecnych.

– Co to było? – spytał drżącym głosem. A kiedy nikt nie odpowiedział, ryknął: – Co to było, do diabła?

Sydney spojrzała na rozsypane u jej stóp zdjęcia matki. Ogarnął ją dziwny spokój. Doskonale pamiętała, jak David znalazł ją w Boise, a potem tak strasznie pobił w samochodzie. W pewnej chwili pomyślała, że umrze. Kiedy ją młócił pięściami, była przekonana, że widzi własną śmierć. Dlatego tak się zdziwiła, kiedy odzyskała przytomność. On pewnie też się zdziwił. Śmierć człowieka nic dla niego nie znaczyła. Ale to, co zobaczył, miało znaczenie. Wielkie znaczenie.

– Zobaczyłeś swoją śmierć, tak? – spytała. – Czyżby to było to, czego najbardziej się boisz? Czyżby tym razem ktoś skrzywdził ciebie?

David zbladł.

– Całe lata robiłeś to innym i w końcu ktoś ci się odwdzięczy. – Podeszła do niego, blisko. Już się go nie bała. Do tej pory dniem i nocą towarzyszyła jej pewność, że David zawsze będzie ją dręczył we snach, w myślach. Ale pewnego dnia umrze. I teraz oboje już o tym wiedzieli.

– Uciekaj jak najdalej – szepnęła. – Może uciekniesz losowi. Jeśli tu zostaniesz, przeznaczenie się wypełni. I ja tego dopilnuję.

David odwrócił się i zrobił parę chwiejnych kroków. Potem wybiegł z ogrodu.

Ledwie zniknął, Sydney krzyknęła:

– Bay! Bay, gdzie jesteś?

Bay nadbiegła z zupełnie innej strony ogrodu niż ta, w której stała jabłonka. Rzuciła się matce w objęcia. Sydney uścisnęła ją i obie podeszły do Henry'ego. Sydney przyklękła przy nim.

– Nic mu nie będzie – powiedziała Evanelle.

– Musisz przestać ratować mi życie – rozpłakała się Sydney.

Henry uśmiechnął się blado.

– Naprawdę myślisz, że się mnie pozbędziesz, zanim nie usłyszę, co sprawdzałaś w kuchni?

Musiała się roześmiać. Jak mógł tak bardzo kochać kogoś tak bardzo dla niego niedobrego? Jak ona mogła kochać kogoś tak dobrego?

– Wezwę karetkę – oznajmiła Evanelle.

– I policję! Podaj im jego rysopis! – krzyknął za nią Tyler. Podniósł broń z ziemi. – Może złapią tego wariata. Jakim samochodem przyjechał?

– Już tu nie wróci – powiedziała Sydney. – Nie martw się.

– Mam się nie martwić? Ludzie, czy wyście powariowali? – Tyler powiódł po nich wzrokiem i nagle zrozumiał, że wszyscy, nawet Henry, wiedzą coś, o czym on nie ma pojęcia. – Dlaczego zaczął się tak zachowywać? I dlaczego, do stu diabłów, jabłko przytoczyło mu się do stóp, skoro Bay była aż tam?

– Przez drzewo – wyjaśniła Claire.

– Jak to „przez drzewo"? Czy tylko ja tu jestem normalny? Dotarło do was, co tu się działo? Ktoś musi zapisać jego rejestrację. – Tyler zerwał się do biegu, ale Claire chwyciła go za ramię.

– Posłuchaj mnie przez chwilę! – rzuciła. – Jeśli zjesz jabłko z naszego drzewa, zobaczysz najważniejsze wydarzenie twojego życia. Wiem, że to brzmi idiotycznie, ale David prawdopodobnie zobaczył swoją śmierć. I to go stąd wygnało. Tak jak naszą matkę. Dla niektórych najgorsze, co się im przydarzy, to jednocześnie najważniejsze wydarzenie życia. On już nie wróci.

– A daj spokój! – zdenerwował się Tyler. – Ja też zjadłem jabłko z tego drzewa i jakoś nie uciekłem z krzykiem.

– Zjadłeś jabłko? – powtórzyła Claire ze zgrozą.

– W ten wieczór, kiedy się poznaliśmy. Kiedy znalazłem po mojej stronie płotu wasze jabłka.

– I co widziałeś?

– Tylko ciebie – odpowiedział, a twarz Claire złagodniała. – Co… – Ale nie było mu dane powiedzieć nic więcej, bo Claire postanowiła go pocałować.

– Hej! – odezwała się Bay. – A gdzie zdjęcia?

CZĘŚĆ TRZECIA

Spojrzenie w przyszłość

ROZDZIAŁ 14

*N*ie dosięgnę – stęknęła Sydney.

Bay leżała na trawie, z głową opartą na ramieniu. Całe niedzielne popołudnie przedrzemała w ogrodzie, ale na dźwięk głosu matki otworzyła oczy. Claire i Sydney oparły starą drabinę o pień jabłonki. Sydney stała na szczycie i wyciągała ręce ku gałęziom. Claire mocno przytrzymywała drabinę.

– Tu może dam radę – dodała Sydney, wskazując niższą gałąź po drugiej stronie – ale trzeba przesunąć drabinę.

Claire pokręciła głową.

– Jabłonka ją uniesie, zanim tam dojdziemy.

Sydney syknęła z desperacji.

– Głupie drzewo.

– Tak myślałam, że was tu znajdę – rozległ się czyjś głos. Siostry obejrzały się; ścieżką szła ku nim Evanelle.

– Cześć – mruknęła Sydney, schodząc z drabiny. Zatrzymała się na czwartym szczeblu i zeskoczyła z niego na ziemię, a jej spódnica wydęła się jak parasolka. Bay uśmiechnęła się.

– Co robicie, dziewczynki? – spytała Evanelle.

– Usiłujemy odebrać jabłonce zdjęcia mamy – odpowiedziała Claire, choć brała w tym udział wyłącznie na życzenie Sydney. Bay zauważyła, że Claire ostatnio jest roztargniona. Dziś miała dwa różne kolczyki, niebieski i różowy. – Minęło już sześć tygodni. Nie rozumiem, dlaczego nie chce nam ich oddać.

Evanelle spojrzała na czarno-białe kartoniki, wyglądające spomiędzy jabłek i liści na najwyższych gałęziach.

– Niech je sobie zatrzyma. Zawsze kochała Lorelei. Dajcie jej spokój.

Sydney podparła się pod boki.

– Gałęzie ci poobcinam!

– One się nie łamią – przypomniała jej Claire.

– Ale przynajmniej lepiej się poczuję.

– Zdzieli cię jabłkiem – westchnęła Claire. – Może Bay przemówi jej do rozumu.

– Tylko raz zbliżyłyśmy się do zdjęć, kiedy Bay powiedziała, że chce zobaczyć, jak wyglądała jej babka – wyjaśniła Sydney. – Jabłonka opuściła gałąź i pokazała jej, ale od razu ją uniosła, kiedy chciałyśmy jej wyrwać zdjęcie. – Sydney spojrzała na Bay, która szybko zamknęła oczy. Od tamtego wieczora udawało się jej usłyszeć fajne rzeczy tylko wtedy, kiedy wszyscy myśleli, że ich nie słyszy. – Nie budźmy jej.

– Widzę, że ciągle nosi tę broszkę – powiedziała czule Evanelle.

– Nie rozstaje się z nią.

Bay miała ochotę dotknąć broszki, jak zawsze, kiedy się niepokoiła, ale czuła na sobie spojrzenia.

– Co cię sprowadza? – spytała Claire. Bay uchyliła jedną powiekę. Wszystkie trzy stały do niej plecami. – Myślałam, że ty i Fred jesteście umówieni na obiad ze Stevem.

– Bo jesteśmy. Nie mogę się doczekać. Steve znowu przygotuje jakiś delikates. Powiedziałam Fredowi, jakie to szczęście, że zakochał się w nim instruktor kulinarny. Spojrzał na mnie, jakby usłyszał, że ma we włosach pszczoły.

– Nadal uważa, że musi się spotykać ze Stevem z powodu tego nożyka?

– Jest coraz lepiej. Równie dobrze to ja mogłabym się spotykać ze Stevem. Fred wszędzie mnie ze sobą ciągnie. Nieźle się bawi. Jest szczęśliwy. Tylko na razie nie chce się do tego przyznać. Ale się połapie, wcześniej czy później. Ja mu nie będę mówić, co ma robić. A Steve pozwala mu decydować i tego dokładnie mu potrzeba. Tymczasem ja na tym korzystam. Mmm, delikatesy. W zeszłym tygodniu jadłam ślimaki! Pierwszy raz w życiu! I co wy na to? – Evanelle zachichotała. – Uwielbiam gejów. Ale zabawa!

– Cieszę się, że się bawisz – powiedziała Claire.

– Fred czeka na mnie w samochodzie, ale musiałam zajrzeć, żeby dać wam to.

Bay nie dostrzegła nic oprócz mignięcia czegoś białego, co Evanelle wyjęła ze swojej wielkiej torby.

– Nasiona bocianków? – spytała Sydney. – Dla której z nas?

– Dla obu. Musiałam je dać wam obu. Fred specjalnie zawiózł mnie do sklepu z nasionami przy targu rolnym. Aha, i widziałam na targu Henry'ego. Kupował jabłka. Dobrze wygląda. Powiedział, że ramię się szybko goi i że niedługo będzie jak nowy.

– Tak, i myśli, że to przez jabłka. – Sydney pokręciła z uśmiechem głową. – Od tamtego wieczora opycha się jabłkami.

– Szkoda, że Tyler taki nie jest – odezwała się Claire. – Teraz w ogóle nie zbliża się do jabłonki. Nie potrafi pokonać tego strachu. Mówi, że to chyba jedyny raport policyjny na świecie, w którym napisano, że jabłonka przepędziła podejrzanego, i nikt nie widzi w tym nic niezwykłego.

Wszyscy w domu usiłowali ukrywać przed Bay, co właściwie stało się z Davidem, kiedy wybiegł z ogrodu, ale ona kryła się za drzwiami albo przykładała ucho do szybów wentylacyjnych i podsłuchiwała wszystko, o czym się mówiło. Ojciec został aresztowany na przedmieściach Lexington w Kentucky. W trakcie ucieczki przed policją rozbił swojego jeepa. Kiedy go wywleczono ze szczątków wozu – bez jednego draśnięcia –

błagał, żeby go nie zabierali. Nie mógł iść do więzienia. Wolał, żeby go zabili. Tej nocy usiłował się powiesić w areszcie. W więzieniu miało go spotkać coś złego, był tego pewien. Pewnie to zobaczył po zjedzeniu jabłka, dlatego uciekł i dlatego nie chciał dać się złapać.

Kiedy Bay o nim myślała, robiło się jej smutno. Jej ojciec nigdy do niczego nie pasował. Trudno było nie żałować kogoś, kto nie miał celu w życiu. Był synem nieznanych rodziców, którzy zmarli dawno temu. Miał przyjaciół, którzy nie odważali się z nim zerwać. Wydawało się, że jego jedynym celem było pojawić się w życiu matki Bay, żeby skierować ją do domu rodzinnego.

I za to Bay postanowiła być wdzięczna.

Co do reszty, wątpiła, czy kiedyś zdoła mu przebaczyć. Miała nadzieję, że wkrótce o nim zapomni i nie będzie musiała się o tym przekonywać.

Widok ojca ją przeraził. Prawie go zapomniała – jak wyglądał, jak bardzo potrafi się gniewać. Ukołysało ją tu szczęście i chciała, żeby to się powtórzyło. I ten proces już się zaczął; wystarczyło, żeby się położyła w ogrodzie, i już było lepiej. Jej matka też znajdzie spokój, tylko nie tak szybko. Czasami Bay siadała u stóp schodów, kiedy Henry siedział z jej matką na ganku, i słyszała, jak Henry wyśpiewuje – nie nuty, lecz obietnice. Bay chciała, żeby Henry stał się częścią ich życia, choć nie potrafiła tego wyjaśnić. To tak, jakby się chciało, żeby w sobotę było słońce, a na śniadanie naleśniki. Chce się tego, bo poprawia nastrój. Jej ojciec nigdy tego nie robił. Nawet jeśli się śmiał, wszyscy drżeli z niepokoju, że ten dobry humor się skończy. I zawsze się kończył.

Ale o tym nie zamierzała myśleć.

– To pewnie dla ciebie – powiedziała Sydney, wręczając paczuszkę nasion Claire. – Bocianki są na bukiet dla panny młodej, nie? Ty i Tyler macie spotkanie przy ołtarzu.

– Nie, to dla ciebie – odpowiedziała Claire, usiłując wcisnąć jej nasiona. – Ty i Henry lada chwila pobierzecie się w tajemnicy, jeżeli on ma tu coś do powiedzenia.

Bay myślała o tym z nadzieją. Czasami Sydney przed snem siadała wieczorem na jej łóżku i rozmawiały o Henrym. Sydney mówiła oględnie i z wahaniem, chyba nie chcąc przestraszyć Bay myślą o nowym mężczyźnie w ich życiu. Ale Bay się nie bała. Bay się niecierpliwiła. Skoro jeszcze nie odtworzyła dokładnie snu, bała się, na którą stronę przechyli się szala. A jeśli jej ojciec wszystko zepsuł? A jeśli przyjeżdżając tutaj zniszczył to, co się tu kluło?

– Może te nasiona nie są na bukiet. Może chodzi o bociana – zauważyła Evanelle.

Sydney parsknęła śmiechem.

– No, to ja jestem wykluczona.

Claire spojrzała w zamyśleniu na paczuszkę.

– Co? – poderwała się Sydney.

Claire uśmiechnęła się kącikiem ust, jak jeszcze nigdy, choć Sydney natychmiast rozpoznała ten uśmiech.

– Serio? – krzyknęła i ujęła w dłonie twarz siostry. Bay była zdania, że jej matka jest ostatnio coraz szczęśliwsza, ale nigdy tak, jak w tej chwili. Biły z niej żółte promienie radości. Kiedy cieszysz się ze swojego powodu, radość cię wypełnia. Kiedy cieszysz się ze względu na kogoś, radość wylewa się z ciebie. Była tak jasna, aż oczy bolały. – Boże! Naprawdę?

Claire skinęła głową.

Bay przyglądała się, jak wszystkie trzy kobiety się obejmują i wychodzą z ogrodu jak waverleyowy węzeł, gestykulując, śmiejąc się, dotykając.

Drzewo dygotało z radości, jakby śmiało się razem z nimi.

Rzuciło w nie jabłkiem.

Bay odwróciła się na plecy. Wyciągnęła się w trawie pod jabłonką. Kiedy drzewo zadrżało, rozległ się łopot papieru.

Bay spojrzała na zdjęcia, które jabłonka zabrała tego wieczora przed sześcioma tygodniami. Lekko furkotały. Zaczęły płowieć na słońcu; Lorelei powoli znikała.

Im dłużej Bay leżała w ogrodzie, tym bardziej znikał też jej ojciec.

Kochała ten ogród.

Na razie wszystko było tylko w połowie idealne, ponieważ nie pojawiły się światełka ani tęcze na jej twarzy, ale czy to nie dość? Wszyscy byli szczęśliwi. To prawie tak jak w jej śnie. Prawie dokładnie tak. Naprawdę, nie powinna się martwić.

Odruchowo uniosła rękę do broszki, żeby się pocieszyć.

Nagle mocno zacisnęła na niej palce.

Zaraz.

Czyżby? Czy to naprawdę takie proste?

Zacisnęła wargi i odpięła broszkę. Była tak przejęta, że palce jej zesztywniały i musiała przez chwilę manewrować przy zapięciu.

Trawa była miękka jak we śnie. I zapach ziół i kwiatów był dokładnie taki jak we śnie. Papier łopotał, bo jabłonka nieustannie drżała. Bay z zapartym tchem uniosła nad głowę broszkę z diamencikami. Ręka się jej trzęsła z obawy przed rozczarowaniem. Przechyliła broszkę w jedną i drugą stronę, aż nagle, jak petarda, eksplodował z niej blask, a na jej twarz posypały się różnobarwne iskierki. Bay czuła ich dotyk, kolory tak chłodne, że aż ciepłe, jak płatki śniegu.

Z jej ciała wyciekło napięcie. Roześmiała się. Roześmiała się tak, jak już dawno się nie śmiała.

Tego było jej potrzeba. To był ten dowód.

Tak, teraz wszystko będzie dobrze.

A nawet idealnie.

Z KUCHENNEGO ZESZYTU
WAVERLEYÓW

Anżelika – *dostosuje swoje działanie do twoich potrzeb, ale jest szczególnie skuteczna do uspokajania rozbrykanych dzieci przy stole.*

Bez – *kiedy pożądana jest chwila pokory. Daje pewność, że upokorzenie się przed inną osobą nie zostanie wykorzystane w złym celu.*

Bratek – *zachęca jedzącego do mówienia komplementów i dawania niespodziewanych prezentów.*

Cebula hiacynta – *powoduje melancholię i skłania do rozmyślań o dawnych urazach. Stosować tylko suszoną. Kwiat przenoszący w czasie.*

Chaber – *pomaga odnaleźć to, co było ukryte. Kwiat krystalizujący.*

Cykoria – *ukrywa gorycz. Daje jedzącemu poczucie, że wszystko dobrze się układa. Kwiat ukrywający.*

Cytrynowa werbena – *powoduje luki w rozmowie, jednakże jakoś niebudzące skrępowania. Pomocna przy nerwowych, nadmiernie gadatliwych gościach.*

Fiołek – *wspaniały na koniec posiłku. Sprowadza spokój, szczęście i zawsze dobre sny.*

Geranium – *przywołuje wspomnienia minionych dobrych czasów. Przeciwieństwo bulwy hiacynta. Kwiat przenoszący w czasie.*

Kwiat kabaczka i cukinii – *służy zrozumieniu. Kwiat krystalizujący.*

255

Kwiat szczypiorku – *pomaga wygrać w sporze. A przy okazji leczy zranione uczucia.*

Lawenda – *podnosi na duchu. Zapobiega złym decyzjom podjętym w chwili zmęczenia lub przygnębienia.*

Lwia paszcza – *wyzwala spod niechcianego wpływu innych osób, zwłaszcza tych o magicznych zdolnościach.*

Lofant – *łagodzi frustracje i zagubienie.*

Melisa – *po spożyciu pozwala jedzącemu przez chwilę myśleć i czuć jak w młodości. Przed podaniem proszę zwrócić uwagę, czy przy stole nie siedzi niegdysiejsze straszne dziecko. Kwiat przenoszący w czasie.*

Mięta pieprzowa – *inteligentne ukrywanie. Użyta z innymi jadalnymi kwiatami mąci zdolność rozumienia, w ten sposób ukrywając prawdziwą naturę twoich postępków. Kwiat osłaniający.*

Mlecz – *stymuluje wierność. Częstym efektem ubocznym jest ślepota na wady i potrzeba spontanicznych przeprosin.*

Nagietek – *budzi uczucie, choć czasami w towarzystwie zazdrości.*

Nasturcja – *pobudza apetyt u mężczyzn. Dodaje kobietom tajemniczości. W towarzystwie mieszanym może dojść do potajemnych romansów. Nie spuszczać gości z oczu.*

Płatek róży – *wspomaga miłość.*

Tulipan – *daje jedzącemu poczucie seksualnej doskonałości. Możliwym efektem ubocznym jest podatność na cudze zdanie.*

Wiciokrzew – *na widzenie w ciemnościach, ale tylko z okrywy pnączy o grubości co najmniej pół metra. Kwiat krystalizujący.*